PATRICIA WENTWORTH
Miss Silver bleibt länger

Buch

Miss Silver fährt nach Melling, um eine alte Schulfreundin zu besuchen. Dort kennt man nur noch ein Thema: die Ankunft von James Lessiter. Er hatte Melling vor zwanzig Jahren verlassen, um sein Glück zu machen, und kehrt nun als wohlhabender Mann in seinen Heimatort zurück. Und natürlich sind alle gespannt, denn um den nicht gerade sympathischen Lessiter ranken sich allerlei Geschichten aus der Vergangenheit, die viel Stoff für dörflichen Klatsch bieten. Bevor man ihn aber richtig zu Gesicht bekommt, wird er in seinem Haus ermordet aufgefunden. Als bekannt wird, daß seine Exverlobte Rietta die Alleinerbin seines großen Vermögens ist, steht sie unter dringendem Mordverdacht. Doch Miss Silver, die sich sofort für die Hintergrunde des mysteriösen Todesfalles interessiert, findet bald heraus, daß auch andere Dorfbewohner Grund gehabt hätten, James Lessiter den Tod zu wünschen. Da ist zum Beispiel die attraktive Catherine Welby, der er wegen eines Erbstreits einen Prozeß angedroht hatte; oder Riettas Neffe Carr, dem er vor Jahren seine Frau abspenstig gemacht hatte und mit ihr durchgebrannt war . . . Für Miss Silver jedenfalls ist das alles Anlaß genug, länger zu bleiben . . .

Autorin

Patricia Wentworth (alias Dora Amy Elles) ist mit ihren klassischen englischen Miss-Silver-Romanen *die* Wiederentdeckung unter den großen »Ladies of Crime«. 1878 in Indien geboren, ließ sie sich nach dem Tod ihres ersten Mannes in Camberley, England, nieder. Nach historischen Romanen schrieb sie 1923 ihren ersten Krimi, dem im Lauf der Zeit 70 weitere folgen sollten. Ihre bekannteste Heldin ist Miss Silver, die in 31 Romanen die Hauptrolle spielte. Als reizende alte Dame mit scharfer Kombinationsgabe hilft sie Scotland Yard bei der Lösung von Kriminalfällen und wurde damit zu einem der bekanntesten Vorbilder für Agatha Christies Miss Marple. Patricia Wentworth starb 1961.

Von Patricia Wentworth außerdem im Goldmann Verlag erschienen:

Die Hand aus dem Wasser (1102) · Der Alington-Fluch (5267) · Die Schatulle (5917) · Tod im Sommerhaus (5946) · Der Fingerabdruck (5958) · Eine Tote kehrt zurück (5997) · Die Frau in Schwarz (5279)

Patricia Wentworth

Miss Silver bleibt länger

Roman

Aus dem Englischen von
Bodo Baumann

GOLDMANN

Die Originalausgabe erschien 1949 unter dem Titel
»Miss Silver Comes to Stay«

Umwelthinweis:
Alle bedruckten Materialien dieses Taschenbuches
sind chlorfrei und umweltschonend.
Das Papier enthält Recycling-Anteile.

Taschenbuchausgabe 1/2000
Copyright © der Originalausgabe 1949
by Patricia Wentworth
Copyright © der deutschsprachigen Ausgabe 2000
by Wilhelm Goldmann Verlag, München,
in der Verlagsgruppe Bertelsmann GmbH
Alle Rechte an der deutschen Übersetzung
bei Gustav Lübbe Verlag, Bergisch Gladbach
Umschlaggestaltung: Design Team München
Umschlagfoto: Zefa / Index Stock
Satz: DTP Service Apel, Hannover
Druck: Elsnerdruck, Berlin
Verlagsnummer: 5284
JE · Herstellung: Max Widmaier
Made in Germany
ISBN 3-442-05284-X

3 5 7 9 10 8 6 4 2

KAPITEL 1

»Mein Ende ist in meinem Anfang«, schrieb Maria Stuart. Da mag sie recht haben, doch ist es so einfach, Anfang und Ende zu bestimmen? Als Miss Silver zum Beispiel eine alte Schulfreundin in Melling besuchte, wurde sie in eine Geschichte verwickelt, die vor langer Zeit begann und deren Ende noch ungewiß ist. Die Vergangenheit beeinflusse zwar die Gegenwart, sagt man, und stricke ein Muster für die Zukunft; aber niemand muß sich ja an das Muster halten! Ein anderer Weg ist oft bequemer, und Bequemlichkeit ist verführerisch.

Aber wo beginnt nun unsere Geschichte? Vor fünfundzwanzig Jahren, als zwei junge Mädchen sich für denselben jungen Mann interessierten? Als die blonde Catherine Lee und die dunkelhaarige Henrietta Cray – Catherine und Rietta, beide achtzehn, entfernte Cousinen, Schulkolleginnen und zugleich Busenfreundinnen – James Theodulph Lessiter, der gerade einundzwanzig geworden war, beim Tanzen kennenlernten?

Vielleicht beginnt sie dort, vielleicht aber schon drei Generationen früher, als die Lessiters sich alles nahmen, was die Welt ihnen bot, und das mit einem sich ständig verringernden Kapital bezahlen mußten, bis dem letzten Familiensproß nichts mehr blieb außer einem heruntergewirtschafteten Landsitz mit einem schäbigen alten Haus und der angeborenen Überzeugung, die Welt sei eine nur für ihn erschaffene Auster.

Damit könnte die Geschichte beginnen; oder auch ein wenig später, als James Lessiter glaubte, nichts wäre ihm wichtiger auf dieser Welt als Rietta Cray. Das schwor er ihr in einer Nacht im Mai bei Vollmond im Obstgarten von Melling House; sie war neunzehn und er zweiundzwanzig. Rietta beichtete es Catherine, und Catherine sprach Rietta sofort ihr Beileid aus: »Du weißt, Liebes, sie haben keinen Penny mehr, und deshalb wird Tante Mildred nicht sehr erbaut davon sein.«

Dank jahrelanger Bekanntschaft und weitläufiger Verwandtschaft war Mrs. Lessiter für beide Mädchen ›Tante Mildred‹, was sie jedoch in Mrs. Lessiters Augen keineswegs zu besseren Partien machte, sondern höchstens zu unerwünschten Schwiegertöchtern. Das bißchen Kapital, das noch übrig war, befand sich bei Mildred Lessiter in besten Händen.

An Geld kam James auch als Volljähriger nicht heran. Deshalb zog er hinaus in die Welt mit den Ansprüchen und Erwartungen eines Eroberers, um sein Glück zu machen.

Catherine entschloß sich mit dreiundzwanzig Jahren, Edward Welby zu heiraten und zog von Melling fort. Rietta fand eine Aufgabe in der Pflege ihrer kranken Mutter und der Erziehung ihres Neffen, Carr Robertson. Ihre Schwester Margaret war nämlich ihrem Mann nach Indien gefolgt, wo sie starb und Major Robertson sich nach einer angemessenen Frist eine andere Frau nahm. Zwar schickte er Geld für Carrs Unterhalt, kam aber nie mehr nach England zurück, und mit der Zeit blieben auch seine Briefe aus. Er starb, als Carr fünfzehn war.

Vielleicht beginnt unsere Geschichte auch erst mit Carrs Zorn auf eine Welt, die recht gut ohne ihn ausgekommen wäre. Vielleicht beginnt sie sogar noch später mit Catherine Welbys Rückkehr als kinderlose Witwe. Damals lebte Tante Mildred noch, und Catherine jammerte ihr die Ohren voll, bis Mrs. Lessiter ihr das Torhaus für einen lächerlichen Mietzins überließ.

»Wie herrlich, Rietta, daß wir jetzt wieder Nachbarn sind in Melling, nicht wahr? Tante Mildred meint, Alexander könne nebenbei auch noch meinen Garten pflegen. Wie reizend von ihr, Rietta, denn ich werde hier praktisch umsonst wohnen können, was mir nur recht sein kann, weil mir nicht viel bleibt, wenn der Nachlaß geregelt ist. Es war ein ziemlicher Schock für mich, als ich erfuhr, daß Edward mir praktisch nichts hinterlassen hat. Du weißt ja, wie schwer es ist, sich einzuschränken, wenn man gewohnt war, sich alles leisten zu können, und jetzt jeden Penny umdrehen muß . . . nicht wahr?«

Rietta antwortete mit einem eigenartig flüchtigen Lächeln: »Ich habe keine Ahnung, Cathy, denn schließlich, weißt du, habe ich . . .«, sie legte mit Absicht eine Pause ein, ehe sie schloß, ». . . nie etwas besessen.«

Fünfzehn Jahre nach diesem Gespräch traf Miss Silver in Melling ein, um ihre Schulfreundin, Mrs. Voycey, zu besuchen.

KAPITEL 2

Als der Zug im Bahnhof von Lenton hielt, schloß Miss Maud Silver die Bügel ihrer geräumigen Handtasche über ihrem Strickzeug und der Geldbörse, der sie soeben ihre Fahrkarte entnommen hatte, stieg über die unbequem hohen Trittbretter hinunter und hielt Ausschau nach einem Gepäckträger und Mrs. Voycey.

Gleichzeitig überlegte sie, ob die Jahre, die inzwischen vergangen waren, nicht jede Ähnlichkeit mit dem Mädchen aus ihrer Schulzeit getilgt haben mochten, deren Bild ihr noch so lebhaft im Gedächtnis war. Aus Cissy Christopher war schließlich Cecilia Voycey geworden und aus Freundinnen auf der Schulbank ältliche Damen.

Sie selbst, meinte sie, hatte sich inzwischen kaum verändert. Heute morgen erst hatte sie nachdenklich ein Foto von sich studiert, auf dem sie als Schulabgängerin vor ihrer ersten An-

stellung als Gouvernante abgebildet war. Sie hatte eine sehr
erfreuliche Ähnlichkeit mit ihrem Porträt von damals festgestellt. Zwar war ihr Haar inzwischen grau geworden, aber ihre
Pagenfrisur mit den Alexandra-Fransen, die von einem Netz
straff zusammengehalten wurde, hatte sie immer noch. Ihr
Gesicht mit den feinen Zügen wirkte älter, aber nicht welk und
zeichnete sich immer noch durch vornehme Blässe und Glatt-
heit aus; selbst die Brille konnte diesen Eindruck nicht verwi-
schen. Ihre Garderobe war nicht mehr jene von damals, doch
der Stil war derselbe geblieben. Den schwarzen Mantel hatte
sie erst vor fünf Jahren gekauft, aber die kleine Pelzkrawatte
begleitete sie seit zehn Jahren. Sie war inzwischen zwar etwas
dünner und farbloser geworden, leistete aber immer noch gute
Dienste. Selbst im Sommer wollte Miss Silver nicht auf sie
verzichten, weil sie aus langjähriger Erfahrung wußte, wie
schrecklich kalt und zugig es in einem Dorf über Nacht werden
konnte. Der Hut war dem auf dem Foto zum Verwechseln
ähnlich, mit gebundenen Kordeln im Nacken und einem
Wachsbukett aus Vergißmeinnicht und Stiefmütterchen links
über der Krempe. Ja, ihre Stetigkeit in allen Dingen des guten
Geschmacks sollte ihrer Freundin das Wiedererkennen er-
leichtern. Doch Cissy Christopher – nun, bei ihr mußte man
auf alles gefaßt sein! Das Bild eines großen, rauhbeinigen
Mädchens mit enorm großen Füßen und losem Mundwerk
stand Miss Silver vor Augen.

Doch während sie noch den Bahnsteig entlangschaute, gab
sie mit einem Kopfschütteln die Erinnerung an ihre Schulzeit
auf. Denn dort kam ihr eine massige Gestalt im karierten
Tweedkostüm entgegen, ein verbeultes Hütchen auf dem Hin-
terkopf: Nicht Cissy Christopher, die schon vor Jahren gestorben sein mußte, sondern ganz zweifellos eine resolute,
rotwangige Cecilia Voycey, die herzliche Wiedersehensfreude
signalisierte.

Ehe Miss Silver wußte, wie ihr geschah, wurde sie abgeküßt. »Maud, ich hätte dich unter Tausenden herausgefunden! Nun, ein paar Jährchen älter sind wir ja beide geworden – aber wie viele, das verraten wir nicht! Außerdem stören sie mich nicht. Die besten Jahre sind die schönsten Jahre, sage ich immer. Da gibt es keinen Verdruß mehr mit der Liebe und keine bösen Überraschungen, was aus einem noch alles werden könnte. Gottlob, das haben wir hinter uns. Wir halten uns an dem fest, was uns bleibt – Freunde und ein fester Platz im Leben! Und alles verläuft in geruhsamen Bahnen. Hawkins – hallo!« Sie hielt einen Gepäckträger, der vorübereilte, am Ärmel fest. »Helfen Sie doch dieser Lady mit ihrem Koffer zum Wagen!«

Als sie mit dem kleinen Auto, das ein bißchen zu klein für seine Besitzerin ausgefallen zu sein schien, vom Bahnhofsplatz losfuhren, tat Mrs. Voycey abermals lautstark ihre Freude über ihr Wiedersehen kund:

»Ich habe die Tage gezählt, Maud, wie früher, wenn es auf die Ferien zuging! Wie seltsam, daß wir uns so lange aus den Augen verloren haben. Aber du weißt ja, wie das ist – man schwört ewige Freundschaft, schreibt zuerst massenweise Briefe, und dann läßt der Eifer nach, bis man selbst die Geburtstage vergißt. Alles ist so neu, und man trifft so viele interessante Leute. Und dann, ja dann bin ich nach Indien gezogen und habe dort geheiratet. Es war keine glückliche Ehe, obwohl ich gestehen muß, daß es zum großen Teil meine Schuld war. Wenn ich noch einmal von vorne anfangen müßte, würde ich es wahrscheinlich anders machen. Aber das ist ja nun alles Schnee von gestern. Der arme John ist fast zwanzig Jahre tot. Ich habe etwas Geld von meinem Onkel geerbt und konnte daher John schon vorher verlassen. Seither lebe ich in Melling. Mein Vater war dort Pfarrer, woran du dich wahrscheinlich noch erinnern kannst. Eigentlich fühlte ich mich immer nur in Melling wie zu Hause. Papa lebte leider nur noch ein Jahr, als ich zu ihm zog; aber inzwischen habe ich mir selbst ein Häuschen gebaut und fühle mich soweit ganz wohl. Nun zu dir. Du hast doch als Lehrerin angefangen. Wie, zum Kuckuck, konnte aus dir eine Detektivin werden? Alvina Grey – das ist eine entfernte Cousine von mir – hat mir erzählt, daß du diesen schrecklichen Mordfall von der Frau mit den Brillantohrringen aufgeklärt hast! Ich wollte es erst gar nicht glauben, daß du es gewesen bist; aber dann hat sie dich beschrieben, und ich fürchtete, vielleicht wärst du es doch. Und dann schrieb ich dir ja – und nun bist du hier. Aber du hast mir immer noch nicht erzählt, wie du darauf gekommen bist – auf diese Schnüffelei, meine ich.«

Miss Silver ließ ein trockenes Hüsteln hören.

»Schwer zu sagen. Ein Zusammentreffen verschiedener Umstände. Wohl mehr Fügung als Absicht. Meine pädagogischen Erfahrungen kamen mir dabei zu Hilfe.«

»Das mußt du mir alles ganz genau erzählen!« rief Mrs. Voycey begeistert.

Im selben Augenblick mußte sie bis an den Rand der Fahrbahn ausweichen, um nicht zwei junge Leute zu überfahren, die vor der Hecke auf der anderen Straßenseite standen. Miss Silver, die beide aufmerksam betrachtete, sah ein Mädchen in Scharlachrot und einen jungen Mann in Flanellhose und Tweedjacke. Das Mädchen war außergewöhnlich, geradezu verboten hübsch. Eine ungewöhnliche Erscheinung in diesem Kleid und mit dem sorgfältig geschminkten Gesicht unter blaßgoldenen Haaren auf so einer Landstraße. Der junge Mann hingegen machte einen niedergeschlagenen, ja gequälten Eindruck.

Mrs. Voycey winkte fröhlich mit der Hand aus dem Fenster, zwängte sich an den beiden vorbei und sagte:

»Das war Carr Robertson, der zu Besuch bei seiner Tante Rietta Cray ist. Sie hat den Jungen großgezogen. Das Mädchen wohnt ebenfalls bei ihr. Er hat sie mitgebracht. Einfach so, verstehst du? Ohne erst zu fragen, ob es genehm wäre. Jedenfalls hat Catherine Welby es mir so erzählt, und die scheint ja immer sehr genau zu wissen, was in Riettas Haus vor sich geht. Ansichten haben die Leute heute! Was hätte wohl mein Vater dazu gesagt, wenn einer meiner Brüder vor der Tür gestanden und gesagt hätte: ›Das ist Fancy Bell.‹«

»Fancy?«

»So ruft er sie, obwohl sie mit Vornamen eigentlich Frances heißt. Vermutlich wird man bald erfahren, daß sie sich verlobt haben – oder daß sie verheiratet sind!« Mrs. Voycey lachte laut. »Oder auch nicht; denn heutzutage sind die jungen Leute ja unberechenbar, nicht wahr? Und dabei sollte man meinen, gebrannte Kinder scheuten das Feuer. Carr war schon einmal verheiratet mit so einer leichtsinnigen Blondine. Sie brannte mit einem anderen durch, und dann starb sie. Das ist erst zwei Jahre her, und eigentlich sollte man erwarten, daß so ein Mann sich in Zukunft besser in acht nimmt.«

»Sie ist sehr hübsch«, sagte Miss Silver milde.

Mrs. Voycey schnaubte auf eine sonderbare Weise, was ihr in der Schule oft eine Rüge eingebracht hatte.

»Männer haben nicht einen Funken Verstand«, erklärte sie.

Sie erreichten am Ende der Straße eine typisch ländliche Kulisse – einen Dorfanger mit Teich und Enten. Dahinter die Kirche mit dem alten Friedhof drum herum; daneben das Pfarrhaus, und gegenüber das Dorfgasthaus mit dem an Ketten schwingenden Wirtshausschild, das Weizenähren zeigte. Deren Gold war schon so verwittert, daß es sich kaum noch vom verwaschenen Hintergrund abhob. Da waren auch zwei hohe Säulen, die die Einfahrt zu einem Herrschaftshaus flankierten, und ein Torhaus daneben. Eine Reihe ländlicher Häuser mit Gärten, in denen Sonnenblumen, Phlox und Maßliebchen noch farbige Akzente setzten, schlossen sich an.

»Ich wohne gleich dort drüben«, sagte Mrs. Voycey, hob eine Hand vom Lenkrad und deutete hinüber auf die andere Seite des Angers. »Das Haus neben der Kirche ist die Pfarrei – viel zu groß für Mr. Ainger. Er ist Junggeselle; aber seine Schwester führt ihm den Haushalt. Ich mag sie nicht – mochte sie nie –, obwohl ich nicht abstreiten kann, daß sie sich nützlich macht im Dorf, denn das tut sie. Er würde am liebsten Rietta Cray heiraten; aber sie will nicht. Ich weiß nicht, was sie gegen ihn hat, denn er ist ein außerordentlich charmanter Mann. Jedenfalls wohnt sie gleich gegenüber in dem kleinen weißen Haus dort mit der Hecke. Ihr Vater war unser Dorfarzt – eine sehr angesehene Persönlichkeit. Und die Torpfosten dort drüben, das ist die Zufahrt zu Melling House, dem Familienbesitz der Lessiters. Doch die alte Mrs. Lessiter ist schon seit ein paar Jahren tot, und ihr Sohn hat sich seit mehr als zwanzig Jahren hier nicht mehr blicken lassen. Nicht einmal zum Begräbnis seiner Mutter ist er gekommen, aber daran war wohl der Krieg schuld, glaube ich. Er war mit Rietta heimlich verlobt, mußt du wissen; aber daraus wurde nichts. Kein Geld, obwohl er sich inzwischen ein Vermögen zusammengerafft haben soll. War eben nur so eine Jugendliebelei. Sie haben beide nicht geheiratet, und nun sind wir alle natürlich überaus neugierig, weil er nach so vielen Jahren doch noch zurückgekommen ist. Nicht, daß die beiden vielleicht noch ein Paar würden, aber in einem Dorf muß man schon tot sein, wenn man sich nicht für seine Nachbarn interessiert.«

An dieser Stelle konnte Miss Silver die Bemerkung einflechten, daß Menschen immer interessante Studienobjekte wären.

Mrs. Voycey nahm gleichzeitig das Gas weg, um einem Hund auszuweichen.

»He, Rover – man flöht sich nicht mitten auf der Straße!« Und dann, an Miss Silver gewendet: »Eines Tages kommt er bestimmt noch unter die Räder; aber hoffentlich nicht unter meine.« Sie deutete zu den Pfeilern hinüber: »Im Haus gleich neben der Einfahrt wohnt Catherine Welby. Sie nennen es Torhaus, aber tatsächlich ist es nur eine bessere Pförtnerwohnung. Sie ist eine entfernte Verwandte der Lessiters – ein Glück für sie, denn sie hat die Wohnung praktisch umsonst und so viel Obst und Gemüse, wie sie zum Leben braucht. Man kann nur hoffen, daß James Lessiter sie jetzt nicht auf die Straße setzt; denn ich wüßte nicht, was dann aus ihr werden sollte.«

Miss Silver hüstelte: »Ihre Mittel sind begrenzt?«

»Sie ist praktisch mittellos«, antwortete Mrs. Voycey mit einem energischen Kopfnicken. »Obwohl man ihr das nicht ansieht, so, wie sie auftritt. Ich werde sie zum Tee einladen, dann kannst du dich selbst davon überzeugen. Sie ist immer noch eine sehr hübsche Person, obwohl Rietta meinem Geschmack eher entspricht. Sie sind beide jetzt dreiundvierzig, aber die kosmetische Industrie sorgt ja heutzutage dafür, daß Alter keine Rolle mehr spielt. Nur auf seine Figur muß man selbst achten. Catherine könnte man immer noch für dreißig halten. Ja, wenn sie so aus dem Leim gegangen wäre wie ich; aber über solche Kleinigkeiten bin ich erhaben. Ah – da sind wir ja schon!«

Und damit bog sie in eine Miniatureinfahrt ein, die zu einer Miniaturvilla führte. Beete mit roten Geranien und hellblauen Lobelien standen noch in voller Blüte. Doch trotz ihrer frischen Farben konnten sie kaum mit dem Ziegelrot der Hauswände mithalten. Seit zwanzig Jahren war Staplehurst Lodge Sonne und Regen ausgesetzt und sah doch so frisch aus mit seinen smaragdgrünen Fensterläden, dem polierten Türklopfer und den makellos sauberen Fenstern, als wäre es eben erst schlüsselfertig übergeben worden.

»Nun, das ist meine bescheidene Hütte, Maud, und ich hoffe, daß du dich für einige Tage bei mir wohlfühlen wirst!« Und damit drückte Mrs. Voycey liebevoll Miss Silvers Arm.

KAPITEL 3

Catherine Welby kam aus dem Torhaus und bog hinter den Pfeilern in den Fußweg zum White Cottage ein. Das Gras am Rand des Pfades war noch grün, obwohl der September fast vorüber war. Sah man genauer hin, erkannte man die Spuren eines naßkalten Sommers, doch an diesem Nachmittag stand keine Wolke am Himmel. Das Wetter war so angenehm, daß es Catherine in ihrem hellgrauen Flanellkostüm, das besonders gut zu ihrem Teint und zu dem ins Rötliche spielenden Hellblond ihrer Haare paßte, zu warm wurde. Sie war, wie Mrs. Voycey richtig bemerkte, eine sehr hübsche Frau – mit einer noch jugendlich schlanken Figur und den strahlend blauen Augen eines jungen Mädchens. Neben ihrer guten Figur besaß sie die noch weitaus seltenere Eigenschaft, stets das Passende anzuziehen. Sie kam durch eine kleine weißgestrichene Gartenpforte, folgte den Platten zu Miss Crays Haustür, öffnete sie und rief:

»Rietta!«

Im Wohnzimmer wanderte ein Schatten des Unmuts über Rietta Crays Gesicht, was ihre Ähnlichkeit mit ihrem Neffen betonte, während sie zurückrief:

»Ich bin hier. Komm herein!«

Catherine Welby war die letzte, die sie in diesem Augenblick sehen wollte. Tatsächlich mochte sie gar niemanden sehen, aber wenn man in einer Dorfgemeinschaft lebt, kann man sich solchen Luxus nicht erlauben. Sie wußte sehr wohl, daß die Rückkehr von James Lessiter das ganze Dorf daran erinnert hatte, daß sie einmal verlobt gewesen waren, und wie neugierig sie alle waren, was sie beide tun, lassen oder sagen würden, wenn sie sich wiedersahen. Zwanzig Jahre sind eine lange Zeit; aber das Gedächtnis eines Dorfes ist noch länger.

Sie stand nicht auf, als Catherine hereinkam, sondern blieb über den Tisch gebeugt, wo sie aus einem Stoffrest einen Kinderrock schneiderte.

Die beiden kannten sich schon viel zu lange, um auf Förmlichkeiten zu achten. Und wenn Catherine merkte, daß sie hier störte, war das auch nicht tragisch. Rietta blickte erst hoch, als sie die Schere weglegte und sah, daß Catherine sich eine Zigarette anzündete.

»Du scheinst ja sehr beschäftigt, Rietta. Kleider für die Armen?«

Wieder dieser schroffe, mißbilligende Zug auf dem gutgeschnittenen Gesicht, was ihm eigenartigerweise ein junges, impulsives Aussehen verlieh. Niemandem wäre es eingefallen, Rietta hübsch zu nennen – dafür waren ihre Züge zu streng. »Pallas Athene mit einem Hauch von Gorgo«, so hatte sie ein Freund von James Lessiter einmal genannt, nachdem sie ihm einen Korb gegeben hatte. Es gab Momente, in denen sie hinreißend schön sein konnte – meistens stürmische Momente. Eine Frau mit den klassischen Proportionen einer griechischen Statue, mit dunklen Haaren, grauen Augen und feinen Wimpern, aber mit einem etwas zum Jähzorn neigenden Temperament.

Sie blickte jetzt hoch und fragte: »Was gibt's?«

Catherine hatte es sich inzwischen im Sessel am Fenster bequem gemacht.

»Rietta, du weißt doch, daß Näharbeiten dir nicht liegen. Du bekommst nur schlechte Laune davon. Also könntest du mir dankbar sein, daß ich dich ein bißchen von der Arbeit ablenke.«

»Ehrlich gestanden bin ich es nicht. Ich will es hinter mich bringen.«

Catherine wedelte mit ihrer Zigarette. »Ich möchte dich ja nicht daran hindern, Liebes – du kannst gerne damit fortfahren, die Schnipsel mit Stecknadeln zusammenzuheften. Ich bin nur auf einen Sprung vorbeigekommen, um mich zu erkundigen, ob du schon mit James gesprochen hast.«

Diesmal reagierte Rietta nicht nur mit einem Stirnrunzeln, sondern mit einem Anflug von Zorn. Denn eben das wollte ganz Melling von ihr wissen. Sie antwortete mit einer vor Ärger tonlosen Stimme: »Nein. Warum sollte ich?«

»Ich weiß nicht. Es hätte ja sein können. Ich habe ihn ebenfalls noch nicht gesprochen. Schließlich ist er ja erst gestern abend eingetroffen. Ich bin neugierig, wie er jetzt aussieht. Ob die Zeit ihm auch so zugesetzt hat wie uns? Weißt du, Rietta, wenn du dir Mühe geben würdest, sähst du aus wie . . . nun, wie eine Frau von vierunddreißig.«

»Ich habe nicht die Absicht, wie vierunddreißig aussehen zu wollen.«

Catherines dunkelblaue Augen öffneten sich weit.

»Wie kannst du nur so etwas Törichtes sagen? Ein bißchen Farbe würde dir gut zu Gesicht stehen. Die hat dir immer schon gefehlt. Und ein weicherer Ausdruck. Den solltest du vor einem Spiegel einstudieren.«

Riettas Lippen zuckten. Ihr Zorn war verflogen. Die Vorstellung, sich vor einen Spiegel zu stellen und Grimassen zu üben, war zu komisch.

»Wir könnten ja gemeinsam üben«, erwiderte sie.

Catherine blies eine Rauchwolke in die Luft. »Jetzt machst du dich über mich lustig, und eben wolltest du mir noch den Kopf abreißen. Ich bin wirklich gespannt, wie James jetzt aussieht. Wäre ein Jammer, wenn er fett geworden wäre – er sah damals doch recht gut aus. Ihr hättet ein wirklich schönes Paar abgegeben. Dabei glaubte ich, er interessiere sich eher für blonde Mädchen. Du weißt, wie anständig ich mich damals verhalten habe, weil ich nicht einmal versucht habe, ihn dir auszuspannen.«

Riettas klare graue Augen ruhten einen Moment auf Catherine. Genau das Gegenteil hatte Catherine damals versucht und war dabei abgeblitzt. Und da sie das beide sehr wohl wußten, brauchte Rietta nun kein Wort mehr darüber zu verlieren. Sie beugte sich wieder über ihre Näharbeit.

Catherine kehrte mit einem etwas gequälten Lachen zum Thema James Lessiter zurück: »Ich weiß nicht, was für einen Mann das größere Übel ist – dick zu werden oder abzumagern. James muß schon fünfundvierzig sein.« Sie nahm einen Zug aus ihrer Zigarette. »Er kommt heute abend auf eine Tasse Kaffee zu mir. Du solltest auch kommen!«

»Nein. Vielen Dank.«

»Solltest du aber, denn irgendwann wirst du ihm ja über den Weg laufen müssen. Vielleicht im Regen mit patschnassen Haaren! Oder wenn das ganze Dorf Spalier steht? Dann ist es schon besser, du bestimmst den Zeitpunkt und bringst es auf eine vernünftige, freundliche Art hinter dich.«

Ein Hauch von Rot gab Rietta Cray kurz die Farbe, die Catherine sonst an ihr vermißte. Doch sie beherrschte ihren Zorn und sagte: »Wir sind keine Schulmädchen mehr. Ich habe nichts hinter mich zu bringen. Wenn James wirklich hier wohnen möchte, werden wir uns natürlich begegnen. Aber es würde mich wundern, wenn er länger bliebe. Er wird Melling sterbenslangweilig finden.«

»Er hat inzwischen ein Vermögen verdient«, sagte Catherine nachdenklich. »Rietta, ich bitte dich, steig von deinem hohen Roß herunter! Hier könnte sich einiges ändern, wenn Melling House wieder seine Pforten öffnet. Und schließlich sind wir beide James älteste Freunde. Es wird ihm kaum Spaß machen, in ein leeres Haus zurückzukehren. Wir sollten ihm die Sache schmackhafter machen und ihn in Melling willkommen heißen. Deshalb meine Bitte an dich, heute abend zu einer Tasse Kaffee zu mir zu kommen!«

Rietta musterte Catherine eindringlich. Es entsprach viel

eher ihrem Charakter, James allein zu empfangen – und zu behalten. Da steckte etwas anderes dahinter, und zweifellos würde sie auch bald die Katze aus dem Sack lassen oder vielmehr ein süßes, seidenweiches Kätzchen mit unschuldigen Augen und Sahnetröpfchen an den Schnurrbarthaaren. Rietta sagte nichts, gab aber ihrer Besucherin mit einem Lächeln zu verstehen, daß sie sie durchschaut hatte.

Errötete Catherine ein wenig? Sie erhob sich sehr selbstbewußt und lässig von ihrem Sessel am Fenster.

»Nun, du kannst es dir ja trotzdem noch überlegen«, sagte sie. Und dann, kurz vor der Tür, drehte sie sich noch einmal um und fragte: »Ist Carr nicht zu Hause?«

»Er ist mit Fancy nach Lenton gefahren.«

Catherine Welby lachte laut. »Wird er sie heiraten?«

»Ich würde dir nicht raten, ihn danach zu fragen. Ich habe das jedenfalls nicht getan.«

»Er wäre schön dumm, wenn er sie heiratete. Sie ist Marjory zu ähnlich. Es wäre nur das Drama seiner ersten Ehe in Neuauflage.«

»Es steht dir nicht zu, so etwas zu sagen.«

Catherine spitzte die Lippen. »Bitte, halte mir keine Moralpredigt. Du weißt, das zieht bei mir nicht. Ich benütze nur meinen gesunden Menschenverstand, und den solltest du auch gebrauchen und ihn bremsen, damit er nicht zum zweitenmal auf den Bauch fällt. Denn das würde ihm meiner Ansicht nach seelisch das Genick brechen. Hast du ihn wenigstens danach gefragt, mit wem Marjory damals durchgebrannt ist?«

»Nein.«

»Nun, jedenfalls hat sie uns allen viel Ärger damit erspart, daß sie das Abenteuer nicht lange überlebte. Ich meine, nachdem sie wieder zu ihm zurückgekommen war und er sie aufnahm und pflegte, hätte er sich schlecht von ihr scheiden lassen können, nicht wahr? Eine sehr ritterliche Tat von ihm, aber reine Kraftverschwendung, wenn sich das Ganze wiederholen sollte. Also, dann bis gleich ...«

KAPITEL 4

Fancy Bell beobachtete unter langen Wimpern ihren trübsinnigen Begleiter verstohlen von der Seite. Dann kehrte sie leise seufzend wieder zu der angenehmeren Betrachtung ihres eigenen Gesichts und ihrer Figur zurück, die sich im Schaufenster eines Hutgeschäfts spiegelten. Ein bißchen gewagt, dieses Scharlachrot, doch nach den Blicken zu urteilen, mit denen sie fast jeder Mann musterte, der an ihr vorbeikam, mußte das Kleid ein Hit sein.

Sie bildeten ein hübsches Gespann, Carr und sie. Er war ein gutaussehender Bursche; das konnte niemand bestreiten. Und neben so einem dunklen, mürrischen Typ kam ein so blondes Mädchen wie sie besonders gut zur Geltung. Er war zwar ganz reizend zu ihr, aber die Beziehung wäre viel unkomplizierter gewesen, wenn er sich ab und an zu einem Lächeln durchringen könnte, das ihr zeigte, daß er Gefallen an ihrer Gesellschaft fand. Aber man konnte natürlich nicht alles haben.

Das war ihr harter Kern gesunden Menschenverstands hinter einer dekorativen Fassade. Man konnte nicht alles haben! Also mußte man Prioritäten setzen. Junge Männer mit viel Geld wollten nur mit ihr über das Wochenende verreisen. Nun, zu dieser Sorte Mädchen gehörte sie nicht, und das ließ sie die Männer auch wissen – in aller Freundschaft, versteht sich. Und sie versuchten es in der Regel nie ein zweites Mal.

Das Mädchen aus dem Show-Geschäft – das war ja ganz gut und schön, aber nicht von Dauer. Die Vernunft, die ›Frances‹ hieß, erwartete, daß ›Fancy‹ die Chance nützte und sich einen sicheren Platz im Leben eroberte. Und sie wußte genau, was sie wollte – ein paar Sprossen höher steigen, aber nicht so hoch, daß ihre Schwiegereltern auf sie herabschauen konnten. Genug Geld, ein hübsches kleines Heim und bis zu drei Kindern, selbstverständlich mit einer Hausangestellten, die die grobe Arbeit tat, denn sie wollte gepflegt bleiben und ihr gutes Aussehen behalten. Natürlich mußte sie auch tüchtig zugreifen, wenn die Babys kamen. Dazu war sie bereit. Frances hatte das alles schon geplant. Sie überlegte nur, ob Carr Robertson sich für die tragende Rolle in ihrem Planspiel eignete. Er hatte einen Job und auch ein bißchen Vermögen, und Fancy fand es nicht so schwierig, sich in ihn zu verlieben; doch Frances wollte von solchen Dummheiten nichts hören.

Sie legte ihm die Hand auf den Arm.

»Das ist der Friseur, bei dem Mrs. Welby sich immer die Haare richten läßt. Kannst du mich für eine Stunde entbehren?«

»Oh, ja«, erwiderte er im gleichgültigen Ton.

»Schön. Und dann holst du mich zum Tee ab? Bis gleich!«

Er sah ihr mit einem eigenartigen Gefühl der Erleichterung nach. Er hatte eine ganze Stunde für sich, in der man nichts von ihm erwartete. Keine Konversation, keinen Flirt, wo man sich bremsen mußte, wenn es gefährlich wurde. Er blickte ihr nach wie einem Gast, dessen Gesellschaft man genießt, den man aber auch gerne scheiden sieht, damit man sein Haus wieder für sich allein hat. Nur mußte er immer mit der Möglichkeit rechnen, daß seine Einsamkeit von einem Gespenst gestört wurde – Marjorys Schritte auf der Treppe . . . ihr Gelächter und ihre Tränen . . . ihre stockende Stimme: »Nein – nein – ich werde dir nie seinen Namen verraten. Ich möchte nicht, daß du ihn umbringst. Nein, Carr – nein!«

Eine Stimme riß ihn aus der trüben Flut seiner Gedanken. Er blickte mit einem raschen, nervösen Stirnrunzeln, das so sehr an Rietta erinnerte, hoch, und sah Mr. Holderness vor sich stehen, der ihn wohlwollend musterte. Das Wohlwollen von Mr. Holderness war eine seiner frühesten Kindheitserinnerungen, denn es war stets mit einem Geschenk von einer halben Krone verbunden gewesen. Er bemerkte, daß Holderness sich kaum verändert hatte – immer noch dieselbe würdevolle Erscheinung, die rollende Stimme –, der personifizierte Landadvokat. Holderness schlug Carr auf die Schulter und erkundigte sich, ob sein Aufenthalt hier von längerer Dauer sei.

»Rietta wird froh sein, dich bei sich zu haben. Wie geht es ihr? Hoffentlich wird die Arbeit nicht zu viel für sie. Als ich sie zum letztenmal sah, hatte ich den Eindruck, sie tut des Guten zuviel. Sie sagte mir, sie könne keine Hilfe für den Garten bekommen.«

»Nein, deswegen hat sie auch den Gemüseanbau aufgegeben. Auch im Haus fehlt ihr eine Hilfe – Mrs. Fallow kommt nur zweimal in der Woche für ein paar Stunden. Ich glaube auch, daß sie zuviel arbeitet.«

»Dann paß gut auf sie auf, mein Junge. Gute Leute sind selten, und sie wird sich nicht schonen – Frauen wie sie tun das nie. Nun, ich darf auch nicht meine Zeit mit Schwätzen vertrödeln. Ich war den ganzen Tag bei Gericht und muß zurück in die Kanzlei. Ach ja – James Lessiter soll zurück sein, wie ich hörte. Hast du ihn schon gesehen?«

Carr lächelte. Es war so nervös wie sein Stirnrunzeln.

»Ich habe ihn in meinem ganzen Leben noch nicht gesehen! Er war bereits von der Landkarte verschwunden, als ich nach Melling kam.«

»Stimmt – natürlich –, er war ja schon außer Landes! Und nun soll er als reicher Mann zurückgekommen sein. Zuweilen recht erfreulich, so eine Geschichte von einem erfolgreichen Ausreißer, der aus der Fremde zurückkehrt – und erfrischend dazu! Du hast ihn also wirklich noch nicht gesehen, seit er zurück ist?«

»Ich denke, niemand hat ihn bisher gesehen. Er soll ja erst gestern abend eingetroffen sein, wie ich hörte. Mrs. Fallow ist im Herrenhaus gewesen, um den Mayhews zu helfen.«

»Ach ja – Mrs. Lessiters Köchin und ihr Butler. Sehr ordentliche Leute. Mayhew kommt jede Woche in meine Kanzlei, um die Löhne abzuholen. Von ihm erfuhr ich, daß sie ihn zurückerwartet haben. Wahrscheinlich wird er mich anrufen. War gar nicht so einfach, sich um alles zu kümmern, als seine Mutter starb und er weg war. Nun, leb wohl, mein Junge. Es war sehr nett, dich wiedergesehen zu haben!«

Holderness schritt weiter. Carr blickte ihm nach und spürte, daß diese Begegnung plötzlich seine Stimmung verändert hatte. Old Holderness war so etwas wie eine Symbolfigur für die Zeit, als das Leben noch schön war. Als er noch Freunde hatte.

Freunde in der Schule und am College. Als Semester auf Semester folgte und die Ferien dazwischen als Erholungspausen. Sein Taschengeld war mit der Zeit gewachsen; aus einer halben Krone wurden zehn Shilling und schließlich ein Pfund. Henry Ainger hatte ihm zum achtzehnten Geburtstag sogar eine Fünfpfundnote geschenkt und Elizabeth Moore ein altes Gemälde mit einem Segelschiff. Es hatte ihm sofort gefallen, als er es in einem dunklen Winkel des Antiquitätenladens ihres Onkels entdeckte. Eigenartig, wie ein Stück bemalte Leinwand sich zu einem magischen Fenster verwandeln konnte! Er sah sich selbst, getrieben von einer geheimnisvollen Strömung, auf diesem Schiff ins Leben hinaussegeln . . .

Einem Impuls folgend, ging er die Straße hinunter, wandte sich nach links und blieb vor dem Schaufenster von Jonathan Moores Antiquitätengeschäft stehen. Er betrachtete einen schönen Satz Schachfiguren aus rotem und weißem Elfenbein in Manchu-Tracht und chinesischer Kleidung – eine zu einem Spiel stilisierte Schlachtordnung. Während er die Feinheiten der Schnitzerei bewunderte, wuchs wieder der Groll in ihm.

Plötzlich gab er sich einen Ruck, stieß die Ladentür auf und trat ein. Eine Glocke schlug an. Elizabeth kam in den Vorraum, um den Käufer zu bedienen. Seine Erbitterung legte sich sofort.

»Carr!« rief sie nur. Sie standen sich stumm gegenüber und schauten sich an.

Nur einen Moment lang sah er sie wie eine Fremde an. Er hatte sie vor fünf Jahren kennengelernt, und doch schien sie ihm heute so vertraut, als hätten sie sich schon als Kinder gekannt. In diesem Moment sah er sie allerdings wie beim erstenmal: als eine große, lichte Gestalt von schlichter Natürlichkeit, mit hellen wachen Augen und einem zaghaften Lächeln unter dem braunen, etwas zerzausten Haar.

Da war er wieder – dieser Eindruck des freudigen Erschreckens, diese Bereitschaft zur Flucht, dieses Sichentziehen-Wollen ins Unerreichbare. Doch das Ganze war viel zu flüchtig, um sich in seinem Bewußtsein festsetzen zu können.

Sie sprach zuerst, mit einer Stimme, die ihm schon immer gefallen hatte – einer klaren, hübschen Stimme, lieblich und ernst zugleich: »Carr – wie nett! Mein Gott, wie lange ist es jetzt her?«

»Eine Million Jahre«, antwortete er und überlegte dann, ob er das Richtige gesagt hatte. Dann wurde ihm bewußt, daß es gar nicht wichtig war, ob es das Richtige war. Das hatte bei Elizabeth noch nie eine Rolle gespielt.

Sie streckte die Hand aus, ohne ihn jedoch zu berühren. Auch das war eine alte, ihm wohl vertraute Geste.

»So lange schon? Du Armer! Komm, wir gehen nach hinten und plaudern ein bißchen. Onkel Jonathan ist bei einer Auktion.«

Er folgte ihr in das kleine Wohnzimmer hinter dem Laden: schäbige, aber bequeme Sessel, altmodische Plüschvorhänge! Jonathan Moores unaufgeräumter Schreibtisch in einer Ecke. Elizabeth schloß die Tür hinter sich. Sie öffnete einen Schrank, kramte darin und brachte eine Tüte mit Karamelbonbons zum Vorschein.

»Magst du sie noch? Ich denke schon! Was man wirklich mag, das schmeckt immer. Glaubst du nicht auch?«

»Das kann ich nicht beurteilen.«

»Aber ich – ich weiß es.« Sie lachte ein wenig verkrampft. »Mag kommen, was will – an meiner Leidenschaft für Karamelbonbons wird sich nichts ändern. Und nichts an meiner Dankbarkeit, daß ich sie essen darf, ohne ein Gramm zuzunehmen. Ich stelle die Tüte zwischen uns, wie wir es früher gemacht haben, damit sich jeder bedienen kann.«

Jetzt lachte auch er, wie gelöst von seinen quälenden Spannungen. Das Wiedersehen mit Elizabeth war so wohltuend, so selbstverständlich, als nähme er nur wieder einen ihm angestammten Platz ein. Als käme er zu einem alten Freund zurück, der keine Forderungen an ihn stellte. Das war unglaublich beruhigend.

»Ist es noch zu früh für den Tee?« fragte sie. »Ich werde trotzdem den Kessel . . .« Und im selben Moment entdeckte sie wieder die Unmutsfalte auf seiner Stirn.

»Nein! Ich bin mit Fancy verabredet – Frances Bell. Wir sind beide bei Rietta einquartiert. Sie sitzt gerade beim Friseur, und danach wollte sie mit mir Tee trinken.«

Elizabeth betrachtete ihn nachdenklich mit ihren klaren Augen.

»Und du möchtest sie nicht zum Tee zu mir mitbringen? Ich könnte euch einen frisch gebackenen Kuchen anbieten!«

»Doch, ich brächte sie ganz gerne mit.«

Elizabeth nickte.

»Das ist nett! Dann können wir zu dritt zusammensitzen und reden. Erzähl mir was von ihr. Ist sie deine Freundin?«

»Nein.« Das rutschte ihm heraus, ehe er überlegte; und dann dachte er: Mein Gott – es ist wahr! Auf was hatte er sich da eingelassen? Er kam sich vor wie ein Schlafwandler, der plötzlich zu sich kommt und sich mit einem Bein über dem Abgrund sieht.

»Erzähl mir von ihr, Carr. Was ist sie für ein Mädchen?«

Er sah sie mit diesem gequälten Blick an, der ihn wieder ganz beherrschte. »Sie ist wie Marjory.«

»Ich habe Marjory nur einmal gesehen. Sie war sehr hübsch.« Sie sagte es ohne Bitterkeit, obwohl sie sich beide an die Folgen dieses Treffens erinnerten, als Elizabeth ihn damals gefragt hatte: ›Bist du in sie verliebt, Carr?‹

Es war in diesem Zimmer gewesen, und als er ihrem Blick auswich, hatte sie den Verlobungsring abgezogen und ihn stumm auf die Sessellehne zwischen ihnen gelegt. Als er dann immer noch nichts sagte, war sie durch die Tür dort drüben aus dem Zimmer gegangen und die alte Holztreppe zu ihrer Schlafkammer im Oberstock hinaufgestiegen. Er war ihr nicht nachgegangen.

Fünf Jahre war es her, und doch war es so gegenwärtig wie der gestrige Tag.

»Warum hast du mich ziehen lassen?« fragte er.

»Wie hätte ich dich denn zurückhalten können?«

»Du hast es gar nicht erst versucht!«

»Nein, das habe ich nicht. Sollte ich dich festbinden, wenn du gehen wolltest?«

Er beugte sich vor, die Hände zwischen den Knien, und hörte sich anfangs stockend und dann mit zunehmender Hast sagen: »Es war nicht ihre Schuld, hörst du? Ich – das Leben mit mir war eine Zumutung! Als das Baby starb, blieb ihr nichts mehr. Das Geld war stets knapp bei uns. Sie war an ein angenehmes Leben gewöhnt gewesen – umschwärmt von Männern. Ich konnte ihr keinen Ersatz dafür bieten. Die Wohnung war so beengt. Sie haßte sie. Ich war kaum zu Hause. Sie hatte kein Vermögen, keine Ersparnisse. Wenn ich bei ihr war, hatte ich auch noch schlechte Laune. Ihr kannst du keinen Vorwurf machen!«

»Wie ist es zum Bruch gekommen, Carr?«

»Ich blieb mit meiner Einheit auch nach Kriegsende noch in Deutschland und wurde erst Ende 1945 entlassen. Marjory schrieb nicht oft, und später gar nicht mehr. Als ich Heimaturlaub bekam, fand ich Fremde in der Wohnung vor. Marjory hatte sie untervermietet. Niemand wußte, wo sie steckte. Nach meiner Entlassung stellte ich Nachforschungen an. Ich behielt die Wohnung zur Miete, denn irgendwo mußte ich ja bleiben, und fand eine Anstellung in einer literarischen Agentur. Sie gehörte Jack Smithers, einem Freund von mir. Du erinnerst dich vermutlich noch an ihn. Er hatte mit mir in Oxford studiert. Später wurde er verwundet und dienstuntauglich, so konnte er sein Geschäft aufbauen, ehe es richtig losging an der Front.«

»Ja?«

Er blickte kurz zu ihr hoch. »Ich hatte das Gefühl, als würde sie zurückkommen. Nun – sie kam zurück. In einer bitterkalten Januarnacht. Als ich erst kurz vor Mitternacht in die Wohnung zurückkehrte, lag sie auf dem Diwan. Ein Wunder, daß sie nicht erfroren war, denn sie besaß keinen Mantel mehr und trug nur ein dünnes Kleid. Sie hatte sich die Steppdecke aus dem Schlafzimmer geholt und die elektrische Heizung angestellt, aber als ich sie fand, hatte sie schon hohes Fieber. Ich ließ sofort einen Arzt kommen, aber sie hatte nicht die geringste Chance. Der Schweinehund, mit dem sie durchgebrannt war, hatte sie ohne einen Pfennig Geld in Frankreich sitzen lassen. Sie mußte sogar ihre Kleider verkaufen, damit sie die Rückfahrt bezahlen konnte. Sie hat mir alles erzählt bis auf seinen Namen. Sie sagte, sie wollte nicht, daß ich ihn umbringe. Sie war immer noch verrückt nach ihm – trotz allem, was er ihr angetan hatte. Ich weiß es, denn sie beichtete im Delirium . . .«

Elizabeth sagte in das nun folgende Schweigen hinein: »Vielleicht dachte sie dabei an dich, Carr.«

Er lachte ärgerlich. »Nein – denn sie hat sein Foto aufbewahrt. Deshalb weiß ich es besser, und an dem Foto werde ich ihn eines Tages erkennen. Es war in ihrer Puderdose hinter dem Spiegel versteckt. Sie glaubte wohl, dort würde es niemand finden. Aber sie hatte natürlich nicht damit gerechnet, daß sie sterben mußte.«

»Arme Marjory.«

Er nickte. »Das Foto hab' ich noch heute – und eines Tages werde ich den Kerl finden. Es ist ein Ausschnitt – der Kopf und ein Stück von den Schultern –, und die Rückseite ist mit Sandpapier abgeschliffen, damit das Fotopapier in die Puderdose paßte. Aber ich erkenne ihn bestimmt, wenn er mir über den Weg läuft.«

»Jeder muß für seine Sünden büßen, Carr. Versuche nicht den Rächer zu spielen. Die Rolle paßt nicht zu dir.«

»Tatsächlich? Ich weiß nicht . . .«

Wieder hüllte sie das Schweigen ein, das Elizabeth diesmal nicht unterbrach. Dann fing Carr wieder zu sprechen an:

»Fancy ist ihr sehr ähnlich, weißt du? Sie hat als Mannequin begonnen. Im Augenblick ist sie im Showgeschäft – allerdings ohne Anstellung. Sie hat hart gearbeitet und möchte Karriere machen. Sie hofft auf eine Rolle in einem ordentlichen Stück, wie sie es bezeichnet. Ich kann mir nicht vorstellen, daß sie Talent für die Bühne hat. Es macht ihr sogar Schwierigkeiten, die Vokale richtig auszusprechen. Fancy ist in Stepney aufgewachsen, und das hört man ihrer Aussprache auch an. Ich glaube, ihre Eltern wohnen auch heute noch dort, und sie würde nicht im Traum daran denken, sich von ihnen loszusagen. Denn sie ist ein nettes Mädchen und hängt sehr an ihrer Familie.«

»Und was hast du mit ihr zu tun?«

Er blickte hoch und antwortete dann mit einem Anflug von bitterem Humor: »Sie will vorankommen und betrachtet mich als Sprungbrett.«

»Seid ihr verlobt?«

»Ich glaube nicht.«

»Hast du ihr einen Heiratsantrag gemacht?«

»Ich weiß es nicht.«

»Carr, so etwas mußt du doch wissen!«

»Nein, ich habe nicht, und das ist die Wahrheit.«

Plötzlich setzte sie sich kerzengerade auf und sagte mit fester Stimme, während sie die Hände ineinander verkrampfte: »Du hast dich treiben lassen, Carr, und du weißt nicht einmal, wohin?«

»So ist es wohl.«

»Das ist Selbstmord! Du wirst doch kein Mädchen heiraten, aus dem du dir nichts machst!«

»Nein«, sagte er, und dann: »Es ist so einfach, sich treiben zu lassen, wenn es einem im Grunde egal ist, was passiert. Es ist nicht so einfach, einsam zu sein.«

Elizabeth gab rasch und leise zurück: »Es ist besser, allein einsam zu sein als zu zweit.«

Sie erschrak über den Schmerz in seinen Augen.

»Da hast du verdammt recht. Und da ich beides versucht habe, sollte ich es eigentlich besser wissen. Aber daß man, wenn man sich einmal die Finger verbrannt hat, das Spiel mit dem Feuer läßt, stimmt nicht. Man glaubt immer, das nächste Mal wäre es anders.«

»Carr«, sagte Elizabeth impulsiv, »am liebsten nähme ich dich bei den Ohren und schüttelte dich! Du redest Unsinn, und das weißt du auch. Bei Marjory hast du wirklich den Verstand verloren, aber diesmal versuchst du gar nicht erst, mir vorzuschwindeln, daß dir an diesem unmöglichen Mädchen etwas läge!«

28

Sein altes, herausforderndes Lächeln blitzte auf.

»Darling, sie ist kein unmögliches Mädchen! Im Gegenteil, sie ist ein sehr nettes, sehr ordentliches und hinreißend hübsches Mädchen mit platinblonden Haaren, saphirblauen Augen und ellenlangen Wimpern. Überzeuge dich selbst, wenn ich sie mitbringe.«

KAPITEL 5

Die kleine Teegesellschaft verlief so harmonisch, wie man das unter den Umständen erwarten durfte. Zunächst hatte Fancy sich allerdings ein wenig gesträubt.

»Aber wer ist denn diese Elizabeth Moore? Ich kann mich nicht erinnern, daß du ihren Namen schon einmal erwähnt hättest! Sie hat einen Laden, sagst du?«

»Der gehört ihrem Onkel. Er ist, nebenbei bemerkt, eine sehr bekannte Persönlichkeit in der Gegend. Die Moores besaßen früher ein großes Landhaus hinter Melling. Drei Söhne der Familie fielen im Ersten Weltkrieg, und Jonathan konnte wegen der dreifachen Erbschaftssteuer das Haus nicht mehr halten. Als er es versteigern ließ, fand er, er sollte die Möbel lieber selbst verkaufen, und dafür brauchte er einen Laden. So kam er zu seinem Geschäft. Elizabeths Eltern leben auch nicht mehr. Deshalb wohnt sie bei ihm.«

»Wie alt ist sie?«

»Drei Jahre jünger als ich.«

»Ich weiß nicht einmal, wie alt du bist.«

»Achtundzwanzig.«

»Dann ist sie also fünfundzwanzig?«

Er lachte schallend. »Was für ein kluges Mädchen du doch bist! Nun komm endlich – der Teekessel steht schon auf dem Herd.«

Besänftigt von der Erkenntnis, daß Elizabeth sich bereits dem Mittelalter näherte, folgte sie ihm. Ihr Gaumen war nach dem langen Sitzen unter der Trockenhaube wie ausgedörrt. Als Elizabeth ihr in dem schäbigen, aber freundlichen Wohnzimmer die Hand gab, war sie vollends beruhigt. Miss Moore mochte ja eine alte Freundin sein oder so, aber eine Schönheit war sie bestimmt nicht. Und Mode schien ein Fremdwort für sie zu sein. Der Rock, den sie trug – das war der letzte Schrei vom vorletzten Jahr. Und den Rollkragenpullover hatte sie bis zum Kinn hinauf und über die Handgelenke heruntergezogen – wie unattraktiv! Doch zugleich regte sich bei Fancy ein Gefühl, als wäre ihr scharlachrotes Kleid doch ein bißchen zu gewagt. Fast hätte sie deswegen geheult, aber sie konnte nicht feststellen, daß Miss Moore es an Liebenswürdigkeit ihr gegenüber fehlen ließ oder daß die beiden sie wie eine Fremde behandelten. Jedoch sie empfand es so, was natürlich Unsinn war. Sie brauchte sich vor keiner Frau zu verstecken und war viel hübscher und eleganter als Elizabeth Moore! Wie dumm von ihr, diese Komplexe zu haben. Mom hätte gesagt, sie sollte nicht gleich Gespenster sehen. Und dann, ganz plötzlich war dieses Minderwertigkeitsgefühl verschwunden, und sie erzählte Elizabeth von ihrer Mutter und ihrem Vater und wie sie ihren ersten Job bekommen hatte – alles Themen, die eine angenehme und vertrauliche Atmosphäre schufen.

Als sie sich vor dem Abschied noch einmal zurechtmachen wollte und Elizabeth sie nach oben begleitete, wo sie sich vor dem Spiegel die Nase puderte, fragte sie: »Sie kennen Carr schon sehr lange, nicht wahr?«

»Oh, ja.«

»Halten Sie ihn für einen schwierigen Ehemann? Er bekommt Anfälle von Depressionen. Hat er die schon immer gehabt?«

Sie bemerkte im Spiegel, daß Elizabeth sich einen Schritt von ihr entfernt hatte und sie ihr Gesicht nicht mehr sehen konnte. Elizabeth wich ihr aus:

»Wir haben uns seit Jahren nicht mehr gesehen. Er wohnt ja nicht mehr hier, wie Sie wissen.«

»Kannten Sie die Frau, mit der er verheiratet war?«

»Wir sind uns nur einmal begegnet. Sie war sehr hübsch.«

»Und mir ähnlich, nicht wahr? Ich habe gehört, daß ich ihr ähnlich sehe . . .«

»Ein bißchen.«

»Der gleiche Typ?«

»Ja.«

Fancy verstaute ihre Puderdose und den Lippenstift wieder in ihrer scharlachroten Handtasche und zog den Reißverschluß zu. Sie sagte in einem seltsam versonnenen Tonfall: »Das ist wohl der Grund . . .« Sie drehte sich abrupt um. »Kein Mädchen möchte Ersatz sein für eine andere Frau, nicht wahr?«

»Nein, das möchte sie nicht.«

»Ich meine, ich will nicht das Gefühl haben, als ob ich auf sie eifersüchtig sein müßte oder so etwas. Und dabei sieht er so gut aus, nicht wahr? Aber es reicht eben nicht, daß der Mann, mit dem man zusammenleben will, nur gut aussieht. Er muß auch betucht sein. Ich meine, man muß es überlegen, ehe man sich zu so einem Schritt entscheidet, nicht wahr?« Mit einem kurzen Lachen setzte sie hinzu: »Was müssen Sie bloß von mir denken, wenn ich so zu Ihnen rede! Ich weiß nicht, was mich dazu treibt, aber mit Ihnen läßt sich gut plaudern. Nun, jetzt ist es genug, denke ich. Jetzt sollten wir lieber gehen.«

Auf dem Nachhauseweg sagte sie:

»Sie ist ganz anders, als ich sie mir vorgestellt hatte. Sie ist irgendwie nett.«

In Carrs Mundwinkeln zuckte es. »Ja – sie ist irgendwie nett.«

Das sagte er in einem Ton, als machte er sich über sie lustig, und dabei fand sie das, was sie gesagt hatte, gar nicht komisch. Carr besaß einen eigenartigen Begriff von Humor. Wenn sie sich bemühte, ihn aufzumuntern, oder ein paar Witze erzählte, hätte sie ebensogut gegen eine Gummiwand reden können. Und dann, urplötzlich prustete er los, wenn es überhaupt nichts zu lachen gab. Aber man konnte froh sein, wenn er überhaupt lachte . . .

Sie blieb bei dem Thema Elizabeth Moore.

»Zu schade, daß sie noch nicht verheiratet ist. Findest du nicht auch? Wenn ich mit fünfundzwanzig noch ledig wäre, würde ich mich schämen.«

Sie fand es gar nicht komisch, daß er sich bog vor Lachen. »Darling, bis dahin hast du ja noch lange Zeit. Wieviel – fünf Jahre?«

»Sechs! Obwohl ich nicht wüßte, was es da wieder zu lachen gibt. Ein Mädchen, sagt Mom, sollte beizeiten heiraten, sonst wird sie zu eigensinnig, und dann wird es keine gute Ehe, denn ein Mann möchte seinen Kopf durchsetzen. Mom sagt, man darf ihm nicht in allen Dingen seinen Willen lassen; aber in einer Partnerschaft gehört es sich doch, daß beide geben und nehmen, und wenn noch Kinder kommen – nun, dann ist es mehr ein Geben als ein Nehmen, wenn du weißt, was ich meine. Das ist Moms Standpunkt. Sie muß es wissen, denn sie hat sechs Kinder großgezogen.«

Carr lachte sie nicht mehr aus. Er hatte noch nie so wenig für sie empfunden und sie noch nie so sehr gemocht wie jetzt.

»Deine Mutter scheint eine sehr kluge Frau zu sein«, sagte er. »Ich würde sie gern kennenlernen. Und wenn ich mich nicht täusche, wird aus dir eines Tages eine sehr gute Ehefrau, meine Liebe.«

»Aber nicht für dich, nicht wahr?«

Sie hatte keine Ahnung, wie ihr dieser Satz herausschlüpfen

konnte – aber nun war es gesagt. Er sah sie mit seinem sonderbar hinterhältigen Lächeln an und meinte:

»Nein, das glaube ich nicht.«

Ihre lieblichen rosenfarbenen Wangen färbten sich dunkler. Sie sah ihn mit ihren großen blauen Augen ernst an. »Ich weiß, wie du das meinst. Ich habe es sofort begriffen, als ich dich mit diesem Mädchen Elizabeth zusammen sah. Du hattest sie sehr gern – nicht wahr?«

Das Lächeln in seinen Augen erlosch. »Vor langer Zeit.«

»Und ich behaupte, daß es immer noch so ist. Ihr paßt irgendwie zueinander, wenn du weißt, was ich meine. Du warst mit ihr verlobt?«

Er gab ihr die gleiche Antwort noch einmal: »Vor langer Zeit.«

Schweigend setzten sie ihren Weg fort. Wir können doch nicht anderthalb Meilen wortlos nebeneinander hergehen, dachte Fancy verzweifelt. Wenn ich schreie, denkt er, ich bin verrückt. Es ist so furchtbar still auf diesen Landstraßen – ich glaube, er kann sogar hören, was ich denke. Als das Schweigen unerträglich wurde, bemerkte sie:

»Sie mag dich auch sehr gern, damit du es weißt!«

Er zog abermals sein bekümmertes, abweisendes Gesicht, aber sie konnte ihn nicht verärgert haben, denn er legte ihr den Arm um die Schulter und sagte:

»Wenn es nicht klappt mit der Bühne und mit dem Heiraten, kannst du ja immer noch ein Eheanbahnungsinstitut aufmachen. Und nun laß uns aufhören, von mir zu reden. Erzähl mir lieber etwas von deiner Mutter und deinen fünf Geschwistern . . .«

KAPITEL 6

Mit einem Rundblick in ihrem Wohnzimmer dachte Catherine Welby, wie hübsch sie doch eingerichtet war. Einige Stücke wirkten zwar ein bißchen abgenutzt, aber kostbar waren sie alle, denn sie stammten aus dem Herrenhaus. Den Queen-Anne-Sekretär konnte sie zum Beispiel jederzeit für ein paar hundert Pfund losschlagen, falls sie einen Interessenten dafür suchte. Er war wie die Perserbrücken ein Geschenk von Mrs. Lessiter.

Mrs. Mayhew würde sich daran erinnern können, wie Mrs. Lessiter sagte: »Ich überlasse Mrs. Welby die Brücken und den kleinen Schreibtisch aus dem Blauen Zimmer.« Und auch an den Zusatz: »Warum soll man sie nicht benützen?« Es bestand kein Anlaß, Mrs. Mayhews Gedächtnis zu bemühen, und wenn es nicht notwendig war, würde Mrs. Mayhew sich auch nicht erinnern. Catherine Welby hatte jedenfalls nicht vor, schlafende Hunde zu wecken.

Fast das ganze Mobiliar war auf dieselbe, etwas merkwürdige Weise in ihren Besitz gelangt. Sie wollte jedoch die Angelegenheit mit James Lessiter in ihrem Sinne bereinigen. Tatsächlich war das einer der Gründe, weshalb sie ihn zu einer Tasse Kaffee zu sich gebeten hatte. Die Ausstattung des Torhauses sollte ihm als Geschenk seiner Mutter vorgeführt werden.

Wieder sah sie sich voll Dankbarkeit und Genugtuung um. Tante Mildred hatte ihr ganz bestimmt diese Sachen schenken wollen. Die Vorhänge waren zum Beispiel aus Schals geschnidert, die vor langer Zeit im Herrenhaus ausrangiert worden waren. Das Material war ein leicht verschossener, aber schwerer Brokat mit einem Muster aus stilisierten Rosenkränzen. Mit demselben Stoff waren auch die Sessel und das Sofa überzogen.

Catherine legte Wert auf die passende Garderobe. Ein goldgerahmter Spiegel über dem Kaminsims reflektierte ihre elegante Gestalt. Sie trug einen taubengrauen Hausmantel, und ihr Haar war frisch onduliert. Plötzlich hörte sie Schritte auf der Vortreppe. Sie eilte in die kleine Diele hinaus und öffnete die Haustür.

»James – komm nur herein! Nett von dir, daß du meiner Einladung gefolgt bist! Laß dich erst einmal anschauen! Wir brauchen nicht davon zu sprechen, wie viele Jahre es schon her ist, nicht wahr?«

Er war im dunklen Anzug gekommen, ohne Mantel und Kopfbedeckung. Als sie vor ihm in das hellerleuchtete Wohnzimmer trat, lachte er und sagte:

»So, wie du aussiehst, muß ich nur ein Jahr fort gewesen sein. Du hast dich überhaupt nicht verändert.«

Sie bedankte sich mit einem strahlenden Lächeln für sein Kompliment: »Tatsächlich nicht?«

»Im Gegenteil, du bist noch hübscher geworden! Aber ich glaube, das weißt du selbst, und ich brauche dich gar nicht erst daran zu erinnern. Und ich – wie schneide ich ab?«

Sie betrachtete ihn und war ehrlich beeindruckt. Sie hatte ihn als hübschen Jungen in Erinnerung, und mit sechsundvierzig sah er viel besser aus, als sie erwartet hatte. Das Foto, auf das Tante Mildred so stolz gewesen war, hatte nicht gelogen. Sie sagte mit strahlendem Lächeln:

»Wir dürfen nicht übertreiben. Du bist schon eingebildet genug.« Und dann setzte sie mit einem perlenden Lachen hinzu: »Oh, James, es ist wunderbar, dich wiederzusehen. Nur eine Sekunde, und ich bringe den Kaffee. Ich habe nur vormittags eine Hilfe für das Haus, weißt du?«

Während sie in die Küche ging, sah er sich im Zimmer um. Die Möbel kamen ihm bekannt vor – besonders die teuren Stücke. Also hatte seine Mutter ihr die Wohnung eingerichtet. Er mußte mit Holderness die Rechtslage klären. Das Torhaus gehörte zum Landbesitz, den er verkaufen wollte, und es mußte geräumt werden.

Aber wenn Catherine es unmöbliert bezogen hatte und Miete dafür bezahlte, konnte er sie nicht ohne weiteres auf die Straße setzen. Vermutlich gab es darüber keinen schriftlichen Vertrag, und das war ärgerlich, denn dann konnte er nicht beweisen, ob die Möbel aus dem Herrenhaus in Catherines Wohnung den Tatbestand einer möblierten Untermiete erfüllten. Falls ja, konnte er Catherine ohne weiteres kündigen. Wenn aber nicht, so waren die Möbel ein Geschenk, und sie genoß Mieterschutz.

Übrigens eine verteufelt hübsche Frau, diese Catherine!

Hübscher, als sie mit fünfundzwanzig gewesen war. Damals hatte sie zuviel Speck auf den Rippen gehabt. Er überlegte, wie Rietta heute aussehen mochte. Die Wahrscheinlichkeit sprach dafür, daß sie fülliger geworden war. Diese Mädchen mit Proportionen wie griechische Statuen neigten dazu, mit den Jahren Fett anzusetzen. Wie alt war sie eigentlich? Dreiundvierzig, glaubte er.

Catherine kam mit einem Tablett voll Kaffeegeschirr in das Zimmer zurück und sprach den Namen aus, an den er dachte:

»Hast du eigentlich Rietta schon gesprochen?«

»Nein – noch nicht.«

Sie stellte das Tablett auf den kleinen Tisch mit den Intarsien. Ein sehr wertvolles Stück, soweit er sich erinnern konnte. Nicht gerade bescheiden, diese Catherine, ein bißchen unverfroren sogar.

»Wäre es nicht lustig, wenn wir sie hierher locken könnten? Ich werde es einfach versuchen. Eines weiß ich – zu Hause ist sie.«

»So?«

»Mein guter James«, sagte Catherine lachend, »solltest du vergessen haben, daß Melling immer noch ein Dorf ist?«

Dann hob sie den Hörer von der Gabel und wählte, und er stellte sich neben sie und hörte das Klicken, ehe der Teilnehmer sich meldete. Riettas Stimme, so unverändert wie ganz Melling!

»Ja?«

»Catherine hier. Hör zu, Rietta – James ist bei mir . . . Ja, er steht neben mir! Wir möchten beide, daß du herüberkommst. Solltest du Carr und das Mädchen, das er mitgebracht hat, vorschützen und absagen, wissen wir beide, daß es nur eine Ausrede ist.«

Darauf Riettas ruhige Antwort: »Ich würde mich freuen, James wiederzusehen. Aber für mich bitte keinen Kaffee – den habe ich bereits getrunken.«

Catherine legte auf und drehte sich lachend um.

»Ich wußte doch gleich, daß sie nicht nein sagen würde. Sonst hättest du noch geglaubt, sie scheut ein Wiedersehen mit dir.«

»Warum sollte sie?«

»Ja, warum? Sie hat absolut keinen Grund dazu. Eigenartig, daß ihr beide nicht geheiratet habt, nicht wahr?«

James erwiderte ziemlich schroff: »Ich hatte weder Zeit noch Neigung dazu. Allein kommt man viel schneller voran.«

»Und du bist schnell vorangekommen?«

»Verhältnismäßig.«

»Hast du bekommen, was du wolltest?«

»Mehr oder weniger; aber es gibt immer wieder neue Horizonte.«

Sie seufzte, reichte ihm die Tasse und sagte: »Es muß eine wundervolle Zeit für dich gewesen sein. Du erzählst uns doch hoffentlich, was du alles erlebt hast.«

Inzwischen hatte Rietta Cray den kleinen Vorraum betreten und legte dort ihren Mantel ab. Sie war wütend über Catherines Überrumpelungstaktik. Sie hatte nein gesagt, als Catherine heute mittag bei ihr gewesen war, und sie hatte es auch so gemeint. Aber sich zu weigern, während er am Telefon zuhörte – nein, das hätte sie nicht fertiggebracht. Es wäre taktlos gewesen. Und er mußte wie alle anderen in Melling begreifen, daß sie unbefangen war, daß sie ihn freundlich, aber auch gleichgültig behandeln würde. Sie sah sich im Wandspiegel in der Diele. Der Ärger über dieses Telefongespräch hatte die Röte in ihre Wangen getrieben. Sie hatte sich nicht umgezogen und ihr altes rotes Hauskleid anbehalten. Die Farbe stand ihr, und der klassische Faltenwurf entsprach ihrem Geschmack. Sie öffnete die Wohnzimmertür und hörte Catherines Stimme:

»Wie reizend!«

James Lessiter erhob sich aus seinem Sessel und kam ihr entgegen.

»Nun, Rietta?« sagte er nur.

Ihre Hände berührten sich, und sie empfand nichts dabei. Ihre Empörung legte sich, und innerlich atmete sie auf. Denn dies war kein Gespenst aus der Vergangenheit, das erschienen war, um sie zu quälen. Das war ein Fremder, ein gutaussehender stattlicher Mann in mittleren Jahren – aber ein Fremder.

Catherine und James hatten ihre Sessel links und rechts neben den Kamin gerückt, und sie setzte sich zwischen die beiden, ein Fremdkörper in Catherines pastellfarbenem Raum. Er wirkte überladen – zu viele Sachen, die überall herumlagen – wie farbig aufeinander abgestimmte Ausstellungsstücke.

»Ich bin nur herübergekommen, um guten Tag zu sagen«, sagte sie. »Ich kann nicht lange bleiben. Ich habe Gäste, und das ist kein Vorwand. Carr und seine Freundin sind bei mir zu Besuch.«

»Carr?« Er griff den Namen auf wie jemand, der mit den örtlichen Verhältnissen nicht vertraut ist.

»Carr ist Margarets Sohn. Vielleicht erinnerst du dich noch, daß sie Jack Robertson heiratete. Sie zogen nach Indien und ließen das Kind bei mir. Sie haben England nicht wiedergesehen. Also zog ich ihn auf.«

»Carr Robertson . . .«, wiederholte er, als wäre es ein x-beliebiger Name. »Das mit deiner Schwester tut mir leid. Wie alt ist denn der Junge inzwischen?«

»Er ist achtundzwanzig.«

»Verheiratet?«

»Verwitwet. Seine Frau starb vor zwei Jahren.«

»Wie unangenehm. Ich scheine immer nur die falschen Fragen zu stellen.«

»Solche Dinge passieren nun mal«, erwiderte sie leichthin.

Catherine beugte sich zum Tisch hinüber, um ihre Kaffeetasse abzustellen. »Das braucht dir nicht peinlich zu sein, James. Wir alle kannten Marjory nur flüchtig – sie war nicht an Melling interessiert. Selbst Rietta hat, soviel ich weiß, Carrs Frau nur stundenweise erlebt. Und was Carr betrifft, so möchte ich meinen, daß er inzwischen getröstet wird. Die Freundin, die er mitgebracht hat, ist eine blendend aussehende Blondine.«

»Das ist billig, Catherine«, tadelte Rietta.

Immer noch die alte Rietta, dachte James, sehr direkt, rechtschaffen, leicht erregbar. Zweifellos keine bequeme Partnerin, immer noch so hübsch und hart wie damals. Er begann, sie über die Leute im Dorf auszufragen.

Als sie nach ungefähr zwanzig Minuten wieder gehen wollte, sagte er: »Ich begleite dich ein Stück, Rietta.«

»Das ist nicht nötig, James.«

»Es sind die unnötigen Dinge, die das Leben so angenehm machen. Wenn du erlaubst, Catherine, komme ich anschließend wieder zu dir, also werde ich jetzt noch nicht gute Nacht sagen.«

Draußen war es schon dunkel – kein Mond, aber auch keine Wolken am Himmel. Die Sterne waren ein wenig verhüllt vom

Dunst, den die Septembersonne morgen früh rasch auflösen würde. Die Luft war mild und feucht, duftend nach Holzrauch und faulendem Laub.

Sie hatten ungefähr ein Drittel der kurzen Strecke zu ihrem Haus zurückgelegt, als er sagte:

»Ich wollte mit dir unter vier Augen reden, Rietta. Ich weiß nicht, was meine Mutter mit Catherine vereinbarte, als sie in das Torhaus zog. Deshalb die Frage an dich, ob du mir helfen kannst.«

Sie ging langsamer und paßte sich seinem Schritt an.

»Ich wüßte nicht, wie. Warum fragst du sie nicht selbst?«

»Glaubst du wirklich«, erwiderte er, »das wäre die richtige Methode, die Wahrheit herauszufinden? Ich dachte da eher an eine unparteiische Person.«

»Dann solltest du Mr. Holderness fragen.«

»Das werde ich auch. Aber ich habe so ein Gefühl, als könne er nicht sehr viel dazu beitragen. Du weißt ja, wie meine Mutter gewesen ist. Sie hatte ihre eigene Methode, ihre Angelegenheiten zu regeln – auf sehr autoritäre Weise, sehr *grande dame*.« Er lachte kurz. »Vielleicht hat es ihr nicht gefallen, die private Transaktion zwischen ihr und Catherine ihrem Anwalt mitzuteilen. Deshalb hätte ich gern gewußt, ob sie dir gegenüber etwas von dieser Transaktion erwähnt hat. Komm, wir kehren noch einmal um und gehen den Weg zurück. Was hat sie dir erzählt?«

»Als Catherine nach dem Tod ihres Mannes nach Melling zurückkehrte, sagte sie zu mir: ›Tante Mildred überläßt mir das Torhaus für einen lächerlichen Mietzins.‹ Kurz darauf erfuhr ich von deiner Mutter, daß sie Catherine das Torhaus vermieten wollte. Edward Welby scheint Catherine eine Jahresrente von ungefähr zweieinhalb Penny hinterlassen zu haben.«

»Wie hoch die Miete war, sagte sie nicht?«

»Nein.«

40

»Hat sie denn über die Möbel gesprochen?«

»Ja, zunächst sagte deine Mutter, daß Catherine die beiden Zimmer im Erdgeschoß zusammenlegen könnte und daß sie ihr auch einige Möbel überlassen würde.«

»Das ist sehr vage ausgedrückt. Ich möchte gern wissen, ob meine Mutter Catherine die Möbel geschenkt oder nur geliehen hat.«

»Das weiß ich nicht.«

»Einige Stücke in ihrer Wohnung sind sehr kostbar.«

»Vielleicht wissen die Mayhews mehr darüber.«

»Sie wissen es nicht. Ich habe sie schon gefragt. Alles scheint jahrelang in der Schwebe geblieben zu sein. Meine Mutter soll gesagt haben, daß sie Mrs. Welby dieses oder jenes überlasse, und Catherine berief sich auf Mrs. Lessiter, daß sie dies oder das mitnehmen könne und trug es dann hinüber ins Torhaus. Dabei blieb unklar, ob meine Mutter Catherine diese Sachen nur geliehen oder geschenkt hat. Außerdem bezweifle ich, daß Mutter ihr einige Stücke, die nun in ihrer Wohnung stehen, geschenkt haben kann.«

»Vielleicht doch! Meiner Ansicht nach ist Catherine die einzige, die darüber Auskunft geben kann.«

Er lachte. »Meine liebe Rietta!«

Es war nicht nötig, der Ironie in seiner Stimme noch eine Erklärung hinzuzufügen. Sie erreichten die Einfahrt zum Haus und machten wieder kehrt. Das schwor Erinnerungen an ihre Brautzeit herauf, als sie unzählige Male so auf und ab gegangen waren – in mondhellen Nächten, unter frostklarem Sternenhimmel, im verlöschenden Licht der Abenddämmerung –, zu verliebt, um sich gute Nacht zu sagen und nach Hause zu gehen.

Ihre Liebe war mit ihrer Jugend gestorben. Was Rietta jetzt empfand, war ein seltsam unwirkliches Gefühl von Vertrautheit. In Catherines Wohnzimmer war ihr James Lessiter wie ein Fremder erschienen. Als sie nun wie früher im Licht der Sterne mit ihm auf und ab wanderte, weckte das etwas von dem Einverständnis jener Tage in ihr. Das veranlaßte sie, ihn überstürzt zu fragen:

»James, könntest du es nicht dabei bewenden lassen?«

Er lachte abermals: »Du meinst, ich soll ihr das durchgehen lassen?«

»Warum nicht? Du bist so lange ohne diese Sachen ausgekommen. Und du hast doch inzwischen ein Vermögen verdient, nicht wahr? Und niemand weiß wirklich, was deine Mutter damals meinte. Catherine wird – wird sich schrecklich aufregen, wenn es zu einem Skandal kommt.«

»Das glaube ich gern.« Das klang amüsiert. »Aber so einfach, wie du dir das vorzustellen scheinst, ist es auch wieder nicht. Ich kann Melling House sehr günstig verkaufen und muß das Haus mit leeren Räumen übergeben. Das gilt auch für das Torhaus. Wenn es Catherine möbliert vermietet wurde, geht das in Ordnung. Ich kann ihr kündigen, und sie muß ausziehen. Aber wenn das Mietverhältnis für eine leere Wohnung galt, würde ein anderes Paar Schuhe daraus. Nun, da sind wir ja wieder vor deiner Gartentür! Ich muß zurück ins Torhaus und versuchen, Catherine die Würmer aus der Nase zu ziehen. Doch wenn sie so geblieben ist, wie ich sie in Erinnerung habe, gehört die Wahrheitsliebe nicht zu ihren Tugenden.«

»James!«

Wieder dieses ironische Lachen.

»Du hast dich jedenfalls kaum verändert«, sagte er. »Du bist immer noch der gute Freund von damals und ich der böse Bube. Du schuldest Catherine nichts, wie du weißt. Sie hat sich mächtig angestrengt, dir deine Chancen zu verderben.«

»Das gehört längst der Vergangenheit an.«

»Und du verlangst jetzt von mir, daß ich nachgiebig bin. So-so! Wenn man so geschaffen ist wie du, Rietta, zahlt sich das nicht aus. Aber ich verstehe, daß du mir nicht helfen kannst. Du versuchst es genausowenig, wie ich versuche, mich selbst zu verleugnen. Meine Veranlagung hat mir bisher nicht geschadet, verstehst du? Wenn sie mir auch nur einen Penny schuldet, werde ich ihn mir holen.«

»Ich verstehe nicht, was du meinst.«

»Wirklich nicht? Nun, ich bezweifle, daß sich Catherines Erwerbstrieb nur auf den Transfer von Möbeln beschränkte. Ich habe den Verdacht, daß sie viel weiter gegangen ist. Zu weit!«

»James!«

»Ich habe ein hervorragendes Gedächtnis, und ich vermisse einige kleine, wertvolle Sachen, die sich sehr leicht in Bargeld verwandeln lassen. Gestatte, daß ich die Tür für dich öffne.«

»James . . .«

»Gute Nacht, meine Liebe. Wie gesagt, du hast dich leider nicht verändert. Was für ein Jammer!«

KAPITEL 7

Am nächsten Morgen schleppte Mrs. Voycey Miss Silver mit zum Einkaufen. Melling hatte einen Fleischerladen, einen Bäcker, der auch eingemachte Früchte und Süßigkeiten verkaufte, und einen Gemischtwarenladen, dessen Sortiment sich allmählich zu einem Supermarkt-Angebot auswuchs. Dort war auch die Poststelle eingerichtet, und so war es kein Wunder, daß sich hier das ganze Dorf ein Rendezvous gab.

Zunächst wurde Miss Silver der Schwester des Pfarrers vorgestellt, einer furchtgebietenden Lady mit eisengrauem Haar, klassisch-römischem Profil und einem Lodenkostüm, das sie wie eine Rüstung auf dem Leib trug. Miss Ainger zankte sich gerade mit Mrs. Grover wegen der Qualität eines Stückchens

Räucherspeck, das sie vor einigen Tagen gekauft hatte, und ließ sich nur mit Mühe von diesem Thema ablenken.

»Miss Silver, oh, wie geht es Ihnen? – Und daß mir das nicht noch einmal vorkommt, Mrs. Grover, oder ich erzähle es dem Pfarrer!«

Mrs. Grover preßte die Lippen zusammen und schluckte hinunter, was sie sagen wollte. Mrs. Voycey ging einen Schritt näher an den Postschalter heran und faßte Miss Gay am Arm.

»Rietta, ich möchte dir meine Freundin, Miss Silver, vorstellen! Wir sind zusammen zur Schule gegangen!«

»Oh«, sagte Rietta. Sie hatte es zwar eilig, doch aus zwanzigjähriger Erfahrung wußte sie auch, daß Mrs. Voycey solche Gründe nicht gelten ließ. Sie würde ihren Arm erst loslassen, wenn sie ihre gesellschaftliche Pflicht erfüllt hatte. »Wie geht es Ihnen?« wandte sie sich an Miss Maud Silver, und sie wurde sofort zum Nachmittagstee eingeladen.

»Es hat gar keinen Zweck, daß du dich damit entschuldigst, du hättest Besuch, Rietta. Denn ich weiß vom Bäcker, daß Carr und Miss Bell heute den ganzen Tag in der Stadt bleiben. Er hat sie nämlich fortgehen sehen, erzählte er mir, als er dir die Brötchen brachte. Ihm fiel auf, daß Miss Bell keinen Schirm mitgenommen hat, obwohl der Himmel voller Wolken hängt. Wie lange wollen die beiden denn noch bei dir bleiben?«

»Das weiß ich nicht genau. Carr brachte ein paar Manuskripte mit, die er redigieren will.«

»Dein Neffe sieht aus, als hätte er einen Urlaub nötig! Und du kommst heute nachmittag zum Tee, abgemacht? Ich werde Catherine anrufen und sie ebenfalls bitten. Ich möchte, daß Maud Silver euch beide näher kennenlernt.« Sie beugte sich vor und sagte mit einem trompetenartigen Flüstern: »Sie ist nämlich eine sehr berühmte Detektivin.«

Miss Silver suchte sich gerade am Postschalter ein paar Ansichtskarten aus und schien so himmelweit von allem entfernt, was sich Rietta unter diesem Beruf vorstellte, daß sie fast erschrocken fragte:

»Auf welchem Gebiet ist sie denn tätig?«

»Sie hat sich auf Kapitalverbrechen spezialisiert«, flüsterte Mrs. Voycey Rietta ins Ohr. Dann ließ sie deren Arm los und trat einen Schritt zurück. »Ich erwarte dich also um halb fünf bei mir. Ich muß unbedingt noch ein paar Worte mit Mrs. Mayhew wechseln.«

Mrs. Mayhew stand gerade am Gemüsetresen und ließ sich Zwiebeln abwiegen.

»Ah, Mrs. Mayhew – Sie haben vermutlich sehr viel zu tun, seit Mr. Lessiter zurück ist! Das kam sehr unerwartet, nicht wahr? Erst letzte Woche sagte ich zum Pfarrer: ›Melling House scheint ja nun für immer verwaist zu bleiben.‹ Ich habe das sehr bedauert. Jetzt, wo er wieder hier ist, hoffe ich doch, daß er nicht gleich wieder wegläuft.«

»Da bin ich mir nicht so sicher, Mrs. Voycey.«

Mrs. Voycey lachte herzhaft. »Dann müssen wir eben alle sehr nett zu ihm sein, damit er sich hier wohl fühlt.« Sie rückte einen Schritt näher an ihre Gesprächspartnerin heran und fuhr eine Idee leiser fort: »Hoffentlich haben Sie inzwischen auch mal wieder etwas Erfreuliches von Ihrem Sohn gehört!«

Mrs. Mayhew warf entsetzte Blicke umher, aber das half ihr nichts. Sie war in einer Ecke des Ladens zwischen Spirituosen und Konserven eingekeilt. Sie erwiderte leise, fast unhörbar:

»Es geht ihm gut.«

Mrs. Voycey klopfte ihr freundschaftlich auf die Schulter. »Das dachte ich mir doch. Als ich noch jung war, gab es keine zweite Chance im Leben – weder für Jungen noch für Mädchen. Doch heutzutage drückt man ja ein Auge zu. Ich hoffe doch, daß er Sie demnächst besuchen wird!«

Mrs. Mayhew war so weiß geworden wie die Wand hinter ihr. Mrs. Voycey meinte es gut – jeder in Melling wußte, daß sie eine herzensgute Frau war –, aber Mrs. Mayhew konnte es nicht ertragen, wenn man vor so vielen Leuten laut über Cyril redete.

Als die beiden Freundinnen mit ihren Einkäufen den Laden verließen und über den Dorfanger zum Haus zurückgingen, sagte Mrs. Voycey: »Mrs. Mayhew hatte großen Kummer mit ihrem Sohn. Sie und ihr Mann sind Köchin und Butler in Melling House.«

»Es war ihr sehr peinlich, daß du über ihren Sohn gesprochen hast, Cecilia.«

Mrs. Voycey erwiderte auf ihre unbekümmerte Art: »Sie sollte nicht so empfindlich sein. Jeder weiß von ihrem Kummer, und alle im Dorf meinen es nur gut mit ihr und hoffen, daß Cyril wieder Tritt faßt. Cyril ist ihr einziges Kind, und sie haben ihn entsprechend verwöhnt. Das war ein schrecklicher Fehler. Natürlich ist es hart für Mrs. Mayhew, daß der junge Grover sich viel besser entwickelt hat – Mrs. Grover ist die Dame, die sich mit Dagmar Ainger über den ranzigen Speck unterhielt. Allan und Cyril waren früher dick befreundet, und sie bekamen beide ein Stipendium für die Universität. Allan Grover ist inzwischen als Juniorpartner in Mr. Holderness' Kanzlei angestellt – ein glänzender Start! Doch Cyril suchte sich einen Posten in London, und das war sein Verhängnis. Er ist kein schlechter Junge, aber schwach; und sie haben ihn, wie ich schon sagte, nach Strich und Faden verwöhnt. Er hätte in der Nähe seiner Eltern bleiben sollen, damit er nicht in schlechte Gesellschaft gerät. Ich hätte ja selbst schrecklich gern Kinder gehabt, und für mich war es ein großer Kummer, daß ich keine bekommen konnte. Aber Kinder sind auch ein Nachteil, nicht wahr? Sie laden einem eine schreckliche Verantwortung auf, meinst du nicht auch?«

Miss Silver gab ihrer Freundin recht.

»Selbst bei einem so gut geratenen Sohn wie Allan Grover

hätte man seine Sorgen«, fuhr Mrs. Voycey fort. »Ich würde es natürlich niemandem erzählen außer dir, schon deshalb, weil ich mir schrecklich dumm dabei vorkäme . . .«

»Aber Cecilia!«

»Das war ein Schock für mich. Ich kann nicht – nein, ich möchte nicht glauben, daß sie ihn ermutigt hat. Selbstverständlich braucht man in Allans Alter in diesen Dingen keine Ermutigung, und sie kann nichts dafür, daß sie eine sehr hübsche Frau ist . . .«

»Meine *liebe* Cecilia!«

Mrs. Voycey nickte. »Ja, ich wollte es selbst nicht glauben. Catherine Welby! – Es begann damit, daß er ihr beim Montieren der Regale im Torhaus half, und dann wollte er sogar ihre Tulpenzwiebeln im Garten setzen, und sie lieh ihm ein paar Bücher. Aber er weigerte sich, auch nur einen Penny für seine Hilfeleistungen von ihr anzunehmen, und so konnte sie ihn natürlich nicht ziehen lassen. Dabei könnte sie sogar seine Mutter sein. Wahrhaftig!«

Miss Silver hüstelte und meinte großzügig: »Meine liebe Cecilia, was macht das schon für einen Unterschied?«

KAPITEL 8

James Lessiter lehnte sich im Sessel zurück und betrachtete Mr. Holderness über den Schreibtisch hinweg. Ihr Gespräch schien ihn in beträchtliche Verwirrung zu versetzen. Er war rot geworden bis zu den Haarwurzeln seiner dichten grauen Mähne, und damit bekam seine schon von Natur aus blühende Gesichtsfarbe einen Stich ins Violette. So sah er dem Porträt des Firmengründers, das über seinem Kopf an der Wand hing, in der Tat sehr ähnlich. Mr. Holderness sagte, sich um Fassung bemühend:

»Du schockierst mich, James.«

James Lessiter zog die Augenbrauen in die Höhe.

»Tatsächlich? Kann sich ein Anwalt mit fast vierzigjähriger Berufspraxis noch den Luxus erlauben, schockiert zu sein?«

Einen Moment lang saßen sie sich stumm gegenüber, bis Mr. Holderness mit einem schwachen Lächeln und halbwegs normaler Gesichtsfarbe sagte:

»Es fällt einem schwer, kühl und geschäftsmäßig zu bleiben, wenn es Menschen betrifft, die man schon so lange kennt wie ich deine Familie. Ich war mein ganzes Leben lang mit deiner Mutter befreundet. Und ich war Trauzeuge bei der Hochzeit von Catherine Welbys Eltern . . .«

»Und deshalb verlangst du von mir, daß ich mich von ihr berauben lasse.«

»Mein lieber James!«

James Lessiter lächelte. »Erstaunlich, wie ähnlich ihr euch doch alle seid. Genau das gleiche sagte Rietta gestern abend zu mir.«

»Du hast mit ihr darüber – mit ihr über diesen betrüblichen Verdacht gesprochen?«

»Ich sagte ihr nur, daß ich eine Reihe von Dingen vermisse und mich nicht wunderte, wenn Catherine wüßte, wo sie abgeblieben wären. Und welchen Preis sie erzielt hätten. Und wie du konnte sie nichts anderes darauf antworten als: ›Mein lieber James!‹«

Mr. Holderness legte den Bleistift, den er auf den Fingerspitzen balanciert hatte, auf die Löschunterlage und bildete eine Pyramide aus seinen Händen. Für seine Stammkunden war das ein Zeichen, daß er zur Mäßigung raten würde.

»Betrüblich – eine beklagenswerte Unterstellung. Ich kann mir nicht vorstellen, daß du auf einen bloßen Verdacht hin einen Familienskandal vom Zaun brechen möchtest.«

»Bestimmt nicht.«

»Das dachte ich mir doch. Deine Mutter war, soviel ich weiß, Catherine sehr zugetan. Wenn du keine gegenteiligen Beweise besitzt, kann ich als Anwalt nur vermuten, daß die Möbel im Torhaus als Schenkung gedacht waren.«

James lächelte. »Meine Mutter hinterließ Catherine in ihrem Testament fünfhundert Pfund. Ein paar Zeilen hätten ja genügt. Zum Beispiel: ›und die Möbel im Torhaus.‹ Oder etwas in der Art. Doch kein Wort davon in ihrem Testament! Wenn du schon Vermutungen anstellst, lassen sie eher eine gegenteilige Auslegung zu: Ich wiederhole: Kein Wort von den Möbeln im Testament. Also frage ich dich, ob meine Mutter mit dir darüber gesprochen hat.«

»Nicht direkt.«

»Was verstehst du unter ›nicht direkt‹?«

Die Pyramide löste sich auf, und der Bleistift trat wieder in Aktion. »Nun, tatsächlich habe ich sie daraufhin angesprochen.«

»Und was sagte sie?«

»Daß sie sich nicht damit befassen wollte. Sie konnte sehr autoritär sein, wie du weißt. Ich kann mich nicht für den genauen Wortlaut unseres Gesprächs verbürgen, denn das liegt schon zehn Jahre zurück. Sie setzte damals in meiner Gegenwart ihr Testament auf. Soweit ich mich erinnern kann, sagte sie: ›Das kommt nicht hinein.‹ Sinngemäß, meine ich. Wenn ich mir überlege, was du eben gesagt hast, könnte ich so argumentieren, daß sie die Möbel nicht in ihrem Testament berücksichtigen wollte, weil sie bereits in Catherines Besitz übergegangen waren . . .«

»Oder weil sie *nicht* die Absicht hatte, ihr die Möbel zu vermachen. Du hast sie nicht gefragt, wie ihr Satz auszulegen sei?«

»Nein – sie konnte sehr entschieden ihren Standpunkt vertreten.«

James lachte. »Zweifellos! Du hast meine Zweifel nicht beseitigt, daß meine Mutter die Absicht gehabt hat, Catherine mit kostbaren Geschenken zu überhäufen.«

Mr. Holderness rollte nachdenklich den Bleistift zwischen den Fingern. »Du magst Gründe für deinen Zweifel haben, jedoch keine Beweise. Meiner Ansicht nach hat deine Mutter sich in dieser Angelegenheit nie klar und deutlich ausgedrückt. Wenn sie zu Catherine sagte, um dich zu zitieren, sie könne dieses oder jenes aus dem Inventar von Melling House haben, konnte sie damit ein Geschenk, eine Leihgabe oder etwas gänzlich Unbestimmtes gemeint haben. Catherine konnte ihre Worte so auslegen, daß ihr die Dinge überlassen, also geschenkt wurden. Wenn du auf meine Meinung Wert legst, wäre es kein Vorteil für dich, einen Verdacht zu verfolgen, den du nicht beweisen kannst.«

James Lessiter setzte sich gerade und sagte energisch: »Wer behauptet denn, daß ich meinen Verdacht nicht beweisen könnte? Wenn ich muß, kann ich das!«

Mr. Holderness zeigte sich wieder schockiert, wenn er sich auch nicht so sehr verfärbte wie beim erstenmal. Er legte den Bleistift weg und sagte: »Wahrhaftig . . .«

James nickte. »Ich weiß, ich weiß. Ich kenne deine Einstellung, die Dinge laufen zu lassen. Aber ich teile deine Ansichten nicht. Ich hege einen großen Widerwillen gegen Leute, die mich zum Narren halten wollen. Ich lasse mich nicht übers Ohr hauen. Jeder, der das bisher versucht hat, mußte es bitter bereuen. Das kann ich dir versichern. Ich habe den Verdacht, daß sich während meiner Abwesenheit eine Menge Dinge ereignet haben, von denen ich nichts wissen soll. Ich habe vor, jeden, der meine Abwesenheit zu seinem Vorteil mißbraucht hat, zur Rechenschaft zu ziehen.«

Mr. Holderness hob abwehrend eine Hand. »Mein lieber James, ich hoffe doch, daß du damit keinen Verdacht gegen die

Mayhews aussprichst. Selbst deine Mutter vertraute den beiden rückhaltlos . . .«

James Lessiter lachte. »Zu viel Vertrauen ist der beste Nährboden für Betrug, was du als Anwalt am besten wissen solltest. Und nun werde ich dir mal was sagen. Du glaubst, ich könnte meinen Verdacht nicht beweisen, weil meine Mutter sich immer nur vage äußerte und selbst in ihrem Testament ein paar Dinge verschwieg? Doch sie hat mir immerhin ein paar Tage vor ihrem Tod einen Brief geschrieben. Möchtest du wissen, was in diesem Brief stand?«

»Nun . . .«

»Ich kann ihn wortwörtlich zitieren: ›Ich habe Dich bisher nicht mit Geschäften behelligen wollen, da ich hoffte, daß Du bald nach Hause kommst. Bis dahin solltest Du aber wissen, falls mir etwas zustößt, daß ich über alles sorgfältig Buch geführt habe.‹ ›Sorgfältig Buch über alles geführt habe . . .‹ – das sollte uns doch den Beweis bringen, den wir benötigen, nicht wahr?«

»Könnte sein«, erwiderte Mr. Holderness zurückhaltend.

»Oh, du bist übervorsichtig, denke ich. Ich gehe von der Voraussetzung aus, daß die Beweise, die ich brauche, existieren. Ich habe sie nur noch nicht gefunden. Meine Mutter hatte, wie jede Frau, ein tiefes Mißtrauen vor Banken und Stahlfächern. Es wäre natürlich am vernünftigsten gewesen, wenn sie dir ihre Buchhaltung anvertraut hätte. Aber das hat sie nicht getan. Ich habe bereits die Schreibtischschubladen und die Aktenablagen in der Bibliothek durchsucht. Vergeblich! Aber ich kann mir denken, daß sie für so ein hochbrisantes Dokument ein besonderes Versteck aussuchte. Ich bin zuversichtlich, daß ich das Versteck finde, und dann . . .«

Mr. Holderness blickte hoch und sah seinen Gesprächspartner vorwurfsvoll an.

»Das klingt wie Rachsucht.«

James lachte unbekümmert.

»Ja, das ist es auch!«

»Würdest du wirklich bis zum äußersten gehen?«

»Ich würde sogar vor Gericht gehen.«

KAPITEL 9

Mrs. Voyceys Teeparty verlief genauso, wie Teepartys eben verlaufen: Hausgebackene Hörnchen wurden gereicht und dazu hausgemachtes Quittengelee.

»Ein Rezept meiner Mutter«, bemerkte Mrs. Voycey mit bescheidenem Stolz. »Eine herrliche Farbe, nicht wahr? Sie erinnert mich an dein dunkelrotes Kleid, Rietta. Ich möchte nur zu gern wissen, wie die Portugiesen es anstellen, daß die blaßgrüne Farbe der Frucht erhalten bleibt. Ich war mal als junges Mädchen vier Wochen in Portugal, und dort machten sie aus Quitten einen vortrefflichen Käse, den sie *Marmalada* nannten und der die Farbe von unreifen Trauben besaß. Doch sobald ich die Quitten mit dem Zucker zusammenwerfe, benehmen sie sich wie Verkehrsampeln – zuerst werden sie bernsteingelb und dann rot!«

Mrs. Voycey lachte schallend über ihren eigenen Witz und fuhr dann mit schrecklichen Enthüllungen über portugiesische Sanitäranlagen fort. Während Miss Silver die Ansichten ihrer Freundin über moderne Hygiene teilte, war das ihrer Meinung nach doch nicht der passende Gesprächsstoff für eine Teerunde. Sie hüstelte und bemühte sich, das Thema zu wechseln; aber es dauerte eine Weile, bis ihr das gelang. Und sie mußte anschließend zu ihrem Mißvergnügen feststellen, daß Cecilias flinke Zunge das Gespräch auf ihre Detektivarbeit lenkte. Sie zitierte den ungewöhnlichen Fall der Lady mit den Brillantohrringen, wie sie ihn von Miss Alvinia Grey vernommen hatte.

Zwecklos, daß Miss Silver mit einem leisen, tadelnden Hüsteln sagte: »Ich möchte lieber nicht darüber sprechen«, oder: »Meine liebe Cecilia, ich diskutiere meine Fälle nie.«

Schon auf der Schule war es außerordentlich schwierig gewesen, Cissy Christophers Redefluß zu stoppen, was nun natürlich – bei einer älteren Dame in ihrem eigenen Haus – völlig unmöglich war. Miss Silver gab seufzend ihren Versuch auf und lenkte zum frühestmöglichen Zeitpunkt das Gespräch auf das Lehrfach. Sie sah sich alsbald in einen interessanten Meinungsaustausch mit Rietta Cray verwickelt:

»Ich verbrachte zwanzig Jahre im Schuldienst.«

Da tauchte etwas am Rande von Riettas Erinnerung auf, zog sich aber wieder in den Schatten zurück. Aber als Catherine anfing, die teuren Lebenshaltungskosten zu beklagen, ging ihr ein Licht auf: »Oh – sind Sie etwa Randal Marchens Miss Silver?«

Miss Silver lächelte geschmeichelt. »Er und seine Schwester waren Zöglinge von mir. Ich darf sagen, daß wir heute Freunde sind. Kennen Sie die Marchens?«

»Ich ging mit Isabel und Margaret zur Schule. Damals waren sie beide schon halberwachsene Mädchen und ich noch eine kleine Göre. Miss Atkinson lobte immer wieder deren hervorragende Grundkenntnisse. Randal war natürlich jünger – ungefähr in meinem Alter. Heute ist er Polizeichef der Grafschaft.«

»Ja. Ich hatte kürzlich das Vergnügen, in der Stadt mit ihm zu lunchen. Isabel ist ja inzwischen verheiratet. Mit einem Witwer, Vater von mehreren Kindern. Eine außerordentlich passende Verbindung. Meiner Erfahrung nach sind gerade die späten Ehen oft die glücklichsten. Mit den reiferen Jahren wissen die Leute wenigstens die Partnerschaft zu schätzen.«

Sie blieben bei diesem Thema.

Als Catherine und Rietta wieder nach Hause gingen, war es schon dunkel.

Nachdem sie ein paar Schritte gegangen waren, platzte Catherine plötzlich heraus: »Rietta, was hat James gestern abend mit dir besprochen? Ging es um mich?«

Rietta überlegte kurz. Sie sah keinen Grund, weshalb sie nicht darüber reden sollte.

»Er fragte mich, ob ich wisse, welche Regelungen seine Mutter mit dir wegen des Torhauses getroffen habe.«

»Was hast du gesagt?«

»Ich sagte, ich wüßte es nicht.«

Catherine holte rasch Luft. »Noch etwas?«

»Ja. Er fragte mich nach den Möbeln.«

»Was ist mit den Möbeln?«

»Ob sie verliehen oder geschenkt waren.«

»Und was hast du darauf gesagt?«

»Dasselbe. Daß ich es nicht wisse.«

Catherine schlug erregt die Hände zusammen: »Tante Mildred schenkte mir die Möbel – das weißt du genau –, ich habe es dir ein Dutzend Mal erzählt! Warum hast du ihm das verschwiegen?«

Rietta sagte in ihrer schroffen Weise: »Was du mir erzählt hast, ist kein Beweis.«

»Soll das heißen, du glaubst mir nicht, wenn ich dir sage – dir *versichere* –, daß Tante Mildred mir die Sachen überließ?«

»Nein, so meine ich das nicht. Ich meine nur, daß deine Versicherung für mich kein Beweis ist.«

»Und was für Beweise verlangst du dann?«

Wie typisch für Catherine, ihr wegen nichts eine Szene zu machen! Rietta fragte sich nicht zum erstenmal, ob diese langjährige Freundschaft sich wirklich lohnte. Nur wenn man sich sein Leben lang gekannt hat und praktisch Tür an Tür in einem Dorf lebt, bleibt einem ja nichts anderes übrig, als Toleranz zu üben und die Fassung zu bewahren. Sie sagte daher so kühl wie möglich:

»Es ist James, der das von dir verlangt – nicht ich! Er sucht nach einem Nachweis, einem Beleg für die Absichten seiner Mutter. Er fragte mich, ob sie mit mir über diese Angelegenheit gesprochen habe.«

»Und was hast du gesagt?« Die Worte kamen rasch und ärgerlich.

»Was seine Mutter zu mir sagte: ›Sie kann das Torhaus haben und vielleicht noch ein paar Möbel dazu.‹«

»Da hast du doch den Beweis! Und was sagte er dazu?«

»Daß man es so oder so auslegen könne«, antwortete Rietta trocken.

»*Oh!*« Ein Keuchen reiner Wut, dem ein scharfes: »Wie empörend!« folgte.

Rietta blieb stehen und sagte: »Catherine, begreifst du denn nicht, daß du James so nicht kommen darfst? Daß du ihn damit nur noch störrischer machst? Er betrachtet das als eine rein geschäftliche Angelegenheit.«

Catherine unterbrach sie in verletzendem Ton: »Selbstverständlich hältst du zu ihm – das wissen wir doch alle!«

Rietta beherrschte ihren aufsteigenden Zorn: »Ich halte nicht zu ihm, ich referiere nur, wie er es sieht. Widerstand hat James stets nur mit Sturheit beantwortet. Und falls er sich inzwischen nicht radikal geändert hat, wäre es für dich das beste, wenn du ihm reinen Wein einschenken würdest.«

»Was, glaubst du, habe ich ihm erzählt? Lügen vielleicht?«

»Die Wahrheit auch nicht«, entgegnete Rietta trocken.

»Unglaublich!« schnaubte Catherine und ging rasch weiter.

Mit ein paar Schritten holte Rietta sie wieder ein. »Ich habe nur deine Frage beantwortet. Es nützt dir gar nichts, wenn du dich ereiferst. Wir kannten doch beide Tante Mildreds Eigenarten, und was noch wichtiger ist – auch James kannte sie. Es gab bei ihr krampfhafte Anwandlungen von Ordnungssinn, doch die meiste Zeit ließ sie die Dinge einfach treiben. Sie war autoritär bis in die Fingerspitzen, launisch wie ein Wetterhahn. An dem einen Tag machte sie dir ein Geschenk, wenn sie sagte, du könntest etwas von ihr haben, aber am nächsten Tag hat sie es dann ganz anders gemeint. Oder vielleicht hat sie sich gar nichts dabei gedacht, als sie das zu dir sagte. Wenn du mich fragst, was ich davon halte, so bezweifle ich, daß sie dir diese Sachen alle schenken wollte – einige davon sind zu wertvoll. Aber das habe ich James nicht gesagt.«

»Dann wirst du es bestimmt noch nachholen.«

»Nein. Er fragte mich nicht, und wenn, hätte ich ihm nicht gesagt, wie ich darüber denke.«

Ein paar Minuten gingen sie schweigend nebeneinander her. Dann streckte Catherine die Hand nach Riettas Arm aus und sagte mit bebender Stimme:

»Ich weiß nicht, was ich jetzt machen soll.«

»Bleib bei der Wahrheit. Leg die Karten auf den Tisch.«

»Das kann ich nicht.«

»Warum nicht?«

»Unmöglich – er könnte ausfallend werden.«

Mit einer etwas verächtlichen Stimme gab Rietta zurück: »Was hast du schon zu befürchten? Wenn du ihn nicht reizt, nimmt er dir vielleicht einige Sachen weg, die wirklich wertvoll sind, und du darfst den Rest behalten.«

Catherine klammerte sich verzweifelt an ihren Arm: »Rietta, ich sollte es dir lieber sagen. Es ist schlimmer, als du ahnst. Ich – ich habe einiges davon verkauft.«

»Oh!«

Catherine zog heftig an dem Arm, an den sie sich festgeklammert hatte. »Das brauchst du gar nicht in einem so vorwurfsvollen Ton zu sagen! Jeder kann mit seinem Eigentum machen, was er will. Tante Mildred hat mir die Sachen überlassen – als Geschenk, Rietta!«

»Was hast du davon verkauft?«

»Ein paar Miniaturen und – und eine Tabatiere ... und ein silbernes Teeservice. Für eine Miniatur bekam ich dreihundert Pfund. Ein Werk von Cosway – ein wirklich hübsches Stück. Ich hätte sie gern behalten. Und das Teeservice – das war Queen Anne ... das brachte eine Menge Geld.«

»Catherine!«

Catherine ließ Riettas Arm los und stieß sie weg.

»Nun werde nicht anmaßend – man muß sich ja schließlich kleiden! Was kann ich dafür, daß Edward mir seine Situation verheimlichte. Ich konnte nicht ahnen, daß er mir praktisch keinen Penny hinterlassen würde. Ihm mußt du die Schuld geben! Und jetzt gehst du vermutlich zu James und erzählst ihm alles!«

»Du solltest mich eigentlich besser kennen«, antwortete Rietta kühl.

Catherine kam wieder an Riettas Seite. »Was wird er deiner Ansicht nach unternehmen?«

»Das hängt vermutlich davon ab, was er herausfindet.«

»Jedenfalls weiß er, daß sich die Tabatiere, die Miniaturen und das Teeservice nicht mehr im Herrenhaus befinden. Und Mrs. Mayhew hat ihm erzählt, daß Tante Mildred mir das Teeservice gegeben hat. Er sagte gestern abend, er müsse das Service selbstverständlich wiederhaben. Es sei ein Erbstück. Als ob das eine Rolle spielt, wo er doch keine Kinder hat!«

Nach kurzem Schweigen bemerkte Rietta: »Da hast du dir etwas eingebrockt.«

»Das weiß ich selbst! Was soll ich nur tun?«

»Das habe ich dir bereits gesagt.«

Stumm gingen sie nebeneinander her. Dann sagte Catherine im Flüsterton: »Tante Mildred soll Buch geführt haben. Über alles Geschäftliche, verstehst du? Während er weg war, das behauptet er jedenfalls. Bisher ist dieses – Buch noch nicht aufgetaucht. Aber wenn ...« Ihre Stimme erstarb.

»Wenn es auftauchen sollte«, beendete Rietta den Satz, »steht kein Wort darin von den Cosway-Miniaturen, der Tabatiere und dem Queen-Anne-Teeservice.«

»Vielleicht hat sie vergessen, hineinzuschreiben, daß sie mir die Sachen überlassen hat«, sagte Catherine verstört.

Sie hatten den Anger überquert. Das Torhaus lag linker Hand und das White Cottage rechts vom Pfad. Catherine wandte sich dorthin, wo die hohen Torsäulen dunkel vor dem Abendhimmel aufragten. Mit einem kurzen »Gute Nacht« überquerte sie die Straße.

Rietta ging weiter auf ihr Haus zu. Doch da waren wieder eilige Schritte hinter ihr, ehe sie die Gartenpforte erreichte. Catherine hielt sie an der Schulter fest.

»Noch etwas . . .«

»Ja?«

»Vielleicht könntest du dich doch daran erinnern, wie Tante Mildred sagte, sie hätte mir die Sachen geschenkt. Das würde alles ändern . . .«

»An so etwas kann ich mich nicht erinnern.«

»Du könntest aber, wenn du wolltest.«

»Unsinn«, sagte Rietta und wollte weitergehen, doch Catherine hielt sie fest.

»Rietta – hör mich an! Als James gestern abend wiederkam, war er«, sie schluckte, »er war zum Fürchten. Von einer eiskalten Höflichkeit. Und er redete von Sachen, die er vermisse. Es war nicht so sehr, was er sagte, sondern wie. Eine versteckte Drohung, weißt du? Ich glaube, er wollte mir angst machen. Ich wollte ihm nicht zeigen, daß ich mich fürchtete. Aber ich glaube, er spürte es. Und das machte ihm Spaß. Ich hatte das gräßliche Gefühl, daß es ihm sogar Spaß machte, mir weh zu tun. Das habe ich nicht verdient, Rietta!«

Rietta stand wie erstarrt da. Der Schatten der Vergangenheit hatte sie eingeholt.

Catherine fuhr mit flüsternder Stimme fort: »Rietta – als du mit James verlobt warst – war er da auch so? Ich meine, hat es ihm Spaß gemacht, dir weh zu tun?«

Rietta öffnete den Riegel der Gartenpforte. »Ja«, sagte sie, und dann ging sie rasch in ihr Haus.

KAPITEL 10

In diesem Moment befand sich James Lessiter auf dem Rückweg von Lenton. Er fuhr gerne nachts auf diesen Landstraßen, wenn sich die Scheinwerfer wie ein heller Teppich vor ihm ausrollten, dem er nur zu folgen brauchte. Das gab ihm ein Gefühl von Mühelosigkeit und Macht und – wenn auch eher ein Gefühl als ein Gleichnis – als ob diese Scheinwerfer seine Lebensbahn vorzeichneten. Er hatte viel Geld verdient und erwartete von der Zukunft noch mehr. Wenn das Kapital eine gewisse Höhe erreicht, vermehrt es sich von selbst. Geld war Macht.

Er dachte an den Jungen zurück, der vor über zwanzig Jahren Melling wie ein sinkendes Schiff verlassen hatte. Sein Wohlbehagen wurde zu einer Art Triumphgefühl. Er hatte recht gehabt. Statt mit einem Schiff unterzugehen, das schon seit drei Generationen zu kentern drohte, war er an die Küste gerudert. Er bedauerte nichts. Auf den Landsitz konnte er verzichten. Da gab es bessere Objekte als Melling. So ein kasernenartiger Kasten paßte nicht mehr in die Zeit. Er war für überholte Bedürfnisse gebaut, für Hauspartys, die wochenlang dauerten und für die man ein Heer von Dienstboten brauchte.

Wenn er wollte, würde er sich etwas Modernes anschaffen – einen großen Raum für Partys und ein halbes Dutzend Schlafzimmer dazu. Doch vorläufig dachte er eher an sein Vergnügen als an Gäste. Da standen noch einige Forderungen aus, und er freute sich schon auf die Abrechnung. Was für ein angenehmes Gefühl, daß man sogar als Privatmann ein Strafgericht abhalten konnte!

Er bog zwischen die hohen Säulen in die Auffahrt von Melling House ein und sah im Scheinwerferlicht das dunkle Grün der Stechpalmen und das Laub der Rhododendronsträucher hellgrün aufleuchten. Dann nahm er eine jähe Bewegung im Unterholz wahr. Da schien jemand vor ihm von der Auffahrt in die Büsche auszuweichen, überlegte er, aber es war nur eine Vermutung. Es konnte sich um einen Botenjungen handeln, der seinem Wagen den Vortritt lassen wollte, oder es war jemand, der die Mayhews besuchte. Aber die hatten doch heute ihren freien Nachmittag, den sie in Lenton verbrachten, erinnerte er sich. Mrs. Mayhew hatte gesagt, daß sie für ihn ein kaltes Abendessen vorbereiten würde, als sie ihn um Erlaubnis fragte.

Er lenkte den Wagen in die Garage, angetan von der Vorstellung, daß er das Haus heute abend für sich allein hatte. Das war eine willkommene Gelegenheit für eine gründliche Durchsuchung der beiden Zimmer, die seine Mutter vor ihrem Tod bewohnt hatte. Er war sicher, dort ihre Buchführung zu finden. Sie konnte sie nur in ihrem Wohn- oder Schlafzimmer versteckt haben. Zuletzt hatte sie nur noch dort gelebt, weil sie zu schwach gewesen war, die Treppe in das Erdgeschoß hinunterzusteigen.

Er schloß die Haustür auf und schaltete das Licht in der Halle ein. Die Gestalt, die aus dem Schatten der Büsche herausgekommen war, blieb sofort stehen und beobachtete die beiden erleuchteten Vierecke an der Hausseite.

Einige Zeit später läutete das Telefon in Catherine Welbys stilvoll eingerichtetem Wohnzimmer. Sie legte ihr Buch zur Seite und hob ab. Ihre Hand krampfte sich um den Hörer, als sich James Lessiter mit den Worten meldete:

»Hallo! Catherine? Ich glaube, ich habe eine freudige Nachricht für dich. Ich habe soeben das Memorandum meiner Mutter gefunden.«

»Oh . . .« Mehr konnte sie nicht dazu sagen.

»Meine Befürchtung, es könnte vernichtet worden sein, hat sich also zum Glück nicht bestätigt. Mr. Holderness hat selbstverständlich alle Papiere eingesammelt, die er finden konnte, und du bist ja auch recht häufig im Haus gewesen, wie mir Mrs. Mayhew bestätigte.«

Catherine griff sich mit der linken Hand an den Hals. »Ich tat, was ich konnte.«

»Das glaube ich aufs Wort. Rate mal, wo es versteckt war!«

»Ich habe keine Ahnung.« Ihr Mund war ganz trocken. Sie mußte aufpassen, daß sich ihre Stimme nicht veränderte.

»Du wärst nie darauf gekommen! Es ist ein Memorandum, ein Inventarverzeichnis, das zwischen den Predigten unseres ehemaligen Pfarrers versteckt war. Ich weiß noch, wie er seine Predigten drucken ließ und sie gebunden meiner Mutter schenkte. Ich glaube, du wirst dich auch daran erinnern. Jedenfalls konnte sie sicher sein, daß niemand in diesem Buch las. Ich fand die Aufstellung nur, weil ich nicht mehr wußte, wo ich sonst noch suchen sollte, alle Bücher aus den Regalen nahm und sie ausschüttelte. Das nenne ich belohnte Ausdauer!«

Catherine sagte nichts. Sie holte nur geräuschvoll Luft, was James Lessiter mit tiefer Genugtuung registrierte.

»Nun«, fuhr er energisch fort, »du wirst dich freuen, zu hören, daß dieses Papier alle Unklarheiten beseitigt. Ursprünglich solltest du für deine Wohnung eine lächerliche Miete von zehn Shilling pro Monat bezahlen, aber nach ein, zwei Raten wurde nicht mehr darüber gesprochen, und die Sache schlief ein. Was jedoch die Möbel betrifft . . . hast du etwas gesagt?«

»Nein.« Mehr als dieses Wort konnte sie unmöglich über die Lippen bringen.

»Was jedoch das Mobiliar betrifft, beseitigt das Papier alle Mißverständnisse. Ich zitiere, was Mutter schrieb: ›Ich weiß nicht mehr genau, welche Möbelstücke Catherine ins Torhaus mitgenommen hat. Ich habe ihr von Zeit zu Zeit immer wieder ein paar Sachen überlassen, selbstverständlich unter der Voraussetzung, daß es sich nur um Leihgaben handelt. Ich hielt es für besser, daß die Möbel benutzt wurden, und sie geht sehr schonend damit um. Ich schlage vor, Du überläßt ihr, was sie für die Einrichtung eines kleinen Hauses benötigt, wenn sie das Torhaus räumen soll – natürlich nicht die wertvollen Sachen, nur Dinge für den täglichen Gebrauch. Ich habe ihr das Queen-Anne-Teeservice geliehen, weil Porzellan während des Krieges Mangelware war. Selbstverständlich war das Service ebenfalls eine Leihgabe.‹«

Catherine hatte das Gefühl, als würde ihr die Kehle zugeschnürt. »Das ist nicht wahr. Sie hat es mir geschenkt!«

»Natürlich. Wenn wir uns vor dem Gericht wiedersehen sollten, ist dieses Papier ein Beweis des Gegenteils, fürchte ich.«

Abermals brachte Catherine nur ein Wort über die Lippen: »Gericht . . .«

»Gewiß. Hier geht es um Geschäfte, und ich bin ein Geschäftsmann. Und damit gar nicht erst Mißverständnisse aufkommen, habe ich soeben Holderness über das Memorandum informiert . . .«

Dieser Schock brachte Catherine wieder zu sich selbst. Die Angst, die sie gelähmt hatte, wurde nun zur treibenden Kraft: »James, du kannst doch unmöglich damit vor Gericht . . .«

»Nein?« unterbrach er sie. Und dann: »Ich empfehle dir, Catherine, davon auszugehen, daß ich vor Gericht gehen werde.«

KAPITEL 11

Carr und Fancy kamen mit dem 6-Uhr-30-Zug aus London zurück. Sie hatten sich in Lenton ein Taxi genommen und waren nun hungrig und guter Dinge. Fancy hatte einen wunderschönen Tag verlebt. Sie hatte zufällig einen Freund getroffen, der sie nicht nur zum Mittagessen einlud, sondern noch dazu drei Bekannten vorstellte, die ihr der Reihe nach versicherten, sie könnten ihr mühelos einen Job verschaffen.

»Du, einer von ihnen arbeitet beim Film und meinte, ich sei unglaublich fotogen. Und ich sagte, das wäre ich auch und zeigte ihm die Fotos, die ich in meiner Handtasche hatte – ich stecke immer ein paar Fotos ein, wenn ich in die Stadt fahre, denn man kann ja nie wissen, nicht wahr? Er fragte mich, ob er die Fotos behalten und einem Freund zeigen dürfte, der ein hohes Tier bei den Atlanta-Studios ist. Und was der sagt, das gilt. Wäre das nicht großartig, wenn ich beim Film anfangen könnte?«

Carr legte den Arm freundschaftlich um ihre Schulter und sagte: »Darling, die Bühne ist kein Beruf für dich.«

Sie riß verwundert ihre großen blauen Augen auf. »Wieso nicht?«

»Ich habe deinen ersten Auftritt miterlebt.«

»Hast du«, bestätigte sie ohne Groll. »Hältst du denn Talent für so wichtig? Und findest du es nicht komisch, daß ich einigen sehr gut gefallen habe? Und außerdem war es gar keine richtige Rolle – ich hatte nur zwei Sätze zu sagen.«

Er lachte. »Darling, du warst zum Davonlaufen!«

Rietta, die sich von dem gemischten Salat bediente, dachte:

Seit weiß Gott wie lange habe ich ihn nicht mehr so lachen gehört. Ob sie inzwischen verlobt sind? Sie ist nicht von der Sorte, die zu ihm passen würde. Wie das wohl enden wird!

Meiner Meinung nach hat sie mehr Herz als Marjory – weniger geht ja wohl auch schlecht. O Gott – weshalb zieht man Kinder groß!

Was die Zukunft auch bringen mochte, zur Zeit erlebte Carr zweifelsohne ein Stimmungshoch. Er war in der Agentur gewesen und hatte dort einen hochzufriedenen Jack Smithers erlebt, der zu sehr günstigen Bedingungen Filmrechte verkauft hatte. Zudem hatte er ihm mit großer Begeisterung aus einem Manuskript vorgelesen, das ihnen von einem Gentleman, der in politischen Kreisen nicht ganz unbekannt war, als Entdeckung des Jahrhunderts aufs Haupt gedrückt worden war:

»Es ist von einem zehnjährigen Kind ohne Punkt oder Großbuchstaben geschrieben und scheint der absolute Gipfel genialer Schlichtheit und naiver Kunst. Smithers meint, es wäre Schund, aber natürlich weißt du nie, ob so was nicht zündet. Es gibt eine Art von schmaler Grenze zwischen Kitsch und Genialität, und es hat auch schon früher Bestseller gegeben, die mit zwei Beinen auf beiden Seiten der Grenze standen.«

Rietta und er zitierten Beispiele und hechelten sie genüßlich durch. Es war fast wieder so wie in den alten Zeiten. Wenn Fancy sich ausgeschlossen fühlte, zeigte sie es nicht und sammelte Pluspunkte bei Rietta, die einräumte, daß sie trotz allem ein sanftmütiges Wesen zu sein schien.

Tatsächlich war es Fancy sehr angenehm, daß sie nicht reden mußte, da sie in Gedanken mit einem Modellkleid beschäftigt war, das sie bei Estelle gesehen hatte. Sie kannte ein Mädchen, das dort arbeitete, und vielleicht konnte ihr Maudie den Schnitt verschaffen und sie den Fetzen kopieren – das wäre ein Hit!

Sie war in Gedanken immer noch bei dem Kleid, als sie schon abgewaschen hatten und Henry Ainger hereinkam. Er tat das Dutzende Male pro Woche, und zwar aus dem einfachen Grund, weil er sich von Rietta Cray nicht fernhalten konnte. Diese Tatsache war jedem im Dorf bekannt, weil Henry sich mit schlichter Offenheit dazu bekannte. Er liebte Rietta, und falls sie jemals einwilligen sollte, ihn zu heiraten, würde er zum glücklichsten aller Männer.

Ihm war es egal, wer davon wußte, und das war eine von den Sachen, die seine Schwester empörten. Sie versuchte dauernd, ihm zu schurigeln, wie sie Mrs. Grover des Specks wegen abgekanzelt hatte, aber man kommt nicht weit mit dieser Methode bei einem Mann, der immer lächelt und sagt: »Das sollte nicht deine Sorge sein, meine Gute.«

Henry kam lächelnd herein, legte ein Bündel Illustrierte ab: »Ich hab' sie mir kommen lassen – du liest ja so was gerne« –, und lehnte die angebotene Tasse Kaffee ab. Er sei unterwegs zur Hill Farm, um die alte Mrs. Wingfold zu besuchen, wollte sich aus demselben Grund nicht setzen und ließ sich dann doch von Rietta die Tasse aufdrängen.

»Sie glaubt, sie stirbt. Das ist natürlich nicht der Fall. Sie bildet sich das dreimal im Monat ein, aber ich muß hin, denn wenn es wirklich einmal passiert – das könnte ich mir nie verzeihen! Sie kochen den besten Kaffee der Welt, Rietta.«

Sie lächelte, und ihr Gesicht wurde weich. Geliebt zu werden, ist ein angenehmer Zustand, so lange der Liebhaber nichts weiter verlangt als das Privileg des Verehrers, und sie war Henry Ainger sehr zugetan. Er wäre, wie sie einmal sagte, einem Engel sehr ähnlich. Äußerlich nicht. Da sah er nicht mal wie ein Pfarrer aus mit seiner verbeulten Flanellhose, dem dicken weißen Pullover und dem zerknitterten Regenmantel. Darüber ein rosiges Gesicht mit runden blauen Augen und einer dicken blonden Mähne. Er sah wie ein Schuljunge aus, trotz seiner fünfundvierzig Jahre. Bei Tageslicht konnte man schon eine Menge grauer Fäden in seinen Haaren erkennen, aber jugendlich würde er noch mit neunzig aussehen. Er trank seinen Kaffee aus und sagte gute Nacht.

An der Tür drehte er sich um.

»Mrs. Mayhew kam heute früh zurück. Sie saß in dem Bus, mit dem ich aus Lenton kam. Sie hat Kummer, glaube ich. Hoffentlich nicht schon wieder wegen Cyril.«

Carr kam vom Bücherschrank zurück, wo er die Zeit vertrödelt hatte.

»Ich sah Cyril Mayhew auf dem Bahnsteig. Er traf mit demselben Zug ein wie wir.«

Rietta hielt Carr eine Tasse Kaffee hin.

»Hast du mit ihm gesprochen?«

»Nein – ich wollte ihm einen Platz in unserem Taxi anbieten, aber da hatte er sich schon unsichtbar gemacht.«

»Vielleicht wollte er gar nicht hierherkommen. Er wagt es nicht –«, sie zögerte und fuhr dann fort: »Offiziell!«

Carr zog die Augenbrauen in die Höhe. »Hat er Grund dazu?«

»Da war etwas – aber ich will nicht daran rühren.« Sie wandte sich an Henry Ainger: »Mrs. Mayhew konnte nicht gewußt haben, daß er kommt, sonst hätte sie ihn am Zug abgeholt, und sie hätten beide im Bus gesessen.«

»Möglich. Ich hoffe, es gibt keinen Ärger. Mich überraschte es nur, daß sie an ihrem freien Abend wieder überstürzt nach Hause fuhr. Mayhew saß nicht im Bus.«

Rietta sagte mit leicht gerunzelter Stirn: »James Lessiter ist wieder im Haus. Vermutlich fühlte sie sich verpflichtet, zurückzukommen und ihm ein Essen zuzubereiten. Ich glaube nicht, daß er gewöhnt ist, sich selbst zu versorgen.«

Henry stimmte ihr zu.

»Wohl nicht. Er scheint eine Menge Geld gemacht zu haben. In einer der Illustrierten ist ein Bild von ihm. Er hat gerade einen großen Coup gelandet. Ich muß zusehen, daß ich bei ihm eine Spende für unsere Orgel locker mache.«

Die Tür fiel krachend hinter ihm zu – das Türenschmeißen

war eine von Henrys weniger engelhaften Gewohnheiten –, und fast im selben Moment klingelte das Telefon im Eßzimmer.

Als Rietta zum Apparat hinüberging, sah sie Carr die Hand nach den gebündelten Illustrierten ausstrecken. Sie schloß beide Türen, hob ab und hörte Catherines Stimme, verschwommen und erschüttert.

»Rietta – bist du es?«

»Ja. Was ist los? Deine Stimme . . .«

»Ja, wenn es nur meine Stimme wäre . . .« Sie brach mit einem erstickten Schluchzer ab.

»Catherine, was ist los?«

Sie begann sich ernsthaft Sorgen zu machen. Das war nicht die Catherine, die sie nun schon seit mehr als vierzig Jahren kannte. So hatte sie sich noch nie benommen. Wenn ein Unglück passierte, wich Catherine auf die andere Straßenseite aus. Selbst Edward Welbys Tod war aus ihrer Sicht eher eine Taktlosigkeit ihres Mannes als ein herzzerbrechendes Ereignis gewesen. Die sich daraus ergebende finanzielle Notlage hatte sie nicht daran gehindert, sich eine sehr teure und ihr gut zu Gesicht stehende Trauerkleidung anzuschaffen. Rietta kannte ihre vorwurfsvollen, selbstgefälligen und nörglerischen Töne. Doch dies war eine ganz andere Tonart.

»Rietta – es geht um das, worüber wir sprachen. Er rief mich an – er hat diese verdammte Aufstellung seiner Mutter gefunden. Tante Mildred mußte den Verstand verloren haben. Sie verfaßte sie kurz vor ihrem Tod. Du weißt, wie vergeßlich sie war.«

»War sie das?« antwortete Rietta im trockenen Ton.

Die Leitung vibrierte von Catherines Entrüstung. »Du weißt es genau! Sie konnte sich die einfachsten Dinge nicht merken!«

»Du brauchst mich nicht darum zu bitten, dir das zu bestätigen, weil ich es nicht kann. Was steht in dem Papier?«

»Daß die Sachen nur verliehen waren. Sie muß verrückt gewesen sein!«

»Zählte sie die Sachen namentlich auf?«

»Ja. Es ist ein so absolut verruchtes und höllisches Verzeichnis. Ich kann sie nicht zurückgeben – das weißt du genau. Und ich glaube, er weiß es auch. Das ist es ja, was mich so ängstigt – er weiß und genießt es. Er will mich quälen. Ich weiß nicht, warum, aber das will er. Rietta, er – er sagte, er habe schon Mr. Holderness verständigt.«

»Mr. Holderness wird ihn nicht zu einem Skandal ermuntern.«

»Er wird ihn nicht bremsen können. Das konnte keiner, wenn James sich zu etwas entschloß – das weißt du so gut wie ich. Es bleibt nur noch ein Ausweg – Rietta, wenn du zu ihm gingst –, wenn du ihm erzähltest, daß der Verstand seiner Mutter nur noch von einem Tag zum anderen reichte . . .«

»Nein«, sagte Rietta barsch.

»Rietta . . .«

»Nein, Catherine, das werde ich nicht tun. Es würde auch nichts helfen, wenn ich es täte – denn Mr. Holderness und der Arzt, ganz zu schweigen von den Mayhews und Mrs. Fellow, sind auch noch da. Sie würden bezeugen, daß Mrs. Lessiter sehr wohl wußte, was sie tat, und das weißt du auch. Ich werde keine Lügen über sie erzählen.«

Es folgte eine tödliche Stille. Nachdem sie ungefähr eine Minute lang angedauert hatte, sagte Catherine:

»Dann ist alles, was jetzt geschieht, nur deine Schuld! Ich bin *verzweifelt*!«

KAPITEL 12

Als Rietta in das Wohnzimmer zurückkam, sah sie Carr Robertson aufrecht im Zimmer stehen. Ihr schwirrte der Kopf von dem Gespräch mit Catherine – was sie gesagt hatte, wie Catherine es gesagt hatte, was James Lessiter unternehmen würde ...

Und dann sah sie Carrs Gesicht, und alles war wie weggewischt. Eine der Illustrierten, die Henry Ainger mitgebracht hatte, lag aufgeschlagen auf dem Tisch. Er stand darüber, mit einer Hand darauf deutend, alle Muskeln angespannt, mit flackernden Augen im blutleeren Gesicht. Fancy vorgebeugt, entsetzt, mit klaffenden geschminkten Lippen.

Rietta eilte zu ihm und rief seinen Namen. Als sie seinen Arm berührte, fühlte er sich an wie Stahl. Sie sah auf das, worauf er deutete – das Foto, auf das Mrs. Lessiter immer so stolz gewesen war – James, wie er sie gestern abend in Catherine Welbys Wohnung begrüßt hatte.

Mit einer Stimme, die nicht viel lauter war als ein Flüstern, fragte Carr:

»Ist das James Lessiter?«

»Ja«, sagte Rietta.

Immer noch in diesem schrecklich ruhigen Ton sagte er: »Das ist der Mann, nach dem ich suche. Das ist der Mann, der mir Marjory stahl. Endlich habe ich ihn, den Schweinehund.«

»Carr – um Gottes willen ...«

Er riß sich von ihr los und lief aus dem Zimmer. Die Tür fiel krachend zu, klappernde Sohlen auf den Fliesen draußen waren zu hören, und dann schlug die Gartentür.

Fancy sagte etwas, aber Rietta nahm sich nicht die Zeit, ihr zuzuhören. Sie holte einen alten Regenmantel aus der Flurgarderobe, rannte durch die Hintertür und durch den Garten zur

Pforte, die sich auf den Park von Melling House öffnete. Sie rannte weiter, und irgendwie gelang es ihr, den Mantel umzuhängen. Wie oft hatte James Lessiter sie hier im Schatten der Bäume erwartet!

Sie ließ die Pforte hinter sich offen und rannte durch das Wäldchen auf das offene Gelände zu. Sie kannte hier jeden Schritt auswendig, und sie fand sich mühelos zurecht.

Sie kämpfte sich durch die Büsche bis zur Einfahrt und stand dort, ihren Atem dämpfend, um zu lauschen. Wenn Carr zum Haus wollte, mußte er hier vorbeikommen. Sie blieb eine Weile stehen, doch sie hörte nichts. Sie ging rasch die Auffahrt hinauf, aber sie rannte nicht mehr, da sie wußte, daß Carr keinen Vorsprung haben konnte und sie sich nur schadete, wenn sie außer Atem ankam. Das langsamere Tempo wirkte auch mäßigend auf ihren Verstand. Ihre Besonnenheit kehrte zurück.

Als Carr aus dem Haus gestürmt war, hatte sie sich nur von ihrem Instinkt leiten lassen. Nun begann sie ihre Gedanken zu ordnen, und sie überlegte, was sie James Lessiter sagen wollte. Sie dachte zurück an den letzten Abend bei Catherine. Er hatte sich nicht an Margarets Nachnamen erinnern können – und falls doch, so war die Welt voller Robertsons. Carr Robertson hatte ihm nichts gesagt. Mrs. Carr Robertson war für ihn Marjory gewesen, ein hübsches blondes Mädchen, das von seinem Ehemann angewidert war. Nicht die Spur einer Verbindung mit Melling und Rietta Cray. Aber gestern abend – gestern abend mußte er es gewußt haben. Seine Worte wurden wieder lebendig:

›Carr Robertson – wie alt ist denn der Junge inzwischen?‹

›Er ist achtundzwanzig.‹

›Verheiratet?‹

›Verwitwet. Seine Frau starb vor zwei Jahren.‹

Und Catherine beugte sich nieder, um ihre Kaffeetasse abzustellen und sagte: ›Wir alle kannten Marjory nur flüchtig.‹

Da mußte er es gewußt haben. Er kannte die Wahrheit.

Sie kam zu dem kiesbestreuten Vorplatz, hinter dem das riesige Rechteck des Gebäudes schwarz vor dem Himmel aufragte. Alle Fenster waren dunkel – nicht ein heller Rand um eine Jalousie, nicht ein Lichtschimmer hinter einem Vorhang. Langsam ging sie auf die Glastür zu, die zur Bibliothek führte. Als sie dort angekommen war, holte sie erleichtert Luft. Die Vorhänge in der Bibliothek waren zugezogen, und ein rötlicher Schimmer drang durch das Fenster.

In diesem Raum brannte Licht. Zwei Stufen führten zur Tür hinauf. Rietta stand auf der unteren Stufe und klopfte gegen das Glas. Sie hörte, wie ein Stuhl zurückgeschoben wurde. Dann hörte sie Schritte. Eine Hand raffte den Vorhang zur Seite.

Als das Licht auf ihr Gesicht fiel, kam James Lessiter hinter dem roten Vorhang hervor und schloß ihr die Tür auf. Sie trat ein, machte die Tür hinter sich zu und schloß wieder ab. Dann drehte sie sich um.

James starrte sie erstaunt und mit einer gewissen Bewunderung an.

»Meine teure Rietta!«

Sie stand, ein wenig außer Atem, mit hochrotem Gesicht vor ihm. Es war sehr warm im Zimmer. Sie ließ ihren Regenmantel auf einen Sessel gleiten. Er rief:

»Was ist mit deiner Hand passiert?«

Sie sah erschrocken auf ihren Arm und stellte fest, daß sie aus einer Wunde am Handgelenk blutete.

»Ich kam durch das Wäldchen. Da muß es wohl passiert sein – ich weiß es nicht.«

Er bot ihr sein Taschentuch an, und sie nahm es.

»Es ist nichts – ich habe es gar nicht gemerkt.«

Sie trug das dunkelrote Kleid von gestern abend. Am Saum war der Stoff eingerissen.

»Da müssen ein paar Dornenranken im Weg gewesen sein – ich habe sie gar nicht gesehen.«

Er lachte.

»So eilig warst du?«

»Ja.«

Sie ging um den Tisch herum und stellte sich vor den Kamin, Er hatte Papiere verbrannt. Der Rost war noch voll von den schwarzen Resten. Sie und James in diesem Zimmer, in dem ihr alles so vertraut war – ein seltsames Gefühl. Hier hatten sie sich geküßt, gestritten und getrennt. Nichts hatte sich verändert – der massive Schreibtisch, der altmodische Teppich, die Tapete mit ihren düster-metallischen Reflexen, die Ahnengalerie mit den strengen Gesichtern. Ein hübsches Porträt von Mrs. Lessiter mit einem Fächer aus Straußenfedern über dem Kaminsims, und auf der schwarzen Marmorplatte darunter die schwere Stutzuhr. Links und rechts davon die goldenen florentinischen Statuetten, die sie so sehr geliebt hatte. Sie stellten die vier Jahreszeiten dar: den Frühling, der sich mit einer Girlande schmückt; den Sommer; den Herbst, eine Traube hochhaltend, einen Kranz von Weinblättern im Haar; den Winter, der sich mit einem hauchdünnen Stoff zu verhüllen sucht. Selbst heute war sie noch für die Schönheit der Figuren empfänglich.

Es war heiß im Zimmer, aber Rietta zitterte vor Kälte. Sie sah ihn an und sagte ernst:

»Carr hat es entdeckt.«

James lehnte am Schreibtisch, gutaussehend, selbstsicher, aber mit einem ausgeprägt ironischen Zug im Gesicht.

»Das hört sich interessant an. Und was hat Carr entdeckt?«

»Daß du mit seiner Frau durchgebrannt bist.«

Er hob sacht die Augenbrauen.

»Wußte er das nicht?«

»Natürlich nicht. Und du wußtest es bis gestern abend auch nicht.«

Er holte ein goldenes Zigarettenetui aus der Tasche, öffnete es, nahm eine Zigarette heraus, und dann, als käme er plötzlich zu sich, hielt er auch ihr das Etui hin.

»Meine teure Rietta, verzeih mir.«

Sie schüttelte den Kopf.

»Ich rauche nicht.«

»Jawohl!« Das Etui wanderte in die Tasche zurück, und er zündete ein Streichholz an. »Das würde ja nicht zu deinem Charakter passen.« Er machte einen Zug, blies einen Rauchschwall von sich und fügte hinzu: »Pallas Athene!«

Sie war plötzlich sehr wütend. Rote Flecke brannten auf ihren Wangen. Ihre Stimme wurde schroff:

»Ich bin gekommen, um dich zu warnen. Es war ein schrecklicher Schock – ich weiß nicht, wozu er jetzt fähig ist.«

»Wirklich? Darf ich wissen, warum?«

»Das fragst du noch? Ich hatte nicht viel übrig für Marjory, sie war noch sehr jung – erst vierundzwanzig, als sie starb. Du nahmst ihr ihren Mann und ihr Heim weg und hast sie mittellos in Frankreich sitzenlassen. Sie mußte alles verkaufen, um sich wieder nach Hause durchschlagen zu können. Sie reiste bei bitterster Kälte ohne Mantel und starb zwei Tage später an Lungenentzündung. Carr kannte den Namen des Mannes nicht, mit dem sie durchgebrannt war, aber er fand eine Fotografie hinter dem Spiegel ihrer Puderdose. Er entdeckte heute abend eine Reproduktion derselben Fotografie mit deinem Namen darunter in einer Illustrierten. Er sieht in dir den Mörder von Marjory, und ich habe Angst . . .«

James hob die brennende Zigarette wie zum Salut.

»Und du kommst hierher, um mich zu beschützen? Wie außerordentlich charmant von dir!«

Ihre dunklen Augenbrauen zogen sich zusammen. »Tu das nicht«, sagte sie.

»Was soll ich nicht tun?«

»Sprich nicht so mit mir. Carr stürmte aus dem Haus. Ich weiß nicht, wo er ist, und ich weiß nicht, wozu er fähig ist. Er glaubt, du hast seine Frau umgebracht.«

»Dann hätte er zum Polizeirevier gehen sollen.«

Rietta stampfte mit dem Fuß auf. Mit energischer Stimme sagte sie: »Hör auf damit, James!«

Er löste sich vom Schreibtisch, kam zu ihr und warf seine Zigarette in den Kamin. »Nun gut. Vielleicht möchtest du auch ein paar Fakten von mir hören. Du bist dreiundvierzig, und wenn du nicht weißt, wie diese Marjory war, dann vergeudest du nur deine Zeit. Marjory warf sich mir an den Hals. Sie hatte ihr Leben satt, ihren Ehemann, und ganz besonders ihr Dasein als Strohwitwe. Sie suchte einen angenehmen Zeitvertreib, und ich nahm sie mit nach Frankreich und gab ihr, was sie wollte. Dann mußte ich geschäftlich in die Staaten fliegen, und sie langweilte sich wieder. Sie verließ die Wohnung, die ich für sie gemietet hatte, und zog zu einem Gentleman, der ihr schon eine Weile nachstellte. Ein reicher Finanzier. Ich hätte ihr sagen können, daß er keine gute Kapitalanlage war, und ich vermute, daß er sie bei einer Sache ertappte, die ihm nicht gefiel. Wahrscheinlich beförderte er sie im hohen Bogen auf die Straße. Das sähe ihm ähnlich, aber mir nicht, was dich überraschen mag. Ich hätte ihr wenigstens ein Dritter-Klasse-Billett zurück nach London gekauft.«

»Ist das die Wahrheit – daß sie dich verlassen hat und zu einem anderen gezogen ist?«

»Die biblische Wahrheit, meine Teure!«

»Wenn du so redest«, sagte sie bitter, »scheint sich alles in eine Lüge zu verwandeln.«

»Trotzdem ist es wahr«, sagte er erheblich nüchterner.

Er ging zurück zum Schreibtisch und spielte mit den Papieren, die dort lagen. Dann nahm er eines in die Hand, betrachtete es, lachte und drehte sich ihr zu.

»Da dein junger feuriger Held noch nicht erschienen ist, wird er sich wohl bei einem Spaziergang ein bißchen abkühlen. Sobald er nach Hause kommt, könnten diese Fakten zu seiner Ernüchterung beitragen. Nach drei Jahren Ehe sollte er Marjory eigentlich durchschaut haben. Ich denke, du bist fähig, ihn zur Vernunft zu bringen. Zur Zeit habe ich so viele geschäftliche Dinge zu regeln, daß es mich nicht sonderlich danach gelüstet, ermordet zu werden!« Er lachte kurz. »Komisch, daß du ausgerechnet heute abend kommst, Rietta. Ich habe eben deine Briefe verbrannt.«

»Meine Briefe?«

»Den jungen Liebestraum. Höchst lehrreich – ein kleiner schwarzer Aschenhaufen im Kamin. Sie haben ein großes Feuer verursacht, deswegen ist es so warm im Zimmer.«

Sie sah hinunter auf den Aschenhaufen, an dem der Kamin fast erstickte. Schwarze Blätter, manche noch gefaltet. Die eingerollten Ränder flatterten im heißen Luftzug. Ein paar rote Funken sprangen hin und her und erloschen dann. Rietta sah blaß und stirnrunzelnd zu, bis sie hörte, wie James sagte:

»Ich mußte alles ausräumen, weil ich nach einer Aufstellung suchte, die meine Mutter mir hinterließ – ein sehr interessantes Dokument.« Er lachte. »Das wird so manchem schwer im Magen liegen, ehe wir es zu den Akten legen.« Es funkelte boshaft in seinen Augen. »Hier liegt es auf dem Tisch, und so mancher würde ruhig schlafen, wenn es dort im Kamin verbrannt wäre. Ich fand die Briefe, als ich nach der Liste suchte. Sie waren immer noch dort, wo ich sie einschloß, als ich Melling House verließ. Das lag auch dabei.«

Er gab ihr das Papier, das er vom Tisch genommen hatte – ein altes, schon vergilbtes Testament. Sie starrte es an, zunächst begriffsstutzig und dann mit wachsendem Unbehagen.

»James – wie absurd!«

Er lachte.

»So scheint es, was? ›Alles geht an Rietta Cray, White Cottage, Melling.‹ Das Erbe meines Vaters gehörte als Leibrente meiner Mutter, und darüber konnte nur sie verfügen. Als ich dieses Testament aufsetzte, hinterließ ich dir nur ein paar Schulpreise, eine von mir geschätzte Sammlung von Fußballaufnahmen und meine nicht sehr umfangreiche Garderobe. Das komische daran ist, daß ich nie ein anderes Testament aufgesetzt habe und du ein ganz hübsches Vermögen erben würdest, falls der junge Carr jetzt käme und mich umbrächte.«

Sie erwiderte leise: »Ich halte solche Reden für geschmacklos. Legen wir es ab, wo es hingehört . . .«

Sie ließ das Blatt auf den Aschenhaufen fallen, doch ehe es Feuer fangen konnte, hatte James Lessiter es wieder an sich genommen.

»Nein, das tust du nicht, meine Teure! Es ist mein Eigentum. Weißt du nicht, daß du dich strafbar machst, wenn du ein Testament vernichtest? Ich weiß nicht, wie viele Jahre Gefängnis darauf stehen; ich muß Holderness danach fragen, wenn ich ihn sehe.«

Sie sagte in mißbilligendem Ton: »James, das ist lächerlich. Bitte, verbrenne es!«

Er stand vor ihr mit einem spöttischen Lächeln und hielt das Papier hoch über den Kopf, als wären sie wieder Kinder, die sich um etwas balgten. Doch dann lehnte er sich hinüber zum Tisch und legte das Testament auf die Löschunterlage. Dann sah er sie an und sagte nüchtern:

»Ich wüßte keinen, dem ich es lieber vermachen würde als dir, Rietta.«

»Das ist Unsinn.«

»So? Meiner Meinung nach nicht. Ich habe nur eine oder zwei Cousinen, die um so viele Ecken mit mir verwandt sind wie Catherine – und du. Sie interessieren mich nicht. Ich werde nicht heiraten, da ich mich nicht für den Ehestand eigne.« Und dann, in einem scherzhaften Ton: »Was würdest du mit dem Erbe anfangen? Es ist ein ziemlich umfangreiches Paket.«

Sie stand kerzengerade und stirnrunzelnd vor ihm.

»Ich wünsche nicht mehr darüber zu sprechen. Bitte, wirf das Papier ins Feuer.«

Er brach in Gelächter aus.

»Du kannst dem Leben nicht viel Humor abgewinnen, wie? Es interessiert mich wirklich sehr, wie du dich verhalten würdest – als wohlhabende Erbin, meine ich.«

Rietta riß sich zusammen und sagte:

»Das hinge davon ab . . .«

»Wie überaus vorsichtig! Das hinge davon ab, was ich unter wohlhabend verstehe, wie? Nun, sagen wir, es wäre genug, um auf diesem Landsitz ein sehr behagliches Leben zu führen. Würdest du hier wohnen wollen?«

Sie lachte freimütig. »Nein! Mir gefällt mein Häuschen.«

»Keinen Drang in die Ferne, kein luxuriöses Leben?«

»Mein lieber James!«

Er lehnte sich mit glitzernden Augen, ein Lächeln auf den Lippen, wieder gegen den Schreibtisch.

»Und was würdest du dann damit anfangen? Etwas mußt du ja tun – in meinem hypothetischen Fall.«

Sie sagte nachdenklich: »Es gibt so viele heimatlose Menschen. Niemand will sie haben. Sie leben in billigen Obdachlosenquartieren und verkommen dabei. Ich dachte mir, daß die Gemeinde einige von diesen großen Landhäusern übernehmen könnte – sie verfügen über entsprechende Schlafzimmer und große Gemeinschaftsräume, wo die Mahlzeiten und Freizeitbeschäftigungen . . .«

Er nickte, und dann lachte er.

»Wie im Hühnerstall! Ich beneide dich nicht um so einen Betrieb. Wenn ich mir vorstelle, wie sie sich gegenseitig die Augen auskratzen!«

»Warum sollten sie? Und ich würde nicht nur Frauen auf-
nehmen. Männer haben ein Heim sogar noch nötiger – sie
können es sich nicht selbst schaffen.« Sie streckte ihre Hand
aus. »Und nun, James, verbrenne bitte das Papier.«

Er schüttelte lächelnd den Kopf.

»Es ist *mein* Testament und geht dich daher nichts an. Ich
hätte es schon vor Jahren ändern können, wenn ich gewollt
hätte. Aber es war nicht wichtig, und wenn es wichtig würde,
könnte ich mir denken, daß ich noch einmal dasselbe schreibe.«

Sie sah ihm direkt in die Augen. »Weshalb?«

»Ich werde es dir sagen. Mach dich auf einen Blumenstrauß
gefaßt. Da war der Jugendtraum von Liebe, wie ich schon
sagte – und ob du es glaubst oder nicht, ein zweites Mal ist er
mir nicht gelungen. Ich hatte zwar zu einer stattlichen Reihe
von Frauen intime Beziehungen, aber die Kontakte waren
sozusagen auf einer anderen Ebene. Es fehlte die idyllische
Note. Diese Ladys hatten nicht die geringste Ähnlichkeit mit
Pallas Athene. Obwohl ich mir keine Rückkehr in die trostlose
Zeit meiner Jugend wünschte, hatte sie im Rückblick doch
einen gewissen Charme. Du bist sozusagen die Verkörperung
dieses Charmes.«

»Du weißt genau, daß ich nie einen Hauch von Charme
besaß.«

»*Ars est celare artem.* Das waren deine Worte damals.«

Sie lachte.

»Soweit ich weiß, hast du mich damals mit einem Schürhaken verglichen. Weil ich so rücksichtslos wäre. Ich bin es noch.
Taktgefühl war nie meine Stärke. Deshalb mußt du mich so
nehmen, wie ich bin.« Sie machte eine Pause. »Aber da ist noch
etwas, was ich mit dir besprechen wollte. Es betrifft Catherine.«

Über dem Bibliotheksfenster befand sich ein Mauerdurch-
bruch mit einem Ventilator, dessen Jalousie offen stand. Catherine Welby, die draußen vor der Bibliothekstür stand, konnte

die mit lauter Stimme geführte Unterhaltung gut verstehen. Jetzt hörte sie ihren eigenen Namen, und dann die Antwort von James Lessiter:

»Was ist mit Catherine?«

»James – quäle sie nicht.«

»Aber, mein Kleines, sie ist eine Diebin.«

Catherine trug einen langen, pelzgefütterten schwarzen Mantel. Den hatte ihr vor vielen Jahren Mildred Lessiter geschenkt. Das Futter war noch so gut wie neu. Ihr Körper schien vor Frost zu erstarren.

»Sie ist eine Diebin«, hörte Catherine die Wiederholung.

»Du hast kein Recht, so etwas zu sagen!«

»Ich denke schon. Hier ist die Liste, die meine Mutter aufgestellt hat. Du kannst sie gerne lesen. Eine lückenlose Bestandsaufnahme des Inventars. Catherine log, als sie behauptete, meine Mutter hätte ihr die Sachen geschenkt. Falls sie sie nicht zurückgeben kann oder will, werde ich sie verklagen.«

»Das kannst du nicht tun!«

»Ich kann, und ich will.«

»Warum?«

»Weil sie eine Diebin ist, ich sagte es schon.«

Rietta schüttelte den Kopf.

»Das ist es nicht. Du willst sie bestrafen. Wofür?«

»Muß ich dir das erst sagen? Sie sabotierte unsere Verlobung – erzählte dir Lügen über mich . . .«

»James, es waren keine Lügen.«

»Sie schwärzte uns bei meiner Mutter an.«

Sie trat ganz dicht an ihn heran. Sie stand neben dem Schreibtisch und stützte die Hand darauf.

»James, das war es nicht, woran unsere Verlobung zerbrach. Ich gab dir den Ring zurück, weil du deinen Hund umbrachtest.«

Ein Anflug von Jähzorn färbte sein Gesicht.

»Sollte ich eine Bestie am Leben lassen, die mich anfiel?«

»Er hatte Angst vor dir, und deshalb biß er zu. Es war kein Gnadentod. Du hast ihn auf grausame Weise umgebracht.«

»Das hat dir vermutlich Catherine erzählt.«

»Nein. Ich erfuhr es von einem Gärtner, der dich beobachtete. Catherine weiß nichts davon. Ich habe es niemandem erzählt.«

»Was für ein Getue wegen eines Hundes!« sagte er mit zugeschnürter Kehle. Und dann, jählings wieder zurückfindend zu seinem früheren sachlichen Ton: »Daß ich meine Schulden bezahlt habe, sagte ich schon. Und nun werde ich mit Vergnügen zusehen, wie Catherine ihre Rechnung begleicht.«

»James – ich bitte dich!«

Als ihre Blicke sich trafen, wußte sie, wie sinnlos ihr Bitten war. Er lachte nur.

»Es wird mir ein Vergnügen sein, Catherine auf die Anklagebank zu befördern.«

Die Worte trafen sie wie ein Schlag. Er hatte die Vergangenheit heraufbeschworen, er hatte mit ihren Gefühlen gespielt, sie minutenlang sogar in den Zauber früherer Tage versetzt. Und nun das! Eine Ohrfeige hätte nicht schlimmer sein können. Rietta war außer sich vor Wut.

Später konnte sie sich nicht mehr erinnern, was sie alles zu ihm gesagt hatte, Worte, die ihr der augenblickliche Zorn eingab und die sie ihm ins Gesicht schleuderte. Hätte sie einen Gegenstand zur Hand gehabt, so hätte sie ihn gegen James geschleudert.

Und dann bekam sie plötzlich Angst vor ihrem eigenen Zorn. Denn auch diese Szene erinnerte sie an die Vergangenheit, deren Wiedergeburt sie fürchtete.

»Ich werde jetzt gehen«, brachte sie mit gepreßter Stimme hervor.

Das war für Catherine an der Glastür das Signal, sich wieder in den Büschen zu verstecken, aus denen sie hervorgetreten war. Sie sah, wie der Vorhang zurückgezogen und die Tür aufgerissen wurde.

Dann kam Rietta ohne Hut und Mantel heraus und rannte in die Nacht hinein.

KAPITEL 13

Rietta öffnete ihre Haustür. Auf dem Weg hierher hatte sie nichts gehört und niemanden gesehen. In ihrem Zorn hatte sie sogar versäumt, ihren Mantel mitzunehmen, der noch in James' Bibliothek sein mußte, wo sie ihn abgelegt hatte. Sie vermißte ihn nicht, hatte ihn total vergessen, weil die Gedanken an Carr, Catherine und den Zorn, von dem sie sich hatte hinreißen lassen, sie vollkommen ausfüllten. Sie war entsetzt über ihre eigene Unbeherrschtheit.

Sie öffnete die Wohnzimmertür. Fancy blickte gähnend zu ihr auf.

»Die 9-Uhr-Nachrichten sind schon vorüber!«

Unwillkürlich ging Riettas Blick zu der alten runden Wanduhr, die über dem Kamin hing. Es war zwanzig nach neun. Im Radio spielten sie den neuesten Hit. Sie streckte die Hand aus und schaltete das Gerät ab.

»Ist Carr noch nicht zurück?«

Wieder dieses Gähnen, mit dem sie ihre hübschen Zähne zeigte, die weiß wie Milch und ebenmäßig wie Erbsen in einer Schote waren.

»Nein, noch nicht. Warum war er denn so aufgebracht, Miss Cray?«

Rietta baute sich vor Fancys Sessel auf und sah stirnrunzelnd auf sie hinunter. »Ich möchte, daß du mir zuerst erzählst, was in diesem Zimmer vor sich ging, als ich am Telefon war.«

Fancy sah sie mit ihren blauen Augen groß an. Sie ist wie ein Kind, das das Gähnen nicht mehr unterdrücken kann, dachte Rietta wütend. Es war ihr gutes Recht, müde zu sein; aber ein Kind nützte ihr in dieser Situation wenig.

»Erzähl mir, was passierte, als ich im anderen Zimmer war!«

»Nun . . .« Immer noch dieses ratlose Blinzeln und die großen erstaunten Augen. ». . . eigentlich passierte gar nichts. Nichts Nennenswertes. Erst am Schluß.«

»Was passierte am Schluß?«

»Nun, wir blätterten zusammen die Illustrierten durch, die Mr. Ainger Ihnen brachte. Ich entdeckte einen Hut und überlegte mir, ob ich ihn vielleicht kopieren könnte. Das hat mich so beschäftigt, daß ich gar nicht richtig auf Carr achtete.

Plötzlich schrie er, als hätte ihn etwas gestochen oder so. Und mit einem Gesicht, daß mir ganz angst und bange wurde, rief er: ›Der verdammte Schweinehund!‹ Und ich frage: ›Wo?‹, weil ich nicht wußte, wen er meinte – wie hätte ich auch! Und da kamen Sie schon wieder herein, und er deutete auf das Foto und erzählte was von diesem Mann, der ihm Marjory weggenommen hätte. Und dann fragte er, ob der Mann auf dem Foto James Lessiter wäre. Marjory – das war doch die Frau, mit der er verheiratet war, nicht wahr? Und dieser James Lessiter soll mit ihr durchgebrannt sein? Carr wird doch jetzt keine Dummheiten machen, oder?«

»Nein«, sagte Rietta mit tiefer, überzeugter Stimme.

Fancy schien nicht so überzeugt zu sein. Sie sah blinzelnd zu Rietta auf.

»Davon wird sie doch auch nicht wieder lebendig, oder?«

»Nein.«

»Was ich so hörte, war sie auch kein großer Verlust, oder?« Wieder ein Gähnen. Dann: »Vielleicht hätte ich das nicht sagen sollen. Aber Sie mochten sie auch nicht übermäßig, oder?«

»Nein.«

»Na, was Gutes habe ich bisher noch nicht über sie gehört. Ich denke, sie war wohl eher eine Strafe für Carr. Und er ist so ein netter Kerl, nicht wahr? Als ich Mom von ihm erzählte, sagte sie, sie glaube, er hätte seine Ehe seelisch noch gar nicht verkraftet. Sie meinte, ich solle aufpassen und vorsichtig sein. ›Nimm ihn, wenn du ihn willst, Ducks, aber laß von ihm ab, wenn du ihn nicht willst. Aber spiele ja nicht mit seinen Gefühlen!‹ Das war Moms Meinung.«

»Und wie wirst du dich entscheiden?«

Zu jeder anderen Zeit wäre Riettas Frage mit Ironie durchtränkt gewesen, doch in diesem Moment war sie so einfach und unzweideutig, wie Fancy sie beantwortete.

»Er will mich nicht haben«, sagte sie. »Seiner Meinung nach passen wir nicht zusammen. Ich glaube, daß er das Mädchen mag, das uns zum Tee eingeladen hat. Diese Elizabeth Moore.« Pause. »Er mochte sie sehr, nicht wahr?«

»Das ist lange her.«

»Warum heiratete er sie nicht?«

»Er lernte Marjory kennen.«

Fancy nickte. Und dann: »Oh, Miss Cray, was haben Sie denn mit Ihrer Hand gemacht? Sie ist ja ganz blutig!«

Rietta blickte hinunter auf ihre rechte Hand. Da war erstaunlich viel Blut für so einen kleinen Kratzer. Sie mußte James Lessiters Taschentuch, das sie als Verband benützt hatte, unterwegs verloren haben. Der Schorf war abgerissen, und die Wunde blutete von neuem, eine klebrige Flüssigkeit, die ihre Handfläche bedeckte. Rietta ging ins Badezimmer und wusch das Blut mit kaltem Wasser ab.

KAPITEL 14

Elizabeth Moore hielt ein aufgeschlagenes Buch im Schoß, aber sie las nicht darin. Sie hatte das Radio abgeschaltet, nachdem sie die Schlagzeilen des Nachrichtensprechers gehört hatte. Ihr Verstand weigerte sich, den Kanal, das Mittelmeer und den Atlantik zu überspringen und sich mit den Torheiten zu befassen, die die Menschen dort verübten. Es gab Augenblicke im menschlichen Leben, wo die Welt sich auf einen Menschen und sein Schicksal verengte. Elizabeths Welt hatte sich so verdichtet. Nur ein einziger Mensch lebte in diesem Ausschnitt: Carr.

Sie selbst war nur ein passives Wesen, das gegen den Schmerz ankämpfte. Fancy war ein bedrohlicher Schatten am Rand. Carr wanderte ganz allein auf dieser kleinen, leeren Welt. Er litt qualvoll, doch sie konnte nicht zu ihm, konnte ihm nicht die Hand auf die Stirn legen, konnte ihm nicht helfen. Sie erinnerte sich an einen Vers aus ihrer Schulzeit: *»Ja, in diesem Meer des Lebens sind wir Sterbliche Millionen und isoliert wie Inseln.«*

Wie wahr! Und wenn es ernst wurde, mußte jeder selbst damit fertigwerden. Ein anderer Vers, der ihr einfiel, war ein Bibelspruch von melancholischer Schönheit: *»Kein Mensch kann seinen Bruder retten noch einen Handel mit Gott für ihn abschließen, denn es gehört unendlich viel mehr dazu, eine Seele zu retten, so daß er daran nicht rühren darf.«*

Dann hatte sie die Hand nach dem Bücherregal ausgestreckt und wahllos, ohne hinzusehen, ein Buch herausgegriffen. Es lag nun aufgeschlagen auf ihrem Schoß. Aber es war nur weißes Papier und Druckerschwärze – tot für sie.

Elizabeth wußte nicht, wie lange sie so dagesessen hatte, als sie das Klopfen am Fenster hörte. Ihr Zimmer lag auf den Hof hinaus. Sie hob den Vorhang und sah, daß nur die stockdunkle

Nacht, die sich wie ein zweiter Vorhang gegen das Glas preßte, dort draußen war. Dann bewegte sich etwas im Dunklen. Eine Hand, die sich hob, um noch einmal gegen die Scheibe zu klopfen. Und eine Stimme rief ihren Namen: Carrs Stimme.

Es war kein Schiebefenster, sondern ein Erker mit einem Flügelfenster, das sich wie eine Tür öffnen ließ. Sie löste die Riegel und machte es weit auf. Er stieg herein und zog die Flügel hinter sich zu. Sie ließ den Vorhang zurückfallen und betrachtete sein geisterblasses Gesicht, seine zitternden Hände, die nach ihr faßten und sie festhielten. Er stützte sich schwer auf ihre Schultern, bis sie wieder ihren Sessel erreichte und sich hineinfallen ließ.

Dann lag er auf den Knien, den Kopf an ihre Brust gelehnt, und sein Körper war ein einziger Schüttelkrampf. Sie hielt ihn, bis er, seinen Kopf an ihrer Brust, ihren Namen wiederholte wie einen Hilferuf.

Ob noch andere Worte fielen, wußte sie nicht; aber sie antwortete ihm mit dem Pulsschlag ihres Herzens. Und wenn auch kein Laut über ihre Lippen drang, hätte ihn doch die Flut ihres Trostes und ihrer Liebe erreichen müssen.

»Was hast du, mein Liebling?« hörte sie sich endlich sagen. Sie spürte, wie er erschauderte.

»Laß mich nicht los.«

»Carr – was ist mit dir?«

Da hob er den Kopf und sagte es ihr. Er flüsterte, als fehlte ihm der Atem und als müßte er um jedes Wort ringen.

»Der Mann – von dem ich dir erzählte – der mir Marjory wegnahm – und sie sitzenließ – ich sah sein Foto – in einer Illustrierten. Es war James Lessiter . . .«

Und sie darauf, voll böser Ahnung: »Carr, was hast du angestellt?«

»Nichts – aber wenn ich in Melling geblieben wäre, weiß ich nicht, was passiert wäre.«

Die Angst preßte ihr das Herz zusammen.

»Was ist geschehen?«

»Henry Ainger brachte ein Bündel Zeitschriften für Rietta. Fancy und ich blätterten darin. Rietta war ans Telefon gegangen. Ich sah die Fotografie dieses Mannes mit seinem Namen darunter: – *James Lessiter*. Ich sagte dir ja, Marjory hatte sein Foto aufgehoben. Es war das gleiche Bild. Rietta kam herein. Ich fragte sie: ›Ist das James Lessiter?‹ Danach weiß ich nicht mehr genau, was passiert ist. Sie sagte: ›Ja‹; und ich verließ das Haus. Ich wollte ihm an die Gurgel – ich wußte, ich würde ihn töten, wenn ich zu ihm ginge. Aber ich wanderte nur umher – ich weiß nicht, wie lange . . .«

Sie blickte über seine Schulter auf die alte Standuhr mit dem langsam schwingenden Pendel.

»Es ist fast halb zehn.«

»Ich kann höchstens eine Stunde unterwegs gewesen sein – ja – ich glaube, ich ging zunächst in die andere Richtung – dann dachte ich an dich. Ich dachte nur noch daran, zu dir zu kommen. Ich hab einen verdammten Narren aus mir gemacht . . .«

»Das ist doch nicht wichtig.«

Da wurde ihm klar, daß damit eigentlich alles gesagt war, was ihre Beziehung ausmachte. Es war nicht wichtig, was er tat oder sagte, ob er fortging, vergaß oder wiederkam und sich erinnerte, ob es regnete oder die Sonne schien, ob es Nacht war oder Tag, ob Monate vergingen oder Jahre – das Band zwischen ihnen hielt. Er konnte es nicht in Worte kleiden.

Er konnte nur »Nein, es ist nicht wichtig« hervorbringen und den Kopf wieder an ihre Schulter legen.

Der Zorn der letzten Stunde war verflogen. Er schien bereits einer fernen Vergangenheit anzugehören. Dieses Zusammentreffen war eine Erneuerung. Und dabei verloren sie jedes Gefühl für die Zeit.

Schließlich sagte sie: »Sie werden nicht wissen, wo du bist – sie werden sich Sorgen machen!«

Elizabeths Welt war wieder normal geworden. In ihr lebten auch andere Leute – Rietta Cray, die sicher schreckliche Angst ausstehen mußte, und Jonathan Moore, der bald von seinem Schachabend bei Dr. Craddock heimkommen würde.

Sie stand auf und holte den Kessel aus der Küche, um Tee zu kochen. Sie verrichtete die kleinen häuslichen Aufgaben mechanisch, aber voller Liebe und Fürsorge. Es war vielleicht die glücklichste Stunde ihres ganzen Lebens. Alles wiederzubekommen, was sie verloren hatte; alles, was man ihr nie abverlangt hatte, nun hinzugeben, war eine unsägliche Freude. Zu schade für Worte.

Auch Carr blieb stumm. Er hatte einen weiten Weg zurückgelegt – nicht nur die zweieinhalb Meilen von Melling, sondern er war nach einer Irrfahrt von fünf Jahren zurückgekehrt. Als sie sagte: »Du mußt jetzt gehen«, umarmte er sie und sagte nur ihren Namen.

»Elizabeth . . .«

»Carr . . .«

»Elizabeth . . . nimmst du mich zurück?«

»Möchtest du das?«

»Das weißt du.«

Dann eine kleine Pause, ehe sie fragte:

»Kannst du – zurückkommen?«

»Du meinst – wegen Fancy?«

»Sagtest du nicht, du wüßtest nicht, ob du mit ihr verlobt seist?«

Er lachte verlegen.

»Das war nur so ein Gerede. Wir haben uns auf dem Heimweg ausgesprochen. Sie ist wirklich ein nettes Kind – recht vernünftig für ihr Alter. ›Wir scheiden als Freunde‹, wie ihre schätzenswerte Mama sagen würde, und somit ist alles in

Ordnung. Ich bin zurückgekommen. Willst du mich noch haben?«

»Es bleibt mir wohl nichts anderes übrig«, antwortete Elizabeth mit einem leisen Lächeln.

KAPITEL 15

Er kam ruhig nach Melling zurück. Das Gefühl der Zerrissenheit und des Aufruhrs war vorbei. Seine Seele hatte einen Ankerplatz gefunden. Wie nach dem Abzug eines Unwetters, das über ihn hergefallen war, erschien ihm nun die überstandene Gefahr als etwas Unwirkliches. Wie ein Traum, aus dem er am Morgen erwachte. Als läge das alles schon Jahre hinter ihm. Er hatte Elizabeth wieder! Es schien ihm unbegreiflich, wie er sie jemals hatte verlassen können. Er fing an, auf dem Heimweg ihr gemeinsames Leben zu planen.

Er erreichte den Anger und sah ihn wie einen verschwommenen dunklen Fleck unter dem Nachthimmel. Es war eine Nacht ohne Mond und Sternenlicht, doch als er aus der Straße mit ihren hohen Hecken herauskam, kam ihm der Dorfplatz vergleichsweise hell vor. Er konnte sogar am entlegenen Rand des Angers die Häuser erkennen, die schwarzen geduckten Umrisse der Kirche. Er nahm den Fußweg zu seiner Linken, der ihn am Torhaus vorbeiführte. Licht schimmerte durch die Vorhänge. Catherine schien noch auf zu sein.

Kleine Ursachen können große Folgen haben. Wäre Catherine Welby an diesem Abend früher zu Bett gegangen, wäre vieles anders verlaufen. Das Licht, das durch ihre verschossenen Brokatvorhänge sickerte, lenkte Carr von seinen Plänen ab und gab ihnen eine andere Richtung. Wenn Catherine noch auf war, dachte er, mußte das auch für andere Leute gelten. Blitzartig wurde aus »anderen Leuten« für ihn James Lessiter.

Er erinnerte sich an Riettas Worte: ›Mrs. Lessiter hat nie etwas weggeworfen. James wird eine Menge Papiere sichten müssen.‹

James Lessiter würde noch auf sein. Er würde dieses schmutzige Kapitel seines Lebens abschließen können, ehe er ein neues begann. Er fürchtete sich nicht mehr vor sich selbst. Er wollte nur hineingehen und diesem Schurken sagen, was er von ihm hielte. Dann wollte er sich gleich wieder entfernen.

Der Gedanke wurde zu einer fixen Idee, daß er so handeln müsse, ehe er die Geschichte seiner unglücklichen Ehe zu den Akten legen konnte. Diese Ehe hatte ihm alle Illusionen genommen, ihm nur Unglück gebracht. Doch Marjory war tot. Er mußte mit James Lessiter abrechnen, ehe er ihr Konto abschloß. Er bog zwischen den Säulen in die Auffahrt zum Herrenhaus ein ...

Die Wanduhr im White Cottage schlug mit einem weichen Gongton an. Rietta Cray sah ungläubig hoch. Daß es erst Viertel vor elf war, schien ihr Zeitgefühl Lügen zu strafen. Fancy war vor einer Stunde zu Bett gegangen. Vor über zwei Stunden war Carr aus dem Haus gestürmt, und er war noch nicht zurück. An gewöhnlichen Abenden verging ihr die Zeit viel zu rasch. Sie hatte tagsüber ihre Arbeit, doch abends, nach dem Abwaschen, konnte sie aus dieser unschönen Alltagswelt flüchten, wurde sie zu einer besinnlichen Frau, die Konzertplatten auflegte, ein Hörspiel einschaltete oder sich mit einem Buch in eine bessere Welt oder andere Zeit versetzte.

Doch an diesem Abend gab es keine Mußestunden, keine Erholung für ihren gequälten Geist. Sie hatte noch nie so viel Angst ausgestanden wie heute. Eine Angst, die jedes vernünftige Maß überstieg, von der sie sich aber nicht befreien konnte. Sie redete sich ein, daß sie morgen darüber lachen würde, aber das Morgen schien eine Ewigkeit entfernt.

Es war totenstill im Haus. Sie vermißte die Nähe ihres

vierbeinigen Freundes, der vor einem Monat gestorben war. Fünfzehn Jahre lang war er ihr treuer Begleiter gewesen, und aus Rücksicht auf ihn hatte sie die Anschaffung eines jungen Welpen hinausgeschoben.

Dann wurde diese Lautlosigkeit von Schritten aufgehoben, die nicht vom Pfad herkamen, der um den Dorfplatz herumführte, sondern von der Rückseite her, durch den Garten. Wie Catherines Wohnzimmer hatte auch dieser Raum zwei Fenster auf der Vorder- und Rückseite des Hauses. Sie hörte das Klicken der Gartenpforte, hörte die Schritte durch die Hintertür und den Flur entlang kommen. Wenn sie schlafen ging, sperrte sie beide Türen ab, aber solange sie auf war, wäre es ihr nie eingefallen, ihr Haus zu verriegeln.

Waren diese Schritte ein böses Omen? Sie waren durch den Park gekommen wie sie vor anderthalb Stunden. Das war der direkte Weg zum Herrenhaus.

Dann ging die Wohnzimmertür auf, Carr kam herein und schloß sie wieder hinter sich. Er lehnte sich dagegen und sagte nur:

»Er ist tot.«

Rietta war aufgesprungen und starrte ihn an. Carrs Gesicht war blaß und ernst – schrecklich blaß und schrecklich ernst. Aber die Wildheit in seinen Augen, die sie ansahen, war erloschen, während alles in ihr zu Eis erstarrte. Weil sie nichts sagte, wiederholte Carr mit lauter Stimme, als wäre sie taub:

»Hast du nicht gehört? – James Lessiter ist tot!«

»Nein!« rief sie. Nicht, weil sie ihm nicht glaubte, sondern weil sie darauf vorbereitet war. Es war der letzte hoffnungslose Protest gegen etwas, was so furchtbar war, daß ihr Verstand sich weigerte, es aufzunehmen.

Seine nächsten Worte schnitten wie ein Hieb durch ihre Betäubung:

»Warum hast du es getan?«

»Carr!«

Er löste sich von der Tür. Da sah sie, daß er den Regenmantel wie ein Bündel unter dem Arm trug. Bis zu diesem Moment hatte sie nicht mehr an ihn gedacht. Erst jetzt erinnerte sie sich, daß sie ihn auf einem Sessel in der Bibliothek von Melling House zurückgelassen hatte.

Carr hielt ihr den Mantel hin und fragte:

»Wie konntest du nur so dumm sein und ihn vergessen, wenn er voll ist mit seinem Blut?«

Rietta hob den Kopf. Das war ein Alptraum, eine sinnlose Verworrenheit, aber ihr Verstand fing wieder an zu arbeiten. Ruhig erwiderte sie:

»Es ist mein Blut, das daran klebt. Ich habe mir das Handgelenk an einem Dorn verletzt, als ich durch den Park ging.« Sie hob den Arm, damit er die dünne rote Linie an ihrem Handgelenk erkennen konnte.

Carr antwortete mit einem zornigen Lachen: »Mir kannst du kein X für ein U vormachen, Rietta! Mir nicht! Wir müssen uns etwas einfallen lassen!«

»Ich sagte, ich habe mich an einer Dornenranke verletzt . . .«

Da schüttelte er den Mantel aus und hielt den rechten Ärmel hoch. Die Manschette war klatschnaß von Blut. Der rote Fleck dehnte sich bis zum Ellenbogen aus, darüber waren noch Spritzflecke, die bis zur Schulter reichten.

»Das soll eine Kratzwunde gewesen sein? O mein Gott, nimm doch endlich Vernunft an!«

Einen Moment lang schwankte der Boden unter ihr, und die roten Flecke auf dem Stoff verflossen zu einem milchigen Nebel. Dann hatte sie sich wieder in der Gewalt, und ihre Bewußtseinstrübung verschwand.

»Carr, schau mich an!«

Er tat es.

»Und hör mir zu! Ich weiß nichts von dieser Sache. Als du

fortgingst, hatte ich Angst, daß du etwas Schlimmes anstellen könntest. Du hattest einen Schock erlitten. Ich – ist Angst ein Verbrechen? – ich nahm den nächstbesten Mantel und rannte durch den Garten in den angrenzenden Park bis zum Herrenhaus. Es war sehr heiß in der Bibliothek. Ich ließ den Mantel auf einen Sessel fallen und vergaß ihn dann. Ich redete mit James – am Ende stritten wir uns. Nein, es war kein richtiger Streit. Er sagte aber etwas, was mir zutiefst zuwider war. Dann verließ ich ihn. Den Mantel hatte ich gänzlich vergessen.«

Er hielt den Ärmel hoch.

»Das ist *sein* Blut.«

»Die Kratzwunde am Handgelenk blutete ziemlich heftig. Er lieh mir sein Taschentuch – ich muß es ebenfalls in der Bibliothek liegen gelassen haben.«

»Was versprichst du dir davon, wenn du behauptest, dieser lächerliche Riß an deinem Handgelenk habe so stark geblutet?«

»Das habe ich nicht behauptet. Ich sagte nur, daß ich mir irgendwo das Handgelenk an einem Dorn aufgerissen haben muß und daß es eine ungewöhnlich starke Blutung war für so einen Kratzer.« Ein Schaudern lief über ihren Körper. »Aber so viel Blut war es nicht.« Sie schwieg einen Moment, bis sie ihre Fassung wiedergefunden hatte. »Carr, leg diesen schrecklichen Mantel weg. Sag mir, was passiert ist. Wir reden doch nur aneinander vorbei. Und um Gottes willen sag mir die Wahrheit, alles andere nützt uns jetzt nichts!«

Er ließ den Mantel fallen. Wie ein Scheiterhaufen lag er vor seinen Füßen. Rietta sah ihn nicht mehr an. Sie heftete ihre Augen auf Carrs hartes, dunkles Gesicht.

»Schön, ich werde dir die Wahrheit sagen«, begann er. »Als ich aus dem Haus stürmte, wußte ich nicht, was ich tat. Ich habe mir die Beine müde gelaufen, sonst wäre ich ins Herrenhaus hinübergegangen und hätte James Lessiter den Schädel eingeschlagen. Ich muß ungefähr eine Stunde lang herumgeirrt sein, als ich plötzlich vor Jonathan Moores Laden stand. Elizabeth war allein im Haus. Ich blieb dort, bis ich mich wieder gefangen hatte. Wir« – sein Gesicht wurde weich – »haben uns ausgesöhnt. Als ich sie verließ, wollte ich ihn nicht umbringen – ich wollte nur einen Schlußstrich ziehen. Das ist die Wahrheit, Rietta! Als ich am Torhaus vorbeikam, brannte noch Licht in Catherines Wohnung. Da dachte ich mir, es ist noch nicht zu spät dafür, reinen Tisch zu machen. Lessiter würde noch auf sein. Ich wollte ihm nichts tun. Er sollte nur erfahren, daß ich Bescheid wußte über das, was er Marjory angetan hatte. Ich wollte ihm nur sagen, was ich von ihm hielt. Vorne war alles dunkel, und ich dachte, er müsse hinten in der Bibliothek sein. Also bog ich um die Hausecke und ging zur Glastür. Sie stand offen.«

Rietta atmete heftig. »Ich kann mich nicht erinnern, ob ich sie geschlossen habe. Vermutlich nicht – ich war so wütend . . . Erzähle weiter, Carr!«

»Ich öffnete die Tür. Die Vorhänge am Windfang waren zugezogen. Das Oberlicht brannte. Lessiter lag mit eingeschlagenem Schädel in der Bibliothek über seinem Schreibtisch.«

»Carr!«

Er nickte.

»Kein schöner Anblick. Jemand muß ihn von hinten erschlagen haben, als er am Schreibtisch saß. Der Schürhaken lag auf dem Kaminvorleger. Kein Zweifel, daß der Täter ihn als Mordwerkzeug benutzt hat.«

»Entsetzlich!«

»Kein schöner Anblick, aber das sagte ich schon. Vermutlich war Lessiter sofort tot. Aber du erwartest hoffentlich nicht, daß ich seinen Tod bedaure, nicht wahr? Wir können uns nur selbst bedauern, wenn wir jetzt nicht verdammt aufpassen.«

»Erzähle weiter!«

»Das war mein erster Gedanke, als ich die Leiche sah. Und als ich den Regenmantel entdeckte, verstärkte er sich noch. Das Futter war nach außen gedreht, und ich dachte, das Etikett kennst du doch. Ich ging hin und sah meine Initialen auf dem Kragenfutter. Danach wischte ich den Griff des Schürhakens mit einem blutgetränkten Taschentuch ab, das ebenfalls auf dem Kaminvorleger lag.«

Rietta erschauerte.

»Er lieh es mir für meine Kratzwunde. Du hättest den Griff nicht damit abwischen dürfen.«

Er starrte sie an wie ein Staatsanwalt.

»Warum hätte ich ihn nicht abwischen sollen? Wenn mein Regenmantel in der Bibliothek lag, mußte ihn jemand dorthin gebracht haben, oder? Ich bin es nicht gewesen. Also kommst nur du in Frage.«

»Carr!«

»Was soll dieses ›Carr!‹? Wenn du Streit mit ihm hattest und ihn erschlagen hast, war ich mir hundertprozentig sicher, daß du weggelaufen bist, ohne an Fingerabdrücke zu denken. Aber wenn es ein anderer gewesen ist, der gerissen genug war, meinen Regenmantel mit seinem Blut zu tränken, konnte ich hundertprozentig sicher sein, daß er auch die Fingerabdrücke vom Schüreisen entfernt hatte. Das waren meine Gedanken in diesem Moment. Ich wischte also den Griff ab und warf das Taschentuch ins Feuer, das fast unter einem Aschenhaufen erstickte. Ich weiß nicht, ob es inzwischen verbrannt ist – es spielt auch keine Rolle. Dann wischte ich noch den Türgriff mit meinem eigenen Taschentuch ab, nahm den Regenmantel mit und verließ den Tatort.«

Wieder holte sie rasch und geräuschvoll Luft.

»Du hättest die Polizei verständigen sollen.«

»Vielleicht bin ich verrückt«, sagte er, »aber so verrückt bin ich wiederum nicht.« Dann bückte er sich zu seinem Regenmantel. »Wir müssen dieses Blut wegkriegen. Was nimmt man dazu?«

»Kaltes Wasser . . . Carr, das gefällt mir nicht! Wir sollten bei der Polizei anrufen – wir haben nichts Unrechtes getan.«

Er faßte sie jetzt zum erstenmal an und umklammerte ihre Schulter mit einem schmerzhaften Griff.

»Wozu hast du deinen bemerkenswerten Verstand? – Benütze ihn! Glaubst du, du könntest ein Dutzend Leute finden, die nach der Beweislage bezweifeln, daß ich es gewesen bin?«

»Du?«

»Oder du!«

Rietta griff sich mit der rechten Hand an den Kopf, der plötzlich schmerzte.

»Ein Dutzend Leute . . .«

Er drehte sich der Tür zu.

»Zwölf Leute bilden ein Schwurgericht, Rietta.«

KAPITEL 16

Mr. Stokes fuhr um sieben Uhr früh seine Milch aus. Er erreichte Melling House zwanzig Minuten später und fand dort vor, was er später als ›einen schrecklichen Zustand‹ bezeichnete. Die Hintertür stand offen. Daran war nichts Ungewöhnliches. Es gehörte zu seinen Berufspflichten, die Milchflaschen bis in die Küche zu tragen und zu sagen: »Ich habe nichts dagegen«, wenn Mrs. Mayhew ihm dort eine Tasse Tee anbot.

Aber an diesem Morgen gab es keinen Tee – nur Mrs. Mayhew, die kerzengerade auf einem Küchenstuhl saß und mit beiden Händen die Sitzfläche umklammert hielt. Sie sah aus, als würde sie jeden Moment herunterfallen, wenn sie den Stuhl losließ. Sie saß nur da und blickte Mr. Stokes an, aber ob sie ihn

95

wirklich wahrnahm mit diesem stieren Blick und dem Gesicht wie geronnene Milch, wagte Mr. Stokes zu bezweifeln.

»Aber Mrs. Mayhew – was haben Sie denn?«

Er stellte die Milchflaschen auf das Küchenbuffet und ging auf die Suche nach Mr. Mayhew. Daß hier etwas nicht stimmen konnte, war sonnenklar, und in diesem Zustand durfte er Mrs. Mayhew unmöglich sitzen lassen.

Er ging also zur Innenwand der Küche und öffnete die Tür zu einem kurzen dunklen Durchgang. Daneben ist gleich die Anrichte des Butlers, deren Tür sperrangelweit offenstand. Er konnte Mayhews Schulter erkennen, den rechten Arm und die Hand, die den Telefonhörer hielt. Sie zitterte bedenklich. Und weil Mr. Mayhew auch noch mit dem Kopf wackelte und den Zähnen klapperte, konnte ihn kein Mensch verstehen. Offenbar auch der Telefonteilnehmer nicht, denn er ermahnte Mr. Mayhew immer wieder, langsam und deutlich zu sprechen.

»Das will ich ja«, sagte Mr. Mayhew mit aufeinanderschlagenden Zähnen. »Der Schock – ich fand ihn – entsetzlich – o Gott!«

Inzwischen hatte Mr. Stokes, der im Dorf für seine Neugier und Anteilnahme bekannt war, längst begriffen, daß hier etwas Entsetzliches passiert war. Ein unerwarteter Todesfall, wenn nicht sogar Schlimmeres. Er nahm ein sauberes Glas aus der Spüle und hielt es unter den kalten Wasserhahn. Dann drückte er Mr. Mayhew das Glas in die Hand und ließ sich dafür den Hörer geben.

»Hallo!« rief er in die Muschel. »Hier spricht Stokes, der Milchmann von Melling. Bin ich zufällig mit der Polizei verbunden?«

Die Stimme, die ihm antwortete, schien einem Polizisten mit beträchtlichem Brustumfang zu gehören. Die Stimme sagte unwirsch, Mr. Stokes möge gefälligst aus der Leitung gehen.

»Bin ich denn mit dem Revier in Lenton verbunden?«

»Mit wem sonst?«

»Also, ich kam hier nur zufällig vorbei und halte den Telefonhörer, bis Mr. Mayhew sich so weit erholt hat, daß er eine Erklärung abgeben kann. Hier muß was Schlimmes passiert sein; denn Mrs. Mayhew sitzt halb ohnmächtig in der Küche, und ihr Mann macht ein Gesicht, als erwarte er ein Hinrichtungskommando, das ihn an die Wand stellt. Ich habe ihm ein Glas mit kaltem Wasser gegeben, aber er schüttet sich die Hälfte davon auf die Hose, der arme Kerl. Bleiben Sie am Apparat! Vielleicht bekomme ich doch noch ein vernünftiges Wort aus ihm heraus.«

Konstabler Whitcombe wartete ungeduldig. Er hörte eine Reihe alarmierender Geräusche. Ein Keuchen und Würgen, und dann ein beruhigendes »Na, na« von Mr. Stokes. Dann ein scharfer Ausruf: »Gütiger Himmel!«, dem eine längere Pause folgte, bis Konstabler Whitcombe auf die Gabel drückte und von der Vermittlung wissen wollte, warum sie die Verbindung unterbrochen habe. Die Dame von der Vermittlung erwiderte beleidigt, sie habe nichts unterbrochen. Dann hörte er ein Getrappel, ein heftiges Schnaufen, und schließlich wieder Mr. Stokes, der mit schriller Stimme sagte:

»Mr. Lessiter – ermordet – in seiner Bibliothek! Erschlagen mit einem Schürhaken! Das war es, was Mr. Mayhew Ihnen sagen wollte. Nur konnte er es nicht, weil er sich übergeben mußte. Kein Wunder, denn wenn Sie die Leiche sähen, würde Ihnen auch schlecht!... Nein, selbstverständlich habe ich nichts angerührt! Was denken Sie denn? Heute wissen doch schon die Kinder im Vorschulalter, daß am Tatort nichts angefaßt werden darf... Nein, auch nicht die Türklinke. Wozu auch, die Tür stand ja offen! Und ehe Sie mir Löcher in den Bauch fragen, sollten Sie lieber jemanden herschicken... Schon gut, deswegen brauchen Sie sich doch nicht gleich aufzuregen! Ich will der Polizei ja nur helfen!«

Das ganze Dorf erhielt die Milch heute morgen mit erheblicher Verspätung. Das lag nicht nur an dem dramatischen Vorkommnis im Herrenhaus, sondern auch an Mr. Stokes' Unvermögen, sich auf die Milchzustellung zu beschränken. Alle Kunden sollten wissen, daß eigentlich er es gewesen war, der die Leiche entdeckt hatte. Und als er Mrs. Voycey als eine der letzten bediente, kannte er nicht nur seine Geschichte auswendig, sondern er konnte auch zusätzlich die Reaktionen seiner Kunden auf die Neuigkeit schildern.

»Also: Mrs. Welby, die hängt aus dem Fenster, weil sie heute einen halben Liter mehr haben wollte. Und wie ich ihr erzähle, was ich im Herrenhaus erlebt habe, setzt sie sich doch glatt auf den Boden! Denn sie war weg vom Fenster, und ich sah nur noch die Tapete. Und ich rufe: ›Mrs. Welby, Sie sind doch hoffentlich nicht in Ohnmacht gefallen?‹, bis sie wieder zum Vorschein kommt. Sie ist so blaß wie ein Laken und flüstert: ›Ist das wirklich wahr?‹ Und ich sage: ›Natürlich ist das wahr, weil ich die Leiche ja selbst entdeckt habe.‹ Und sie sagt: ›Mein Gott – was für eine entsetzliche Geschichte!‹«

Bemerkungen dieser Art hatte Stokes fast an jeder Haustür einsammeln können. Er bedauerte nur, daß er die Reaktionen im White Cottage nicht erfahren konnte, weil er Miss Rietta Cray mit Milch versorgt hatte, bevor er zum Herrenhaus fuhr.

Mrs. Crooks, die resolute Haushälterin von Cecilia Voycey, hörte höflich zu und sagte: »Wer hätte das gedacht!« Darauf begab sie sich eilends mit den Milchflaschen ins Wohnzimmer, wo Mrs. Voycey und Miss Silver beim Frühstück saßen. Dort wiederholte sie mit umständlicher Genauigkeit, was sie von Mr. Stokes gehört hatte:

»Mr. Stokes hat die Herren von der Polizei in die Bibliothek geführt. Ob auch etwas gestohlen wurde, kann er nicht sagen. Aber der Kamin, erzählt er, sei mit verbranntem Papier verstopft gewesen. Mr. Lessiter saß mit eingeschlagenem Schädel am Schreibtisch, und hinter ihm lag der Schürhaken auf dem Kaminvorleger. Mr. Stokes hat uns heute zwei Liter Milch dagelassen, doch er kann nicht versprechen, daß er jeden Tag so viel liefern kann.«

»Barmherziger Himmel!« rief Miss Silver.

Mrs. Voycey wischte mit einer Handbewegung das Thema Milch vom Tisch.

»Aber Bessie – wie können Sie jetzt vom Essen reden! Ist die Polizei dem Mörder schon auf der Spur?«

»Das hat sie Mr. Stokes nicht gesagt. Sie waren zu dritt, ein Konstabler, ein Inspektor und ein Superintendent. Sie haben Fotos gemacht und auf Tisch und Wänden nach Fingerabdrücken gesucht. Und sie hätten auch ein halbverkohltes Testament gefunden, sagt Stokes. Es sieht so aus, als habe es jemand verbrennen wollen.«

»Mr. Lessiters Testament!« rief Mrs. Voycey. »Unglaublich!«

»Der arme Herr soll Miss Rietta Cray sein ganzes Vermögen vermacht haben«, berichtete Mrs. Crooks noch, ehe sie sich wieder in die Küche zurückzog.

KAPITEL 17

Superintendent Drake von der Grafschaftspolizei saß in einem Polstersessel im Wohnzimmer der Butlerwohnung von Melling House. Mrs. Mayhew saß ihm gegenüber.

Konstabler Whitcombe hatte Tee gekocht. Mayhew hatte ihn mit Whisky verbessert, der aus James Lessiters Vorratskeller stammte. Der Whisky hatte Mrs. Mayhew endlich aus ihrer Erstarrung befreit und ihre Zunge gelockert. Aber eines würde sie der Polizei bestimmt nicht verraten, auch wenn sie mit glühenden Zangen gezwickt würde! Daß solche Verhörmethoden der Vergangenheit angehörten, kam ihr nicht in den Sinn.

Sie würde der Polizei nichts davon sagen, daß Cyril sich gestern von Ernie White ein Fahrrad geborgt und sie besucht hatte.

Aber was würde ihr Mann aussagen? Fred wußte es nicht und durfte es auch nicht wissen. Dieses dumme Geschwätz, er sei mit seinem Sohn fertig, und er dürfe das Haus nicht mehr betreten! Kann man sein eigenes Fleisch und Blut verleugnen? Ausgeschlossen!

Die Panik überkam sie von neuem. Fred durfte nichts von Cyrils Besuch gestern abend erfahren – die Polizei durfte es nicht erfahren – *niemals!*

Sie saß kerzengerade auf ihrem Polstersessel, die Hände auf dem verblichenen, aber sauberen Stoff ihres Overalls verkrampft, und blickte den Superintendenten an.

Drake war noch nicht lange in Lenton. Sie sah ihn heute zum erstenmal. Wäre sie ihm auf der Straße begegnet, wäre er ihr nur wegen seiner fuchsroten Haare aufgefallen. Sie hatte nichts übrig für solche Männer. Rote Haare und rote Wimpern – so etwas hatte es in ihrer Familie nie gegeben.

Selbstverständlich gingen sie die Erbanlagen anderer Leute nichts an – sie war keine Frau, die sich in die Angelegenheiten anderer Leute einmischte. Zudem interessierten hier nicht seine Haare, sondern nur seine Stellung bei der Polizei. Sie durfte Cyril nicht erwähnen, wenn er sie verhörte. Sie fing wieder an zu zittern.

»Aber Mrs. Mayhew«, sagte Superintendent Drake, »Sie haben doch keinen Grund, so nervös zu sein. Ich werde Sie auch nicht lange belästigen. Ich möchte nur von Ihnen wissen, wann Sie gestern abend nach Hause kamen. Sie hatten gestern Ihren freien Nachmittag, nicht wahr?«

»Jawohl, Sir.«

Sie sah nur ihn an, nicht den jungen Mann, der an der Schmalseite des Tisches saß und ihre Antworten mitschrieb. Sie würden alles mitschreiben, was sie sagte!

Kein Wort von Cyril!

»Was machen Sie so an Ihren freien Nachmittagen?«

»Da fahren wir immer nach Lenton.«

»Jede Woche?«

»Ja.«

»Und was machen Sie dann, wenn Sie in Lenton sind?«

Der Würgegriff ihrer Panik lockerte sich. Er würde nicht nach Cyril fragen – nur danach, was sie seit mehr als zwanzig Jahren an ihren freien Nachmittagen machten.

»Wir kaufen ein, und dann gehen wir zu Mr. Mayhews Schwester und trinken dort Tee.«

»Bei Mrs. White, nicht wahr? Ihr Mann hat uns schon ihre Adresse gegeben.«

Ernie – Ernie und das Fahrrad – sie hätte Mrs. White gar nicht erwähnen dürfen. Aber Fred war es ja gewesen, der der Polizei die Adresse seiner Schwester mitgeteilt hatte. Sie starrte den Superintendenten an wie ein Kaninchen ein Frettchen.

»Und was machten Sie, nachdem Sie bei Ihrer Schwägerin Tee getrunken hatten, Mrs. Mayhew?«

»Dann gingen wir ins Kino.«

»Gehen Sie jedesmal ins Kino, wenn Sie Ihren freien Tag haben?«

»Ja, Sir.«

»Der Mensch ist ein Gewohnheitstier. So ein geregeltes Dasein ist etwas Herrliches. Nur würde ich jetzt gerne von Ihnen wissen, Mrs. Mayhew, warum Sie ausgerechnet gestern Ihre Gewohnheiten durchbrochen haben und nicht ins Kino gingen? Ihr Mann berichtete, Sie hätten einen früheren Bus genommen und sich nicht an das Programm gehalten. Warum nicht?«

»Ich kam mit dem 6-Uhr-40-Bus nach Hause.«

»Ja – mit dem Bus, der Punkt sieben in Melling eintrifft. Warum sind Sie schon früher nach Hause gefahren, statt mit Ihrem Mann ins Kino zu gehen?«

»Ich hatte Kopfschmerzen.«

»Aha! Deswegen sind Sie also allein nach Hause gefahren.«

»Mr. Lessiter war im Hause.«

»Und?«

Da keine Antwort kam, zitierte der Superintendent aus seinem Notizbuch: »Aber Sie hatten doch eine kalte Platte für ihn vorbereitet, nicht wahr?«

»Jawohl, Sir.«

»Dann sind Sie also nicht wegen Mr. Lessiter vorzeitig zurückgekommen.«

Blasser konnte sie nicht werden, aber jetzt brach ihr der kalte Schweiß auf der Stirn aus.

»Ich hatte schreckliche Kopfschmerzen.«

»Aha! Aber nun erzählen Sie mir mal, was Sie taten, nachdem Sie nach Hause gekommen waren.«

Sie knetete ihre Hände. Sie hatte nichts zu verbergen. Nur von Cyril durfte sie nichts erzählen. Sie hatte ihm die Hintertür aufgesperrt, als er sagte: ›Ernie hat mir sein Fahrrad geliehen. Wäre ich mit dem Bus gekommen, wüßten es bereits sämtliche Hunde und Katzen in Melling.‹

»Zuerst kochte ich mir eine Tasse Tee ...« Sie verschwieg, daß sie auch für Cyril ein Abendessen zubereitete und er zu ihr gesagt hatte: ›Ich brauche Geld, Mom. Ich bin in Schwierigkeiten.‹

»Haben Sie sich denn nicht bei Mr. Lessiter gemeldet?« fragte der Superintendent. »Sie deuteten vorhin an, Sie wären auch seinetwegen früher aus Lenton zurückgekommen. Gingen Sie nicht zu ihm in die Bibliothek und fragten, ob er einen Wunsch habe?«

Er sah, wie sie zusammenzuckte, und dachte: Sie verheimlicht etwas.

Der Instinkt, der allen schwachen Kreaturen in einer Notlage zu Hilfe kommt, gab ihr die richtige Antwort ein:

»Selbstverständlich, Sir.«

»Und wann ist das gewesen?«

»Kurz vor den Abendnachrichten.«

»Kurz vor neun?« fragte er stirnrunzelnd.

»Richtig, Sir.«

»Aber Sie waren doch schon seit Viertel nach sieben im Haus, nicht wahr?«

»Richtig, Sir.«

»Und Sie haben sich erst kurz vor neun bei Mr. Lessiter erkundigt, ob er einen Wunsch hätte?«

Sie brachte mit versagender Stimme hervor: »Ich hatte Kopfschmerzen – ich mußte mich eine Weile hinsetzen – ich wußte nicht so recht, was ich tat.«

»Von Viertel nach sieben bis neun Uhr ist eine lange Zeit.«

Eine lange Zeit – eine schrecklich lange Zeit ... Cyril, den Kopf auf ihrem Schoß, in Tränen aufgelöst ...

Sie sagte mit ersterbender Stimme: »Ich weiß wirklich nicht mehr, wie die Zeit verstrich. Dann machte ich mir einen Tee und ging hinüber zur Bibliothek.«

»Und dort sprachen Sie dann mit Mr. Lessiter?«

Ein wenig Farbe kehrte in Mrs. Mayhews Gesicht zurück – Alkohol und Verzweiflung wirkten zusammen. Sie antwortete:

»Nein, Sir – ich habe ihn nicht einmal gesehen.«

Die Augen unter den fuchsartigen Wimpern sahen sie durchbohrend an.

»Sie gingen in die Bibliothek und haben ihn nicht einmal gesehen?«

Mrs. Mayhew nickte, während sie kerzengerade in ihrem

Lehnstuhl saß und sich mit der linken Hand in die rechte kniff, bis diese blaurot anlief.

»Ich ging nur bis zur Bibliothek und öffnete die Tür – aber nur ein wenig.«

»Ja?«

Sie hielt den Atem an und sagte mit bebenden Lippen:

»Miss Rietta Gray war bei ihm.«

»Wer ist das?«

»Sie wohnt in dem kleinen weißen Haus, gleich links, wenn man aus der Einfahrt kommt.«

»Erzählen Sie weiter!«

»Ich wollte nicht lauschen – bestimmt nicht – ich wollte nur wissen, ob ich hineingehen darf. Die Herrschaften mögen es nicht, wenn man sie bei einer vertraulichen Unterhaltung stört.«

»Vertraulich?«

Mrs. Mayhew bewegte heftig den Kopf.

»Mr. Lessiter sagte, er hätte es nicht so gern, wenn er umgebracht würde.«

»Was?« entfuhr es Superintendent Drake.

Mrs. Mayhew wiederholte ihr Nicken.

»Seine Worte, Sir! Und dann sagte er: ›Komisch, daß du ausgerechnet heute abend zu mir kommst, Rietta. Ich habe eben deine Briefe verbrannt.‹ Da wußte ich, daß er mit Miss Cray redete. Und dann sagte er etwas vom ›Jugendtraum der Liebe‹.«

»Waren die beiden verlobt?«

»Ja – vor zwanzig Jahren – nein, demnächst werden es schon fünfundzwanzig. Deshalb dachte ich, ich sollte lieber nicht hineingehen.«

»Haben Sie noch mehr gehört?«

»Ich lausche doch nicht!«

»Natürlich tun Sie das nicht. Aber Sie könnten doch noch

zufällig etwas gehört haben, ehe Sie die Tür wieder zumachten? – Das haben Sie doch, nicht wahr?«

»Nun ja, zufällig doch. Er sagte, er habe das ganze Zimmer auf den Kopf gestellt, weil er ein Schriftstück suchte, das ihm seine Mutter hinterlassen habe. Ein Memma-Dingsda . . .«

»Sollte es sich vielleicht um ein Memorandum handeln?«

»Jawohl!«

Ihre Panik hatte sich gelegt. Das war eine leichte Beichte, wie ein Kapitel aus dem Evangelium. Sie fühlte sich ganz wohl, solange sie bei der Wahrheit blieb und jedes Wort über Cyril vermied.

Im Geist sah sie Cyril in der Küche, am Radio drehend, während sie, durch den langen Flur von ihm getrennt, an der Bibliothekstür lauschte. Ihr Instinkt sagte ihr, daß sie dort bleiben und das beste daraus machen sollte. Sie griff das Wort auf, das der Superintendent ihr zugeworfen hatte.

»Memorandum, richtig! Etwas, was seine Mutter ihm hinterlassen hat. Und als er danach suchte, fand er Miss Riettas Briefe – und noch etwas.«

»Was noch?«

»Ich konnte es nicht sehen, die Tür stand ja nur einen Daumen breit offen. Aber er sagte, es sei ein Testament, Sir. Er muß es Miss Rietta gezeigt haben, denn sie sagte: ›Wie absurd!‹, und Mr. Lessiter lachte und sagte, ja, das wäre es. Und dann: ›Alles geht an Henrietta Cray, White Cottage, Melling.‹«

»Und Sie haben ganz genau verstanden, daß er das zu Miss Cray sagte?«

»O ja, Sir!« Ihr Blick war fest und treuherzig.

»Haben Sie noch etwas gehört?«

»Jawohl, Sir. Ich wäre ja nicht an der Tür geblieben, wenn ich nicht so erschrocken wäre. Er sagte, er habe nie ein anderes Testament gemacht. ›Wenn mich der junge Carr jetzt umbrächte, erbtest du ein ganz hübsches Sümmchen.‹ Seine Worte! Als er das sagte, lief mir ein Schauer über den Rücken. Ich zog die Tür wieder zu und eilte zurück in die Küche.«

»Hm«, sagte der Superintendent. Und dann: »Wer ist der junge Carr?«

»Miss Riettas Neffe, Mr. Carr Robertson.«

»Warum sollte er denn Mr. Lessiter umbringen wollen? Wissen Sie einen Grund?«

»Nein, Sir.«

»Und Ihnen ist auch nichts von einem Streit zwischen den beiden bekannt?«

»Nein, Sir.« Diesmal etwas zögernd.

»Ja, Mrs. Mayhew?«

»Mrs. Fallow – sie hilft hier aus und geht samstags zu Miss Cray – sagte erst gestern, wie komisch es wäre, daß Mr. Lessiter in zwanzig Jahren kein einziges Mal sein Elternhaus besuchte. Er kennt kaum jemanden im Dorf, obwohl er doch hier geboren und aufgewachsen ist. Und ich sagte, da ist kaum jemand im Dorf, der ihn erkennen würde, wenn er ihm auf der Straße begegnete. Und sie sagte: ›Das stimmt‹, und dann brachte sie Mr. Carr ins Gespräch, denn der soll auch gesagt haben, er würde Mr. Lessiter nicht erkennen, wenn er ihm begegnete. Ich weiß nicht, wie sie darauf kam.«

»Hm«, sagte der Superintendent, weil ihm ihre Weitschweifigkeit nicht geheuer war. Er lenkte Mrs. Mayhews Bericht energisch auf die Ereignisse des gestrigen Abends zurück:

»Sie gingen also wieder in die Küche und können deshalb nicht sagen, was noch in der Bibliothek gesprochen wurde. Das muß ungefähr kurz nach neun gewesen sein, nicht wahr?«

»Ja, Sir – die Nachrichten waren gerade zu Ende.«

Schweiß bildete sich an ihren Schläfen. Das hätte sie nicht sagen dürfen! Cyril spielte am Radio herum und hatte die Nachrichten eingeschaltet . . .

»Sie hatten das Radio angelassen?«

Rote Flecke brannten auf ihren Wangen, aber ihre Füße waren wie Eis.

»Jawohl, Sir«, antwortete sie. »Da fühlt man sich nicht so allein.«

»Sind Sie später noch einmal zur Bibliothek gegangen?«

Sie nickte.

»Ich dachte, das gehörte sich so.«

»Und wissen Sie noch die Uhrzeit?«

»Es war Viertel vor zehn. Ich dachte, Miss Rietta müsse inzwischen gegangen sein.«

»Haben Sie diesmal Mr. Lessiter gesehen oder mit ihm gesprochen?«

»Nein . . .« Es war nur ein Flüstern; denn nun fiel ihr ein, daß Mr. Lessiter bereits tot gewesen sein konnte, als sie die Bibliothekstür zum zweitenmal öffnete. Und daß sie ihn vielleicht mit eingeschlagenem Schädel auf dem Schreibtisch hätte liegen sehen, wenn sie die Tür nur ein wenig weiter geöffnet hätte.

Aber Cyril ist es nicht gewesen – bestimmt nicht – nein, Cyril *nicht!*

»Was haben Sie denn dann gemacht?«

»Ich machte wieder die Tür auf, aber diesmal hörte ich keine Stimmen.

Miss Rietta muß inzwischen gegangen sein, dachte ich und öffnete die Tür noch ein bißchen weiter. Da sehe ich Miss Riettas Mantel auf einer Sessellehne.«

»Woher wußten Sie, daß es ihr Mantel war?«

»Ein Stück vom Futter schaute heraus – ein Karomuster mit gelben Streifen. Eigentlich gehört der Mantel Mr. Carr – ein altes Stück, das er immer bei seiner Tante läßt. Sie trägt ihn auch, wenn ihr der Sinn danach steht.«

»Erzählen Sie weiter!«

»Ich schloß die Tür wieder und entfernte mich.«

»Und warum diesmal?«

»Ich nahm doch an, Miss Rietta sei gegangen. Es war ganz still im Raum. Ich dachte mir also . . .«

Es war deutlich genug, was sie gedacht hatte. Jeder im Dorf wußte, daß James Lessiter und Rietta ein Liebespaar gewesen waren. Jeder hätte es für eine natürliche Sache gehalten, wenn sie sich wiedergefunden hätten.

Deshalb hielt der Superintendent Mrs. Mayhews Aussage auch für glaubwürdig. Er fragte sich nur, ob damit ihr Beitrag erschöpft war. Sie hatte so einen ungewissen Blick und spielte nervös mit den Fingern. Deshalb fragte er:

»Nun – haben Sie mir noch etwas mitzuteilen?«

Mrs. Mayhew befeuchtete die Lippen.

»Es war der Regenmantel, Sir. Man konnte es gar nicht übersehen . . .«

»Was konnte man nicht übersehen?«

»Der Ärmel hing über die Lehne . . . deshalb . . .«

»Was war mit dem Ärmel?«

Mrs. Mayhew antwortete mit bebender Stimme:

»Die Manschette – sie war voller Blut . . .«

KAPITEL 18

Zwischen elf und zwölf Uhr läutete Superintendent Drake an der Haustür von White Cottage. Miss Gray öffnete ihm die Tür. Sie führte ihn sehr blaß, aber auch sehr gefaßt ins Wohnzimmer. Er beobachtete sie und kam zu dem Schluß, daß sie den Mord begangen haben konnte.

Aber er traute ihr nicht die Dummheit zu, ihren Regenmantel am Tatort zurückzulassen. Wenn sie ihn überhaupt dort zurückgelassen hatte! Denn sie konnte sich durchaus noch in der Bibliothek aufgehalten haben, als die Haushälterin zum zweitenmal die Tür öffnete. Mrs. Mayhew hatte ausgesagt, um Viertel vor zehn habe sie den Mantel mit blutiger Manschette auf dem Sessel liegen sehen. Als ihr Mann heute morgen die Leiche entdeckte, war kein Mantel in der Bibliothek gewesen. Also mußte er irgendwann zwischen Viertel vor zehn und heute morgen aus der Bibliothek entfernt worden sein.

Falls Miss Cray sich noch um Viertel vor zehn dort aufhielt, konnte sie ihn mitgenommen haben, als sie das Herrenhaus verließ. Wenn sie um diese Zeit schon gegangen war, bestand die Möglichkeit, daß sie – oder ihr Neffe – ihn später entfernt hatten.

Der Superintendent beschäftigte sich in Gedanken mit dieser Alternative, als er in dem Sessel Platz nahm, den sie ihm anbot.

Konstabler Whitcombe nahm ebenfalls Platz und holte sein Notizbuch hervor.

Drake beobachtete Miss Cray genau, als er James Lessiters Namen nannte. Ihr Gesicht veränderte sich nicht.

»Sie wissen also schon, daß Mr. Lessiter tot ist?«

Mit ruhiger, ziemlich tiefer Stimme sagte sie: »Ja.«

»Wann erfuhren Sie es, Miss Cray – und wie?«

»Mrs. Welby teilte es mir mit. Sie erfuhr es vom Milchmann.«

»Der hat es Ihnen nicht selbst gesagt?«

»Er beliefert erst mich und dann das Herrenhaus.«

»Waren Sie von dieser Neuigkeit überrascht und schockiert?«

»Beides!«

Der Eßzimmertisch stand zwischen ihnen, und sein Sessel schräg davor. Er drehte ihn, bis er voll in ihr Gesicht sehen konnte.

»Miss Cray, ich hätte gerne von Ihnen gewußt, was Sie in der vergangenen Nacht gemacht haben.«

»Was ich gemacht habe?«

Eine aufschlußreiche Antwort. Wenn ein Zeuge eine Frage wiederholt, ist er verunsichert und setzt auf Zeit. In diesem Fall war eine Schocktherapie angebracht. Drake beschloß, sie entsprechend zu verhören.

»Zur Zeit wohnt doch Ihr Neffe bei Ihnen – ein Mr. Carr Robertson. Und eine junge Dame . . .?«

Rietta Cray gab ihren Namen zu Protokoll: »Frances Bell.«

»Ich interessiere mich auch für das Alibi Ihrer Gäste.«

»Wir waren alle hier.«

»Sind Sie sich ganz sicher, daß keiner das Haus verlassen hat? Mrs. Mayhew hat ausgesagt, sie sei kurz vor neun an der Bibliothekstür gewesen und habe gehört, wie Mr. Lessiter Ihren Namen nannte.«

Rietta wurde puterrot im Gesicht. Ihre Augen blitzten vor Empörung. Sie ist eine temperamentvolle Frau, dachte Drake, und überraschend gutaussehend für ihr Alter. Seine Schockmethode hatte gewirkt, obwohl sie seinem Blick nicht auswich.

»Mrs. Mayhew hat die Wahrheit gesagt. Ich besuchte Mr. Lessiter zwischen halb neun und Viertel nach neun in seiner Bibliothek.«

»Und um Viertel nach neun waren Sie wieder zu Hause?«

»Das wird Miss Bell Ihnen bestätigen. Als ich ins Wohnzimmer kam, sagte sie, ich hätte gerade die Nachrichten versäumt.«

»Miss Bell? Und was kann Mr. Robertson bezeugen?«

»Er war nicht hier.«

»War er im Haus?«

»Nein – er ging spazieren.«

Der Superintendent hob seine rötlichen Augenbrauen. »So spät?«

»Warum nicht?«

Er beließ es dabei. »Miss Cray, ich muß auf Ihren Besuch in

Melling House näher eingehen. Sie und Mr. Lessiter waren lange Jahre befreundet?«

»Ich habe ihn seit mehr als zwanzig Jahren nicht mehr gesehen.«

»Aber Sie waren mit ihm verlobt?«

»Das liegt – wie gesagt – über zwanzig Jahre zurück.«

»Gab es einen Bruch – einen Streit?«

»So würde ich es nennen.«

»Wer löste die Verlobung auf?«

»Ich.«

»Warum?«

»Ich glaube nicht, daß Sie das etwas angeht.«

Ihre Augen waren von grauer Farbe, sehr zornig und sehr klar. Drake konnte sich nicht erinnern, schon einmal einer Frau mit so ausdrucksvollen Augen begegnet zu sein. Wer soviel Empörung in einen Blick hineinlegen konnte, schreckte vermutlich im Affekt auch nicht vor einem Mord zurück.

»Miss Cray, war Ihnen bekannt, daß Mr. Lessiter ein Testament zu Ihren Gunsten verfaßt hatte?«

»Er zeigte es mir gestern abend. Ich sagte ihm, es wäre absurd.«

»Er hatte gerade Ihre Briefe verbrannt, als Sie ihn besuchten, nicht wahr?«

»Wenn Mrs. Mayhew an der Tür lauschte, wird sie Ihnen das bereits erzählt haben.«

»Er hatte Ihre Briefe verbrannt und zeigte Ihnen sein Testament, das vor vierundzwanzig Jahren verfaßt worden war. Und er warf auch das ins Feuer.«

»Nein, ich war es, die es ins Feuer warf!«

»Oh, Sie waren das?«

»Die ganze Sache war lächerlich – ein Testament, das im jugendlichen Überschwang aufgesetzt wurde. Ich warf es ins Feuer, aber er holte es wieder aus dem Kamin. Wenn Mrs.

Mayhew uns belauschte, muß sie Ihnen auch das erzählt haben. Wenn Sie gelauscht hätten, wüßten Sie, daß Mr. Lessiter sich amüsierte.«

»Sie meinen, das Ganze war nur ein Spiel?«

»Natürlich war es ein Spiel. Er merkte, daß ich mich empörte, und amüsierte sich. Er machte sich über mich lustig.«

»Sie waren empört?«

»Ich fand sein Verhalten äußerst geschmacklos.«

Er beugte sich vor, einen Ellenbogen auf dem Tisch.

»Weil Mr. Lessiter von der Möglichkeit sprach, von Mr. Carr Robertson ermordet zu werden?«

Sie konnte zwar ihre Stimme beherrschen, doch nicht ihr heißes Blut. Sie spürte, wie ihr Gesicht brannte, als sie erwiderte:

»Natürlich!«

»Ihrer Meinung nach war das also ein Scherz. Aber selbst für Scherze gibt es Gründe. Worauf gründete sich dieser Scherz?«

»Das weiß ich nicht.«

»Mrs. Mayhew behauptet jedoch, sie hätte gehört, wie Mr. Lessiter sagte, er hätte es nicht so gern, wenn er umgebracht würde. Und später, nachdem er Ihnen das Testament gezeigt hatte und daraus zitierte: ›Alles geht an Henrietta Cray, White Cottage, Melling‹, soll er gesagt haben: ›Wenn der junge Carr mich jetzt umbrächte, erbtest du ein hübsches Sümmchen‹. Hat er das gesagt, Miss Cray?«

»Ja, so etwas Ähnliches. Aber ich sagte schon, er meinte es nicht so. Niemand sagt so etwas im Ernst.«

»Aus dem Scherz wurde aber Ernst, Miss Cray. Mr. Lessiter *wurde* heute nacht ermordet. Soweit uns Zeugenaussagen vorliegen, waren Sie die letzte Person, die ihn lebend gesehen hat. Warum gingen Sie zu ihm?«

»Warum?«

»Hatten Sie nicht einen Grund für Ihren Besuch?«

»Braucht man dafür einen Grund? Ich beschloß, ihn zu besuchen.«

»Ein spontaner Entschluß?«

»So kann man es nennen.«

»Trugen Sie einen Mantel?«

»Natürlich.«

»Was für einen Mantel?«

»Ich nahm einen, der draußen an der Garderobe hing.«

»War es ein Mantel, der eigentlich Ihrem Neffen gehört?«

»Möglich – es war der nächstbeste.«

»Sie zogen ihn an, ehe Sie das Haus verließen?«

»Gewiß.«

»Sie trugen ihn auch, als Sie ins Haus zurückkamen?«

Wieder färbten sich ihre Wangen hochrot. Sie sah ihn an. »Superintendent Drake, was soll diese Fragerei wegen meines Mantels? Ich trug ihn, und er hängt jetzt wieder am Bügel im Korridor, basta!«

»Dürfte ich mir diesen Mantel einmal ansehen, Miss Cray?«

Sie hielt ihre Fassung tapfer aufrecht, doch dahinter versteckte sich eine bittere, fast krampfartige Furcht. Sie hatte sich vorgenommen, bis zu einem gewissen Punkt die Wahrheit zu sagen, und wenn dieser Punkt überschritten würde, zu schweigen.

Es hingen noch mehr alte Mäntel an der Flurgarderobe. Sie hätte behaupten können, sie habe einen anderen getragen. Das brachte sie aber nicht fertig. Die Wahrheitsliebe war ihr angeboren. Sie war Drake sogar dankbar dafür, daß er sie gar nicht erst in Versuchung brachte, zu lügen. Er ging an den in der Garderobe aufgehängten Mänteln entlang, betrachtete deren Innenseite, nahm den Mantel mit dem gelbkarierten Futter vom Haken und trug ihn hinüber ins Wohnzimmer.

Sie folgte ihm mit einem Gefühl der Beklommenheit. Er

hatte Carrs Regenmantel herausgefunden. Also mußte jemand in Melling House ihn gesehen und beschrieben haben. Als Mrs. Mayhew die Bibliothekstür öffnete und sie belauschte, hätte sie ihn sehen können. Aber angenommen, Mrs. Mayhew war später noch einmal an die Tür gekommen und hatte den Mantel in einem Zustand gesehen, wie ihn Carr nach Hause brachte – klitschnaß, mit Blutspritzern bis zum Ellenbogen hinauf . . .

Der Superintendent trug den Mantel ans Fenster, betrachtete ihn und befühlte den Stoff.

»Er ist ganz feucht!« rief er. Und dann: »Dieser Mantel ist gewaschen worden!« Er hielt ihn mit dem gestreckten rechten Arm von sich und deutete mit der linken Hand darauf. »Man sieht noch die Wasserränder, wo er ausgewaschen wurde. Warum haben Sie das getan, Miss Gray?«

Sie war nicht mehr zornig, nur noch blaß und gefaßt. Sie antwortete nicht.

»Wollten Sie vielleicht Blutflecke entfernen? Mrs. Mayhew hat ausgesagt, der Mantel hing über einer Sessellehne, und an seiner rechten Manschette sei Blut gewesen.«

»Ich hatte mich am Handgelenk verletzt.«

Es war die Wahrheit. Es klang jedoch wie eine Lüge und nicht einmal gut gelogen. Sie schob den Ärmel ihres Pullovers zurück, und er reagierte mit den gleichen Worten wie Carr in der Nacht:

»Dieser kleine Kratzer!«

Der Ton sagte noch deutlicher als seine Worte: »Konnte Ihnen nichts Besseres einfallen?«

Sie beschloß, keine Fragen mehr zu beantworten. Sie stand kerzengerade vor ihm und sah ihm ins Gesicht.

»Ich habe Ihnen die Wahrheit erzählt und nichts mehr hinzuzufügen . . . Ja, ich werde ein Protokoll unterzeichnen, wenn Sie das wollen; aber Fragen beantworte ich nicht mehr.«

Er faltete den Regenmantel zusammen, legte ihn auf den Fenstersims und bat, Miss Frances Bell zu rufen.

KAPITEL 19

Fancy kam mit großen blauen Augen ins Zimmer. Sie betrachtete den Superintendenten, und sie hielt nicht viel von ihm. Wie Mrs. Mayhew, machte sich Miss Bell nichts aus fuchsroten Männern. Der junge Mann mit dem Notizbuch an der Seite des Eßzimmertisches gefiel ihr besser – war sogar ein sehr gut aussehender Junge. Sie fragte sich, ob er tanzen könnte – eine Überlegung, die sie stets anstellte, wenn sie einen jungen Mann kennenlernte. So viele nette Jungs konnten es nicht, und die Jungs, die es konnten, waren nicht immer nett.

Diese schlichten Gedanken im Kopf, setzte sie sich auf einen Stuhl, der dem Fenster gegenüberstand, um beiden Männern einen ungehinderten Blick auf ihren unglaublich guten Teint zu ermöglichen.

Konstabler Whitcombe zeigte sich nicht unbeeindruckt. Zunächst betrachtete er sie skeptisch, dann jedoch mit herzlicher Anteilnahme. Wenn Superintendent Drake ähnliche Gefühle hegte, wußte er sie perfekt zu verbergen. Er stellte seine Fragen auf eine so unpersönliche Art, mit der ein Zauberer ein Kaninchen aus dem Zylinder zieht.

Sie begannen mit sehr kleinen Kaninchen, und Fancy antwortete treuherzig. Sie gab zu, daß sie mit Miss Francis Bell und auch mit Mr. Carr Robertson befreundet sei. Sie sei nur zu einem kurzen Besuch im White Cottage und, oh, nein, nicht mit Mr. Robertson verlobt. Nichts dergleichen – sie wären lediglich Freunde. Mr. Lessiter hätte sie nicht gekannt. Nicht einmal vom Sehen – nicht, bis sie sein Foto in der Illustrierten sah.

»Und wann ist das gewesen, Miss Bell?«

»Oh, erst gestern abend.«

Er beugte sich über den Tisch zu ihr hinüber.

»Miss Bell, berichten Sie mir jetzt, was gestern abend passiert ist.«

Die blauen Augen öffneten sich langsam.

»Was meinen Sie damit, ›was gestern passiert ist‹?«

»Nun, was Sie so taten – Sie drei, meine ich –, Sie, Miss Cray und Mr. Robertson.«

»Carr und ich waren tagsüber in der Stadt gewesen. Wir kamen kurz vor sieben zurück, und dann gab es Abendbrot, und Mr. Ainger kam und brachte ein paar Zeitschriften. Ist es so recht?«

»Ja. Um welche Zeit war das ungefähr?«

»Nun, ich denke, so um Viertel nach acht.«

»Fahren Sie fort.«

»Mr. Ainger verabschiedete sich wieder – er mußte eine alte Frau besuchen, die bettlägerig ist. Und dann ging Miss Cray ans Telefon – hier an diesen Apparat. Carr und ich schauten uns inzwischen Mr. Aingers Illustrierte an.«

»Und dabei entdeckten Sie Mr. Lessiters Foto?«

»Ja – Carr ist es gewesen, der es entdeckte, nicht ich! Ich kann es Ihnen zeigen, wenn Sie möchten.«

»Das hat noch Zeit«, entgegnete der Superintendent. »Mr. Robertson entdeckte also dieses Foto. Was sagte er, als er es erblickte?«

Die blauen Augen wichen ihm zum erstenmal aus. Erst in diesem Moment ging es Fancy nämlich auf, daß zwischen Carrs Worten und dem Tod von James Lessiter eine oder zwei Stunden darauf ein Zusammenhang bestehen könnte. Hätte Carr oder Rietta Cray sie auf diesen Zusammenhang aufmerksam gemacht – etwa mit der Bitte, zu vergessen, was zwischen Henry Aingers liebenswürdigem und Carrs stürmischem Abschied geschah –, würde sie zweifellos ihr Bestes gegeben ha-

ben, um dieser Bitte zu entsprechen und wäre bei einem Kreuz-
verhör zweifellos zusammengebrochen. Doch weder Carr
noch Rietta hatten es fertiggebracht, ihr so etwas nahezulegen.
Für beide hätte das wie ein Schuldbekenntnis ausgesehen.
Fancy mußte selbst entscheiden, wie ihre Antwort ausfallen
sollte. Überraschung, ja Angst zeigten sich auf ihrem Gesicht.
In ihrer Erinnerung war Carrs barsche Stimme, die wie ein
Aufschrei klang: ›Du bist es also gewesen – du Schweinehund!‹
Das konnte sie unmöglich dem Superintendenten erzählen.
Aber was sollte sie dann sagen? Wenn man nicht die Wahrheit
sagen kann und keine Übung im Lügen hat – was bleibt denn
dann noch übrig? Sie hatte nicht die leiseste Ahnung.

Sie errötete, was ihr ganz reizend stand, und die blauen
Augen füllten sich langsam mit Tränen. Konstabler Whitcom-
be sah sich außerstande, den Blick von ihr abzuwenden. Der
Superintendent blieb unbeeindruckt. Das Mädchen ist eine
Närrin, dachte er, und das mußte er ausnützen. Er wiederholte
ziemlich schroff seine Frage:

»Nun, was hat er gesagt?«

Es folgte eine Pause. Die Röte ging zurück. Fancy antwortete:

»Miss Cray kam wieder ins Zimmer, und Carr ging spazieren.«

Drake pochte mit den Knöcheln auf die Tischplatte.

»Sie haben meine Frage nicht beantwortet, Miss Bell. Mr.
Robertson entdeckte das Foto von Mr. Lessiter. Was sagte er,
als er das Foto sah? Schien er es wiederzuerkennen?«

»Könnte sein . . .«

»Das müssen Sie mir näher erklären. Ich möchte wissen, was
er gesagt hat.«

Fancy tat ihr Möglichstes.

»Er – er schien sich zu wundern.«

Drake stieß rasch nach:

»Sie meinen, er erkannte das Foto, wunderte sich aber, daß es Mr. Lessiter darstellte?«

»So ungefähr.«

»Er wunderte sich – war er auch wütend?«

Was konnte sie darauf sagen? Wütend – das Wort durfte nicht fallen. Sie wußte nicht, wie sie es anders ausdrücken sollte. Sie sagte nichts. Ihr Schweigen war Zustimmung.

»Er war also wütend, als er Mr. Lessiter wiedererkannte. Wie wütend?«

Feuchte Wimpern beschatteten ihre Augen, als sie auf die Tischplatte hinuntersah.

Drake klopfte abermals mit den Fingerknöcheln auf Holz.

»Er erkannte Mr. Lessiter auf dem Foto wieder und war wütend. Warum? Ich denke, Sie wissen den Grund! Wenn Sie ihn nicht nennen wollen, wird es ein anderer tun.«

Fancys Kopf schnellte hoch. Sie wischte zwei zornige Tränen ab. Ihre Augen funkelten.

»Dann gehen Sie doch hin und fragen Sie den anderen!« erwiderte sie, und ihr angeborener Dialekt machte sich stark bemerkbar.

»Miss Bell . . .«

Sie schob ihren Stuhl zurück und sprang auf.

»Was hat das für einen Sinn, mir Fragen zu stellen, auf die ich keine Antwort weiß? Wenn Sie wissen wollen, was Carr sagte – fragen Sie ihn selbst! Er weiß es doch viel besser als ich!«

Der Superintendent bewahrte seine Haltung.

»Ich kann Sie nicht zwingen, meine Fragen zu beantworten, Miss Bell. Doch wenn die gerichtliche Voruntersuchung stattfindet, wird man Sie vorladen und Sie vor der Anhörung vereidigen. Bis dahin sind Sie natürlich verpflichtet, die Polizei in jeder erdenklichen Weise zu unterstützen.«

Sie blieb stehen. Nun, da er sie in Wut versetzt hatte, hatte sie keine Angst mehr. Er konnte sie nicht zum Sprechen zwingen – das hatte er eben selbst gesagt. Sie wollte nur noch antworten, wenn es ihr paßte. Auf Fragen, die sich auf Carrs Wut bezogen, würde sie nicht eingehen.

»Mr. Robertson verließ das Haus, und dann Miss Cray ebenfalls?«

»Ja.«

»Wie lange blieben sie fort?«

»Sie gingen nicht gemeinsam weg. Er verließ das Haus durch die Vordertür und sie durch den Garten.«

»Schön, wir werden das der Reihe nach behandeln. Wann kam Miss Cray zurück?«

Was bezweckte er mit diesen törichten Fragen? Worauf zielte er ab?

»Es war Viertel nach neun – die Nachrichten waren gerade vorbei«, antwortete sie.

»Und Mr. Robertson?«

»Das weiß ich nicht – da war ich schon zu Bett gegangen.«

»Sie haben ihn nicht heimkommen hören?«

»Nein. Ich kann Ihnen dazu nichts mehr sagen.«

»Einen Moment, Miss Bell – erst nachdem Mr. Robertson das Foto wiedererkannt hatte, verließ er das Haus, nicht wahr?«

»Das sagte ich bereits.«

»Um welche Uhrzeit war das?«

»Um halb neun. Ich weiß es, weil ich zufällig auf die Uhr gesehen habe.«

»Mr. Robertson erkennt also dieses Foto und verläßt unmittelbar danach das Haus. Er war wütend, nicht wahr? Warf er die Tür hinter sich zu?«

Er versuchte es mit Fangfragen. Fancys Temperament kochte über.

»Fragen Sie ihn doch selbst!« schrie sie und rannte aus dem Zimmer. Die Wohnzimmertür fiel krachend ins Schloß.

Konstabler Whitcombe vergaß sich so weit, in Gegenwart seines Vorgesetzten laut zu pfeifen.

KAPITEL 20

Carr legte den Weg nach Lenton in fast dem gleichen Tempo zurück wie in der Nacht zuvor. Die alte Lady Fitchett feilschte im Laden mit Jonathan Moore um den Preis eines spanisch-maurischen Eßgeschirrs. Vielleicht hätte er an anderen Tagen seinen Spaß gehabt an der Auseinandersetzung zwischen der kantigen Lady mit den barschen Manieren und dem distinguierten, stattlichen Jonathan mit seiner ausgesuchten Höflichkeit. Doch diesmal drückte er sich an einem Chippendale-Bücherschrank vorbei und strebte der Hintertür des Ladens zu.

Es gehörte mehr als ein Bücherregal dazu, um etwas vor Lady Fitchetts scharfen Augen zu verbergen.

»Wer huschte da eben durch Ihren Laden?« fragte sie, gegen einen Porzellanteller pochend.

»Keine Ahnung. Ein Dienstmann vermutlich.«

»Du meine Güte! Seit wann haben Dienstmänner Zutritt zu Ihren Privaträumen? Der Mann sah Carr Robertson zum Verwechseln ähnlich.«

»Möglich.«

»Jonathan, Sie verheimlichen mir etwas! Ist Carr wieder in der Stadt?«

»Vielleicht.«

»Hat er sich mit Elizabeth versöhnt?«

Er antwortete mit seinem charmantesten Lächeln: »Da müssen Sie ihn schon selbst fragen.«

Sie deutete wieder auf das Geschirr und schnaubte: »Sie verlangen einen viel zu hohen Preis für diese Teller.«

»Sie vergessen, daß ich dafür Umsatzsteuer bezahlen muß.«

»Und was ist mit meiner Einkommensteuer? Die fällt Ihnen wohl nicht dabei ein, wie?«

Elizabeth hüpfte das Herz in der Brust, als sie den leisen Pfiff hörte. So hatte es Carr immer gemacht in den guten alten Zeiten – hatte sich innen gegen die Tür gelehnt, auf der »Privat« stand, und einen Pfiff von sich gegeben, damit sie Bescheid wußte. Wenn sie im Oberstock war, kam sie herunter, und wenn sie sich im Salon aufhielt – wie jetzt –, brauchte sie nur zu rufen: »Komm herein!«

Also rief sie, und im nächsten Moment lagen sie sich in den Armen. Doch die Art, wie er sie festhielt, stimmte sie nachdenklich, und im nächsten Moment hatte sie sogar Angst. Er gab ihr keinen Kuß. Er hielt sie nur fest, als wollte er sie nie mehr loslassen.

»Carr – was hast du denn?«

Sie mußte noch einmal fragen, ehe er antwortete. Er gab ihren Nacken frei, schob sie auf Armeslänge von sich und legte seine Hände schwer auf ihre Schultern.

»Du wirst mich zum zweitenmal wegschicken müssen, Elizabeth!«

»Carr!«

»James Lessiter wurde heute nacht ermordet. Es gehört nicht viel Phantasie dazu, mich für den Täter zu halten.«

Sie blickte ihm fest in die Augen.

»Und hast du ihn umgebracht?«

Er lachte schrill.

»Siehst du? – Du tippst sofort auf mich!«

Elizabeths haselnußbraune Augen waren hell und klar wie Quellwasser.

»Ich käme nie auf den Gedanken, wenn du es nicht selbst angedeutet hättest.«

»Ich war es nicht. Ich hätte ihn umbringen können, ehe ich zu dir kam, aber danach nicht mehr. Und selbst dann hätte ich mich nicht von hinten an ihn herangeschlichen und ihn mit einem Schürhaken erschlagen.«

»Carr!«

»So wurde er ermordet. Ich fand ihn . . .«

»Carr, du bist doch hoffentlich nicht gestern nacht zu ihm . . .«

»O doch! Sinnlos, mir das jetzt vorzuwerfen. Ich weiß nun selbst, wie dumm es war. Ich konnte nicht ahnen, daß ihn jemand umbringen würde. Ich wollte nur zu ihm, wollte ein verpfuschtes Kapitel abschließen – ein neues Buch anfangen – mit Hochzeitsglocken und einer erbaulichen Geschichte von zwei Liebenden, die glücklich miteinander leben bis zu ihrem Ende. Ich hielt das für eine gute Idee. Denn irgendwann mußte es ja zu einem Zusammenstoß kommen, wenn ich regelmäßig meine Tante in Melling besuchte und er dort wohnt. Ich dachte, wir bringen es lieber gleich hinter uns in seinen vier Wänden, wo wir uns ungestört austoben konnten, ohne daß gleich das ganze Dorf zuhörte und sich das Maul über uns zerriß.«

Sie stand vor ihm. Sie hatte den Kopf mit den leicht zerzausten Haaren ein wenig nach hinten geneigt, um ihm in die Augen sehen zu können.

»Wann bist du darauf gekommen?«

Er erzählte ihr, wie er noch Licht in Catherines Wohnung gesehen hätte und in diesem Moment der Entschluß in ihm reifte, zum Herrenhaus abzubiegen. Er sei an der Seitenfront entlanggegangen, habe die Stufen zum Anbau erstiegen und habe die Bibliothekstür offen gefunden. Dann ließ er nichts aus: er beschrieb den Toten, der über dem Schreibtisch lag, den blutbefleckten Schürhaken, den Regenmantel mit der blutge-tränkten Manschette und den verräterischen Spritzern auf dem Ärmel.

Als er mit seinem Bericht fertig war, sagte sie:

»Du hättest den Schürhaken nicht abwischen dürfen.«

»Ich mußte ihn abwischen, falls . . .«

Sie schüttelte heftig den Kopf.

»Es war ein Fehler! Hast du nicht selbst gesagt, du wärst nicht fähig, einen Mann von hinten zu erschlagen? Und Rietta traust du so etwas zu?«

Er wurde blutrot im Gesicht.

»Mein Denkvermögen setzte erst viel später wieder ein. Es lag an diesem verdammten Mantel. Ich sehe das Blut am Ärmel, und im nächsten Moment wische ich schon den Schürhaken ab. Ich glaube nicht, daß sich dadurch viel verändert hat. Der Mörder war nicht so kopflos wie ich. Entweder zog er meinen Mantel schon vor der Tat an, oder er hat hinterher die Manschette in das Blut seines Opfers getaucht – absichtlich natürlich. Glaubst du, er hätte seine Fingerabdrücke auf dem Schürhaken vergessen?«

»Nein . . .« Sie dachte einen Augenblick nach. »Carr, wenn du diesen Regenmantel mitgenommen und keine Fingerabdrücke hinterlassen hast, kann dich doch niemand verdächtigen!«

»Du übersiehst unsere kleine Fancy«, sagte er grimmig. »Wir schauten uns beide die Illustrierten an, die Henry Ainger gebracht hatte. Sie war Zeugin, als ich James Lessiters Fotografie entdeckte und rief: ›Hab ich dich, du Schweinehund!‹ Dann stürmte ich wütend aus dem Haus und warf die Tür hinter mir zu.«

»Kannst du sie nicht bitten, den Mund zu halten?«

»Nein«, sagte er schroff. Dann fuhr er mit ruhigerer Stimme fort: »Wenn ich das täte, würde ich mir eher schaden. Sie ist noch ein halbes Kind, Elizabeth, arglos und naiv. Sie würde sich nur in Widersprüche verwickeln. Deshalb soll sie lieber bei der Wahrheit bleiben. Wir verfolgen die Taktik, daß wir nichts zu verbergen haben.«

Das Telefon läutete. Elizabeth ging zum Tisch, wo der Apparat stand, und hob ab. »Ja, er ist hier«, sagte sie und sah ihn über die Schulter an.

»Carr, es ist Rietta. Sie möchte dich sprechen.«

Rietta Cray sprach, nachdem er sich gemeldet hatte, deutsch, um zu vermeiden, daß das Mädchen von der Vermittlung das Gespräch mithören konnte:

»Es sieht böse aus, Carr. Die Polizei hat den Mantel mitgenommen. Daß wir das Blut ausgewaschen haben, war ein Fehler. Mrs. Mayhew hat mein Gespräch mit Lessiter belauscht und gehört, wie er das Testament erwähnte und daß ich ein hübsches Vermögen erben würde, wenn du ihn umbrächtest. Dabei hat sie auch den Mantel entdeckt, der über einem Sessel hing. Keine sehr glückliche Geschichte, nicht wahr? Ich dachte, ich sollte dich lieber warnen.«

Ein Klicken, und die Leitung war tot. Carr legte auf, drehte sich um und wiederholte wörtlich, was Rietta ihm berichtet hatte. Und er endete auch mit dem gleichen Resümee:

»Keine sehr glückliche Geschichte, nicht wahr?«

»Die Polizei wird schon den Richtigen finden«, sagte Elizabeth ernüchtert. »Aber du solltest dir einen Anwalt nehmen.«

»Ja – ich gehe gleich zum alten Holderness.«

»Er ist kein – Strafanwalt.«

Gekränkt antwortete er:

»Teufel, du reibst es einem aber unter die Haut!«

»Das tut mir leid.«

»Nun ja – sie drehen uns jetzt sowieso durch die Mühle! Um auf Holderness zurückzukommen: Wenn ihm die Sache zu kriminell ist, kann er uns ja einen anderen Kollegen empfehlen. Ich gehe jedenfalls sofort zu ihm.«

»Und anschließend kommst du wieder hierher und erzählst mir, wie er den Fall beurteilt.«

Er nickte stumm, machte zwei Schritte auf die Tür zu und kehrte wieder um.

»Elizabeth, das gestern abend – das ist vergessen. Wir sind nicht mehr verlobt.«

Ihre Augen waren so klar und hell wie nie zuvor. Sie schlang ihm die Arme um den Hals und zog langsam und zärtlich seinen Kopf nach unten, bis ihre Wangen sich berührten.

»Wir sind nicht mehr verlobt?«

»Nein.«

»Einverstanden! Wir ersparen uns die Verlobung und heiraten gleich.«

»Elizabeth!«

»Nun werde nicht kindisch, Carr! Geh lieber zu Mr. Holderness und sag mir anschließend Bescheid!«

KAPITEL 21

Mr. Holderness lehnte sich in seinem Schreibtischsessel zurück. Er sah blühender aus denn je, aber seine dunklen Augenbrauen, die einen interessanten Kontrast zu seinen dichten grauen Haaren bildeten, waren zu einer schroffen Linie zusammengezogen. Sein Blick wurde immer besorgter, als Carr mit seinem Bericht allmählich zu Ende kam. Dann holte er Luft und gab einen Stoßseufzer von sich. »Mein lieber Carr!«

Carrs Lippen zuckten.

»Eine verflixte Sache – nicht wahr?«

Mr. Holderness trommelte mit seinen dicken weißen Fingern auf der Schreibtischplatte.

»Es ist dir natürlich klar, daß dir eine Festnahme droht, wenn das alles herauskommt.«

»Ich tue die ganze Zeit nichts anderes, als mir das klarzumachen.«

»Andererseits besteht kein Grund, weshalb es herauskommen sollte.«

»Was meinst du damit?«

»Wer weiß inzwischen, daß du gestern nacht im Herrenhaus gewesen bist? Wie vielen Leuten hast du es erzählt?«

Carr bewegte die rechte Schulter.

»Rietta – Elizabeth – dir . . .«

»Dann wirst du es keinem mehr erzählen. Wir drei müssen es für uns behalten, und du hältst den Mund.«

»Ich bin nicht sicher, ob ich das kann«, antwortete er zögernd.

»Du solltest dir aber sicher sein!«

»Ich weiß es nicht. Überleg doch mal! Die Polizei weiß, daß Rietta am Tatort war. In ihren Augen hat sie ein Motiv. Sie ging zu Lessiter, um ihn zu warnen, daß ich ihn als Marjorys Entführer erkannt hatte. Er erzählte ihr irgendeine rührselige Geschichte, um sie zu beruhigen. Dann zeigte er ihr ein Testament, das er während ihrer Verlobungszeit zu ihren Gunsten verfaßt hatte – und Mrs. Mayhew lauschte inzwischen an der Bibliothekstür! Sie hörte ihn sagen: ›Wenn der junge Carr mich jetzt umbringt, wirst du ein recht hübsches Vermögen erben.‹ Das bringt sie – oder mich – in dringenden Tatverdacht. Wenn ich ausscheide, bleibt nur noch Rietta übrig. Abgesehen davon, wird Fancy der Polizei nicht verschweigen, daß ich Lessiter auf dem Foto wiedererkannt habe und in blinder Wut aus dem Hause stürmte.«

Mr. Holderness hörte zu, einen störrischen Zug um die Mundwinkel.

»Es bleibt dir noch genügend Zeit, um Selbstmord zu begehen, wenn sich erweisen sollte, daß Rietta in echter Gefahr schwebt. Ich muß energisch darauf bestehen, daß du deinen Mund hältst.«

Carr hob eine Augenbraue. »Wieso Selbstmord?«

Mr. Holderness betrachtete ihn ärgerlich.

»Es käme einem Selbstmord gleich, wenn du dich entschließen solltest, der Polizei zu erzählen, daß du erstens in dem Porträt von James Lessiter den Mann erkannt hast, der deine Frau verführte und mit ihr durchbrannte, und zweitens, daß du ungefähr zur Tatzeit in der Bibliothek gewesen bist. Ich kann dir natürlich keine Vorschriften machen; aber ich weigere mich, derlei Torheiten zu unterstützen. Rietta ist meiner Meinung nach in einer weitaus weniger gefährlichen Situation als du. Niemand, der sie einigermaßen gut kennt, wird ihr ein so schmutziges Verbrechen aus Gewinnsucht zutrauen!«

Carr nickte, mit seinen Gedanken nur halb bei der Sache, und stieß dann hervor:

»Ich frage mich nur, wer es wirklich gewesen sein könnte ...«

Mr. Holderness' große, gepflegte Hand tauchte über dem Schreibtisch auf und fiel dann auf sein Knie zurück.

»James Lessiter hatte sich ein Vermögen zusammengerafft – auf eine Art, die oft zu Lasten anderer ging. Daher halte ich es für unwahrscheinlich, daß es sich um ein Lokalverbrechen handelt, obwohl sich der Täter offenbar Mühe gab, es so darzustellen. Ich frage mich jetzt, ob irgendwelche Gegenstände oder Dokumente fehlen. Ich habe damals nach Mrs. Lessiters Tod eine genaue Bestandsaufnahme vorgenommen. Ich denke, ich sollte mich zuerst einmal mit der Polizei in Verbindung setzen und vorschlagen, daß sie in dieser Richtung ermittelt. Es gab ein paar sehr kostbare Antiquitäten im Haus. Wenn etwas davon fehlt – nun, das wäre schon eine heiße Spur für die Polizei. Und inzwischen bestehe ich darauf, daß du dich zurückhältst. Wenn die Polizei dich vernehmen will, sagst du, dein Anwalt hätte dir geraten, erst bei der Leichenschau eine Aussage zu machen. Das gibt mir genügend Zeit, das Terrain zu sondieren.«

Carr nickte kurz, während er mit seinen Gedanken ganz woanders war. Er schien irgendwie unschlüssig, bis er sich am Ende zu der Frage durchrang:

»Sehen Sie irgend etwas, was Cyril Mayhew belasten könnte?«

Die Hand auf Mr. Holderness' Knie schnellte kurz in die Höhe. »Cyril? Wieso fragst du mich danach?«

»Reine Neugier! Ich versuchte neulich, etwas von Rietta zu erfahren, aber sie wich dem Thema aus. Steckt er in Schwierigkeiten?«

»Ich fürchte, ja.«

»Eine Strafsache?«

»Leider. Er bekam Bewährung.«

»Was hat er denn angestellt?«

»Ich glaube, er hat seinen Arbeitgeber bestohlen. Für die Mayhews war das ein schwerer Schlag. Es ist hart für die Eltern, wenn der einzige Sohn auf die schiefe Bahn gerät. Sie sind sehr achtbare Leute.«

»Einzelkinder werden oft verwöhnt. Cyril war als Kind unausstehlich.«

»Eltern machen bei der Erziehung oft schlimme Fehler. Aber was hat Cyril Mayhew mit diesem Mord zu tun?«

Carr blickte zur Decke.

»Nichts – nur, daß ich ihn gestern abend auf dem Bahnhof vor Lenton sah.«

Mr. Holderness zog abermals die Brauen zusammen.

»Bist du sicher?«

»Absolut.«

»Hast du mit ihm gesprochen?«

»Nein. Ich sah ihn ganz zufällig. Er stieg aus dem letzten Waggon aus und ging quer über die Geleise, statt die Sperre zu passieren. Mir kam es so vor, als wollte er nicht angesprochen werden. Und ich frage mich nun, ob er gestern nacht seine Eltern besuchte.«

Mr. Holderness meinte:

»Ich denke, wir werden die Polizei danach fragen.«

KAPITEL 22

Rietta Cray blieb am Schreibtisch sitzen, auf dem ihr Telefon stand. Sie liebte große Tische, und ihr Schreibtisch paßte genau in die Nische eines Erkerfensters, das aus der Wohnzimmerwand in den Vorgarten hineinragte. Nur der Eßzimmertisch, der hinter ihr stand – eines von diesen altmodischen viktorianischen Möbelstücken, die für Großfamilien gebaut wurden –, nahm mit den dazugehörigen Stühlen mit ihren imitierten Sheraton-Lehnen und Sitzpolstern aus verblichenem Brokat dem Zimmer zu viel Platz weg. Rietta wäre es nie eingefallen, sich von diesen Möbeln zu trennen. Sie war mit ihnen aufgewachsen. Sie waren Erinnerungsstücke an die Zeit, da ihr Vater als Arzt in Lenton praktizierte und die Familie ein großes Haus an der Main Street bewohnte. Mein Gott, das lag nun schon dreißig Jahre zurück!

Sie nahm den Hörer wieder von der Gabel.

Diesmal war es nicht Gladys Luker, die das Gespräch mit Carr vermittelt hatte, sondern Miss Prosser, die »Hallo!« sagte. Das vereinfachte die Sache wesentlich. Jeder in Melling wußte, daß Gladys bei jedem Gespräch mithörte, wenn sie glaubte, es könnte sich lohnen; aber Miss Prosser tat so etwas nicht. Sie war schon ein bißchen schwerhörig und hatte, wie sie selbst sagte ›schon genug damit zu tun, alles zu verstehen, was die Kundschaft von mir verlangt‹.

Rietta nannte die Nummer, mit der sie verbunden werden wollte, und mußte sie wiederholen:

»21 Lenfold.« Sie überlegte mißtrauisch, ob Miss Prosser nur zurückgefragt hatte, weil sie wußte, wem der Anschluß gehörte. Es war die Privatnummer von Randal March. Als er zum Chefkonstabler der Grafschaft ernannt wurde, hatte er sich ein kleines hübsches Haus in der Nähe von Lenton gekauft, einen kleinen Teich mit Wasserlilien in seinem Garten angelegt und ein älteres Ehepaar für den Haushalt engagiert.

Während sie auf die Verbindung wartete, bereute sie schon, daß sie das Gespräch überhaupt angemeldet hatte. Aber ihre Dummheit würde wohl keine Folgen haben, weil March höchstwahrscheinlich gar nicht zu Hause war. Es sei denn, er führe mittags immer zum Essen nach Hause, aber heute würde ihn der Mordfall so sehr beschäftigen, daß ihm keine Zeit zum Essen blieb. Und wenn Superintendent Drake ihm schon Bericht erstattet hatte, war Randal vermutlich bereits auf dem Weg hierher . . .

Es klickte in der Leitung. Sie hörte Randals Stimme, die »Hallo!« sagte. Sie bekam ein glühend heißes Gesicht. Warum, zum Henker, hatte sie sich hinreißen lassen, ihn anzurufen? Eine Dummheit sondergleichen! Sie hörte ihre eigene Stimme, die im tiefen, ruhigen Ton fragte:

»Bist du es, Randal?«

»Rietta!« antwortete er, freudig überrascht.

Er weiß es noch nicht, dachte sie, und ihr Gesicht nahm wieder seinen normalen Farbton an.

»Ich wollte dich nur etwas fragen«, sagte sie. »Es betrifft deine ehemalige Lehrerin, Miss Silver. Sie besucht im Augenblick Mrs. Voycey, eine Freundin aus ihrer Schulzeit . . .«

»Ja, ich habe davon gehört. Hast du sie kennengelernt? Ein Original, nicht wahr?«

»Mag sein, Randal, aber ich wollte dich als Fachmann fragen, wie gut sie ist. In ihrem Job, meine ich.«

Er lachte.

»Professionell? Absolute Spitzenklasse!«

Ihre Stimme wurde noch tiefer, noch bedächtiger.

»Ist das dein Ernst?«

»Absolut! Wenn ich sie mit meinen und den Fähigkeiten

meiner Kollegen vergleiche, sind wir ABC-Schützen und Miss Silver die Lehrerin oben auf dem Pult.«

»So.«

»Warum fragst du mich, Rietta? Stimmt etwas nicht?«

»Hier stimmt eine Menge nicht.« Sie wechselte aus der englischen in die französische Sprache, falls Miss Prosser nicht so schwerhörig war, wie sie tat. »James Lessiter wurde gestern nacht im Haus gegenüber ermordet.«

»Ich weiß. Ich habe nur noch keinen schriftlichen Bericht darüber.«

»Ich bin die Hauptverdächtige, Randal«, sagte Rietta Cray und legte rasch auf.

KAPITEL 23

Randal March las die Protokolle durch, und als er sie kommentarlos auf den Tisch zurücklegte, fühlte sich der Superintendent genötigt, eine Erklärung abzugeben:

»Sie werden zugeben müssen, daß unsere Ermittlungen Miss Cray schwer belasten.«

March lächelte.

»Guter Mann, das ist absurd. Ich kenne Miss Gray von Kindesbeinen an. Sie könnte niemals einen Menschen mit einem Schürhaken erschlagen.«

Drakes Haltung versteifte sich. So sollte es also laufen! Klassenbewußtsein regte sich in ihm bitter wie Salzlauge. Er hatte sie schon als Kind gekannt – deshalb kam sie als Mörderin nicht in Frage! Was sich diese Herren einbildeten! Seine dünne Nase wirkte verkniffen, als er sagte:

»Jeder Mörder sieht wie ein ganz gewöhnlicher Mensch aus, dem man so etwas nicht zutraut. Bis er überführt ist!«

Randal March besaß das ausgeglichene liebenswürdige

131

Temperament, das zu seiner robusten Gesundheit, zur gefälligen Erscheinung und einem guten Gewissen gehörte; doch in diesem Moment packte ihn die Wut. Was ihn sehr wunderte, weil es einen ganz neuen, unruhigen Aspekt seines Wesens enthüllte. Zum Glück wußte er sich zu beherrschen. Er ließ sich seine Gefühle nicht anmerken, als er seinen Standpunkt wiederholte:

»Sie wäre niemals imstande, einen Menschen umzubringen.«

Der eben beschriebene verkniffene Ausdruck erfaßte nun das ganze Gesicht des Superintendenten, bis er an einen hungrigen Fuchs erinnerte.

»Wir können uns nicht über die Beweise hinwegsetzen, Sir. Wenn Sie noch mal einen Blick in die Protokolle werfen wollen, werden Sie feststellen, daß Miss Cray ein starkes Tatmotiv hat. Sie war die Verlobte von Mr. Lessiter, behauptet, sie selbst habe die Verlobung aufgelöst, weigert sich aber, die Gründe zu nennen. Wir hörten uns im Dorf um, Sir. Er soll sie mißhandelt haben. Ich habe zwar keine Beweise, daß sie nachtragend ist, aber möglich wär's. Und dann steht er nach zwanzig Jahren plötzlich als reicher Mann vor ihr. Womit wir bei den Ereignissen der Mordnacht angelangt sind.

Mr. Carr Robertson, Miss Riettas Neffe, verweigert die Aussage. Das macht ihn in meinen Augen ebenfalls tatverdächtig. Ich würde das nicht so bewerten, wenn er älter wäre – ältere Jahrgänge sind von Natur aus vorsichtig –, aber er ist erst achtundzwanzig. Er verhält sich untypisch. Er fürchtet, er könnte sich oder Miss Cray schwer belasten, und deshalb schweigt er lieber. Aber dafür hilft uns Miss Bells Aussage weiter. Mr. Carr Robertson habe in großer Eile das Haus verlassen, als er ein Foto von Mr. Lessiter mit dessen Namen in einer illustrierten Zeitschrift entdeckte. Die beiden kannten sich nicht, wie sich bei meinen Ermittlungen herausstellte.

Im Dorf wird darüber geredet, daß Mr. Robertsons Frau mit einem unbekannten Mann nach Frankreich durchbrannte, während Robertson Wehrdienst leistete. Nach seiner Entlassung tauchte seine Frau schwer krank wieder in seiner Wohnung auf. Der Mann, mit dem sie durchbrannte, hatte sie ohne einen Penny sitzenlassen. Mr. Robertson nimmt sie wieder bei sich auf; aber sie stirbt ihm unter den Händen. Und seither ist er auf der Suche nach diesem Entführer, um ihn zur Verantwortung zu ziehen. Im Dorf sagt man, seine Frau habe ein Foto von dem Entführer in ihrer Puderdose versteckt. Er hatte das Foto, aber nicht den Namen des Entführers. Das paßt alles zusammen, Sir.

Kaum hat Mr. Robertson in großer Erregung das Haus verlassen, als sich Miss Cray den nächstbesten Mantel greift, der zufällig ihrem Neffen gehört, und ebenfalls aus dem Haus stürmt. Sie eilt hinüber ins Herrenhaus, wo Mrs. Mayhew ihr Gespräch mit Mr. Lessiter belauscht. Mr. Lessiter zeigt ihr ein Testament, das er während ihrer Verlobungszeit aufsetzte und in dem er alles Henrietta Cray vermacht. Die Einzelheiten stehen im Protokoll. Und sie hört, wie Mr. Lessiter sagt: ›Wenn der junge Carr mich jetzt umbringt, würdest du ein ganz hübsches Sümmchen erben.‹ Klarer Fall, Sir.«

»Tatsächlich?« fragte Randal March.

»Mrs. Mayhews Aussage beweist, daß Miss Cray ins Herrenhaus zu Mr. Lessiter rannte, um ihn zu warnen, weil ihr Neffe, Mr. Carr Robertson, ihn umbringen will.«

Randal March lächelte amüsiert.

»Wenn sie sich so große Mühe gibt, ihn zu warnen, kann sie ihn doch nicht selbst umgebracht haben! Ich fürchte, das ist ein psychologischer Kurzschluß, Drake.«

Drakes Augen verengten sich zwischen fuchsroten Wimpern.

»Moment mal, Sir – ich denke, Sie übersehen die Pointe! Als

sie kam, um ihn zu warnen, wußte sie noch nichts von dem Testament. Der Mann soll eine halbe Million Pfund schwer gewesen sein. Man kann ja seine Absichten ändern, Sir, wenn man dadurch um eine halbe Million Pfund reicher wird.«

Randal March hatte geduldig zugehört. Das war er Drake und seiner Fleißarbeit schuldig. Obwohl er mit dem Ergebnis, Rietta Cray habe ihre Meinung geändert und ihren Exverlobten erschlagen, um eine halbe Million Pfund zu erben, nicht einverstanden sein konnte. Er tat so, als denke er erst über diese Hypothese nach, ehe er den Kopf schüttelte.

»Materiell einleuchtend, charakterlich nicht.«

Superintendent Drake sperrte sich gegen diesen Einwand:

»Dann erklären Sie mir mal die Sache mit dem Mantel. Es kam Blut darauf. Weshalb wurde es ausgewaschen? Eine sehr mysteriöse Geschichte. Miss Cray nahm den nächstbesten Mantel aus der Garderobe, als sie zu Mr. Lessiter eilte. Dieser Mantel, wie ich bereits ausführte, gehörte Mr. Robertson. Er besitzt ein kariertes Futter mit gelben Streifen, und daran hat Mrs. Mayhew ihn erkannt, als sie zum zweitenmal zur Bibliothek ging und die Tür öffnete. Da hing dieser Mantel über einem Sessel, und die Manschette an einem Ärmel war voller Blut.

Miss Gray behauptet nun, sie hätte sich an einer Dornenranke das Handgelenk verletzt, als sie im Dunkeln zum Herrenhaus lief. Daher stamme das Blut. Warum hat sie dann hinterher die ganze rechte Seite des Mantels ausgewaschen? Ich schickte den Mantel ins Labor, und der Befund wurde mir vorhin telefonisch übermittelt. Spuren von Menschenblut im gesamten, noch nassen, weil ausgewaschenen, Bereich! Im Labor fand sich noch Blut in den Säumen, und es ist absolut lächerlich, daß die Wunde, die Miss Cray mir zeigte, eine so starke Blutung zur Folge gehabt haben kann. Das Blut an ihrem Mantel stammte vermutlich von dem Ermordeten.«

March blätterte in den Protokollen und suchte ein Blatt heraus.

»Durchaus möglich«, sagte er, »daß der Mörder den Mantel in der Bibliothek fand und ihn benützte, um den Verdacht auf einen anderen zu lenken. Denn Mrs. Mayhew betont in ihrer Aussage, sie habe kein Geräusch in der Bibliothek gehört, als sie zum zweitenmal die Tür öffnete und dabei den Mantel über dem Sessel hängen sah. Das Blut, das sie an der Manschette entdeckte, konnte sehr wohl von einer Rißwunde stammen, denn sie behauptet nicht, die Manschette wäre mit Blut durchtränkt gewesen. So kann Miss Cray inzwischen die Bibliothek verlassen und ihren Mantel vergessen haben. Der Mörder fand den Mantel und entdeckte Blut an der Manschette. Da kam ihm die Idee, ihn für seine Zwecke zu mißbrauchen. Eine Theorie, denke ich, die man nicht ohne weiteres von der Hand weisen sollte.«

»Schön«, sagte Superintendent Drake, »Sie stellen also die Hypothese auf, Miss Cray habe den Mantel in der Bibliothek vergessen, als sie in ihr Haus zurückkehrte. Es war zwar empfindlich kalt – aber nun ja. Und dann zog ihn ein anderer an, in der Absicht, Mr. Lessiter zu ermorden. Wie erklären Sie sich dann die Tatsache, daß der Mantel heute morgen ausgewaschen in Miss Crays Garderobe hing? Ich kann Ihnen dafür auch eine andere Erklärung liefern! Nämlich, daß Mr. Carr Robertson Mr. Lessiter in seinem Haus aufsuchte, nachdem Miss Cray ihn verlassen hatte. Er zog den Mantel an – er war ja sein Eigentum, wie Sie sich erinnern werden –, und nachdem er Mr. Lessiter erschlagen hatte, kam er mit dem Mantel in das Haus seiner Tante zurück, wo sie gemeinsam die Spuren seiner Bluttat beseitigten. Wir wissen auch, wo das Blut ausgewaschen wurde – am Ende des Korridors befindet sich ein Waschbecken, und wir fanden einen Blutfleck an der Unterseite des Beckens und Blutspritzer auf dem Boden. Er ist mit dunklem

Linoleum belegt, und deshalb haben sie das Blut dort übersehen. Es sind immer die Kleinigkeiten, die den Mördern zum Verhängnis werden!«

Nun war Randal March doch sehr nachdenklich geworden. Diese Indizien ließen sich nicht mit einem Kopfschütteln abtun. Sie bewiesen nicht Riettas Schuld – da sprach zu vieles dagegen –; aber die Verdachtsmomente gegen Carr Robertson waren erdrückend. Wenn er tatsächlich erst gestern abend James Lessiter als Verführer seiner Frau identifiziert hatte, mußten die Indizien, die die Polizei zusammengetragen hatte, für eine Anklage ausreichen.

Und dann weigerte sich Carr auch noch, eine Aussage zu machen ...

KAPITEL 24

»Darf ich hereinkommen, meine Liebe?«

Mrs. Voycey, die gerade mit ihrer Buchführung beschäftigt war, wandte den Kopf zur Tür. Sie sah Miss Silver fertig angezogen zum Ausgehen, bekleidet mit ihrem zweitbesten Hut, der sich von ihrem besten Stück nur in unwesentlichen Details unterschied.

Das Band war gewöhnlicher Seidenrips, und im Nacken fehlten die Schleifen. Auch das Bukett links über der Krempe war kleiner, älter und welker. Es bestand aus bescheidenen Mauerblümchen in einem Kranz blasser Reseden, die die Farbe der Pelzkrawatte wiederholten, die wegen ihrer zugluft-abweisenden Qualität so sehr geschätzt wurde. Der schwarze Mantel war sonntags und werktags immer derselbe, desgleichen die sauber geputzten schwarzen Schnürschuhe und die schwarzen Wollstrümpfe, die Miss Silver von Oktober bis April zu tragen pflegte.

136

Sie trat ein, schloß leise die Tür hinter sich und hüstelte. Sie hatte die Bügel ihrer großen Handtasche über den Arm geschoben, und ihre Hände steckten in gestrickten schwarzen Fäustlingen.

»Ein schrecklich windiger Tag heute«, sagte sie. »Ich hoffe, ich störe dich nicht, Cecilia; doch ich habe eben eine Einladung zum Lunch erhalten. Ich denke, du hast keine Einwände, daß ich sie annahm.«

Mrs. Voycey war trotz ihrer Großzügigkeit überrascht: »Eine Einladung zum Lunch?«

»Ja, Cecilia – von Miss Cray.«

»Oh . . .«, sagte Mrs. Voycey.

Seit der Milchmann die Nachricht von James Lessiters Tod im Dorf verbreitet hatte, war der Informationsumlauf in der Gemeinde außerordentlich rege geblieben. Mrs. Crook hatte sich so weit »vergessen«, im Gemischtwarenladen ein Paket kuchenfertiger Backmischung zu kaufen – eine Ware, die sie im Grunde verabscheute –, nur um sich dort mit einer Nichte von Mrs. Fallow zu unterhalten, die eben erst vom Herrenhaus zurückgekommen und dort fast bis zu Mrs. Mayhew vorgedrungen war. »Das arme Ding kann kaum den Kopf heben«, berichtete Mrs. Crook vor Mrs. Voycey und ihrem Gast über Mrs. Fallows Nichte.

»Sie haben den Doktor zu Mrs. Mayhew kommen lassen, und er meint, es sei der Schock. Mrs. Fallow solle im Herrenhaus bei ihr bleiben und dafür sorgen, daß sie keinen Handschlag tut. Und Mrs. Fallow erzählte, es wäre ja auch kein Wunder, daß sie einen Schock bekam, weil die Bibliothek in Blut schwamm und Miss Rietta Crays Mantel damit vollgesogen war bis zum Ellenbogen.«

»Unsinn, Bessie!« sagte Mrs. Voycey.

Aber Mrs. Crook blieb bei ihrer Meinung:

»So hat es Mrs. Fallow ihrer Nichte erzählt, und die weiß es wieder von Mrs. Mayhew, die es mit eigenen Augen sah. Und der arme gnädige Herr hat, so sagen sie, alles Miss Cray vermacht. Das Testament lag auf dem Schreibtisch, mit seiner Hand darauf, als habe er es mit Blut besiegelt. Mr. Mayhew hat es dort unter der Leiche gefunden, und er sagt, jemand habe noch versucht, es zu verbrennen, denn an den Rändern wäre es ganz verkohlt.«

»Rietta Cray könnte keiner Fliege etwas zuleide tun«, sagte Mrs. Voycey.

Mrs. Crook fuhr mit unbewegter Miene fort:

»Fliegen verfassen auch keine Testamente. Aber wie man sich erzählt, kommen da vielleicht mehrere Gründe zusammen. Mr. Carr zum Beispiel kam so gegen halb neun wie eine Kanonenkugel aus dem Haus seiner Tante geschossen. Jim Warren, der mit Doris Grover intim ist, kam zufällig vorbei, und wie er Doris erzählte, hätte er noch nie jemand so aufgebracht gesehen wie Mr. Carr, und dabei habe er immer wieder wie einen Fluch Mr. Lessiters Namen wiederholt. Doris sagte, sie hätte Jim ein Glas aus der Whiskyflasche ihres Vaters einflößen müssen, so furchtbar habe ihn das Erlebnis mitgenommen.«

An dieser Stelle hakte Miss Silver ein:

»In welche Richtung ist Mr. Carr Robertson denn gegangen?«

Mrs. Crook sah Miss Silver verwirrt an, bis diese ihre Frage anders formulierte:

»Ging Mr. Carr in Richtung Melling House?«

Mrs. Crook nahm sich viel Zeit zum Nachdenken.

»Konnte er eigentlich nicht«, meinte sie schließlich, »wenn Jim ihm begegnet ist. Die Warrens wohnen im ersten Haus links, und wenn Jim sagt, Carr sei auf ihn zugegangen, muß er in die entgegengesetzte Richtung gegangen sein. Dorfauswärts.

Jim sagt, sein Hund wollte Carr an die Beine springen, als er am Haus vorbeikam. Aber die Leute erzählen, Mr. Carr könnte trotzdem Mr. Lessiter umgebracht haben, weil er mit seiner Frau durchgebrannt ist. Und das hat er gestern abend erst erfahren.«

Als nun Mrs. Voycey Miss Silvers Ankündigung hörte, sie sei mit Rietta Cray zum Lunch verabredet, sagte sie nur: »Oh!« Diese Einsilbigkeit war Miss Silver von ihrer Freundin nicht gewöhnt. Deswegen wartete sie, ob sich nicht doch noch Schleusen öffnen würden.

Und so war es. In Mrs. Voyceys Mienenspiel kam lebhafte Bewegung, und sie rief:

»Maud, sie hat dich um Rat gebeten? Professionell, meine ich? Beruflich? Oh, das freut mich!«

»Sie hat mich zum Essen eingeladen«, wiederholte Miss Silver.

Mrs. Voycey klatschte in die Hände. Drei hübsche Ringe, die etwas zu stramm saßen, blitzten auf.

»Dann mußt du zu ihr! Was für eine Fügung des Schicksals, daß du gerade jetzt bei mir zu Besuch bist! Rietta? Nein, Sie würde nie so etwas Gräßliches tun. Da sieht man wieder, was das Geklatsche der Leute anrichten kann. Kaum ist der arme Mann tot, und schon behauptet jeder im Dorf, er sei mit Carrs Frau durchgebrannt und Rietta habe ihn umgebracht, damit sie sein Vermögen erbt. Ich meine, wo bleibt denn da die Logik?

Ich kann mir nicht vorstellen, daß er diese Marjory gekannt hat, wo ich sie doch selbst nur ein halbes Dutzend Mal gesehen habe! Und dazu noch eine so unsympathische Person – überaus hübsch, aber nicht ein Funken von Gefühl! Dabei war Carr mit so einem netten Mädchen verlobt gewesen, ehe er Marjory kennenlernte. Und dann läßt sich dieses Frauenzimmer auch noch von einem anderen Mann verführen! Aber das habe ich dir ja schon erzählt. Besteht da ein Zusammenhang mit James Lessiter?«

Miss Silver hüstelte.

»Meine Liebe, ich muß jetzt gehen . . .«

Es dauerte noch zehn Minuten, bis ihr das gelang.

Mrs. Cray hatte Besuch, als Miss Silver im White Cottage anlangte. Mrs. Welby war bei ihr, die sich aber sofort verabschiedete. Miss Silver, der nichts entging, stellte einen bemerkenswerten Kontrast zwischen dem sorgfältig aufgetragenen Make-up und der geisterhaften Blässe der Besucherin fest, die die Schminke nicht ganz verbarg. Niemand hätte Miss Silver zugetraut, daß sie ein geschultes Auge für Kosmetik habe und eine Expertin auf den verschiedensten Gebieten war. Doch ein Blick genügte, und sie hatte den blassen Grundton und die Basiscreme entdeckt, sie hatte den Puder und das Rouge, mit denen Mrs. Welby ihre Blässe kaschieren wollte, als teuerste Handelsmarke der Kosmetikindustrie identifiziert. Mrs. Welby mußte viel Sorgfalt für ihr Make-up verwendet haben, was recht merkwürdig war, wenn sie nur auf einen Sprung vor dem Essen bei einer langjährigen Freundin und Nachbarin hereinschaut. Auch ihre Garderobe war merkwürdig aufwendig. Während Rietta Cray nur mit einem kurzen braunen Tweedrock und einem alten, aus Naturwolle gestrickten Pullover, dazu noch recht abgetragene Stücke, bekleidet war, sah Catherine wie aus dem Ei gepellt aus. Nichts Extravagantes, doch in dem Sinne auffällig, daß alles, was sie anhatte, ein bißchen zu aufwendig war – als wollte sie Werbung machen für einen Modeschöpfer, der sich auf ländliche Damenkleidung spezialisiert hatte. Der graue Tweedrock saß perfekt, der Jumper, etwas heller im Ton, hatte den von den Couturiers empfohlenen Halsausschnitt und ihre Mokassins die von der Schuhindustrie für den Herbst vorgeschriebene Höhe der Absätze. Sie trug keinen Hut, nicht, weil es nicht lohnte, einen zu tragen, wenn man nur zur Nachbarin ging, sondern weil ihre Frisur der letzte Schrei war und ein Hut nur das Kunstwerk verdorben hätte.

Wäre Miss Silvers Bekanntschaft mit Mrs. Welby nicht so neu gewesen, hätte sie sich ein festes Urteil über die Dame gebildet. Nämlich, daß Mrs. Welby die unsichtbare Grenze überschritten hatte, die das allzu Üppige erkennen läßt. Und wenn sie sich auch ein endgültiges Urteil vorbehielt, nahm sie trotzdem eine Wertung vor. Ihr schien, als wollte Mrs. Welby damit eine gewisse Leere kaschieren, einen Mangel an Vitalität, der dem Ganzen Leben und Farbe gegeben hätte.

Und in den wenigen Minuten, die zwischen der Begrüßung und dem Abschied von Mrs. Welby lagen, verarbeitete Miss Silver ihre Eindrücke von dieser Person. Sie war selbst viel zu intelligent, um nicht Intelligenz bei anderen zu spüren. Und im Zusammenhang mit Catherine Welby kam ihr ein Gedicht eines Poeten in den Sinn, der zu den Vorfahren ihres geliebten Lord Tennyson gehörte:

»Immer so sauber, immer so adrett,
Als gingest du zu einem Festbankett –
. . . .
Und doch dünkt mich, mein Gemahle –
. . . .
Es steckt kein süßer Kern in deiner schönen Schale.«

Eine nur beschränkt intelligente Frau, überlegte Miss Silver, denn die Übertreibung eines Effekts spricht eher für das Gegenteil. Vielleicht sollte sie das alles nur vor dem Hintergrund eines tragischen Mordfalls und eines sich anbahnenden Dorfskandals sehen, so daß die Übertreibung eines modischen Effekts nur der Ausfluß eines Schocks war. Vielleicht . . .

Vielleicht aber auch nicht . . .

Miss Silver blickte Catherine Welby versonnen nach, als die Dame durch den Korridor zur Haustür ging.

KAPITEL 25

Die Haustür fiel ins Schloß. Rietta Cray und Miss Silver sahen sich stumm an. Rietta hatte das Gefühl, sie stünde am Rande eines Tümpels mit eiskaltem Wasser, in den sie hineinspringen sollte. Es war der Moment, in dem sie sich innerlich gegen den Kälteschock wappnete. Plötzlich kam ihr der Gedanke, daß sie nichts zu diesem Sprung verpflichtete. Sie hatte noch nichts gesagt, nur eine Einladung zum Mittagessen ausgesprochen. Noch konnte sie leugnen, daß damit auch andere, unausgesprochene Erwartungen verbunden waren. Sie spürte Miss Silvers Blick und hob die Augen. Ihre Blicke kreuzten sich.

Etwas Unbegreifliches geschah. Rietta Cray erlebte, was so viele Klienten von Miss Silver schon vor ihr erlebt hatten. Als sie später darüber nachdachte, wurde aus ihren Eindrücken ein ihr aus Kriegszeiten vertrautes Bild: Ein Haus mit zerbombter Vorderfront, das den Blicken der Passanten alle seine Räume enthüllte.

Miss Silver hatte nicht den zufälligen Blick eines Passanten. Er blieb nachdenklich und forschend auf ihr ruhen. Dann kam ein Lächeln, das die feinen Züge ihres schmalen Gesichts unsagbar veränderte. Ein Lächeln, das Vertrauen vermittelte und viel Charme besaß. Dann war dieser erstaunliche Moment vorüber. Vor ihr saß nur noch eine verschrumpelte Exgouvernante, die sagte:

»Wie kann ich Ihnen helfen, Miss Cray?«

Rietta hatte keine passende Antwort parat. Sie hatte das Gefühl, sie würde aufgefordert, in ihrem eigenen Haus Platz zu nehmen. Ihre Autorität und Distanz als Gastgeberin löste sich in nichts auf, und sie bekannte mit der Schlichtheit eines Kindes:

»Wir sind in großen Schwierigkeiten.«

Miss Silver hüstelte leise.

»Etwas davon ist mir bekannt.«

»Jeder im Dorf weiß es. Man spürt es erst, wie peinlich das ist, wenn es einen selbst trifft. Die Fragen, denen man hilflos ausgesetzt ist. Wenn man die Antwort verweigert, wird einfach etwas erfunden. Man hat keine Privatsphäre mehr.«

»Ist die für Sie so wichtig, Miss Cray?«

»Sie meinen, ob ich etwas zu verbergen habe? Vermutlich ja. Jeder hat Geheimnisse, die er nicht entweihen lassen will . . .« Bei den letzten Worten versank ihre Stimme ins Bodenlose.

Miss Silver betrachtete sie bekümmert. Sie entdeckte leidvolle Hinweise auf eine schlaflose Nacht und eine unerträgliche Nervenanspannung. Die feinen grauen Augen hatten blaue Ränder, die an Blutergüsse erinnerten. Sie sagte so unpersönlich wie möglich:

»Was haben Sie zum Frühstück gegessen?«

»Das weiß ich nicht mehr.«

Miss Silver hüstelte.

»Es ist jetzt kurz vor eins. Sie haben mich zum Essen eingeladen, und ich denke, wir sollten unser Gespräch bis danach verschieben. Vielleicht gestatten Sie mir, Ihnen bei der Zubereitung zu helfen.«

Rietta atmete erleichtert auf. Sie mußte noch nicht ins kalte Wasser springen. Der Gedanke an Essen schreckte sie zwar, aber ihr Gespräch über James Lessiter wurde hinausgeschoben.

»Es ist alles schon vorbereitet«, sagte sie. »Fancy wird beim Servieren helfen. Das Mädchen, das zur Zeit bei mir wohnt. Frances Bell, Sie werden auch Carr kennenlernen. Ich glaube, es trifft sich gut, daß alle am Essen teilnehmen.«

Im Laufe ihrer Karriere hatte sich Miss Silver an solche Mahlzeiten gewohnt, die von allseitiger Bedrückung und Angst beherrscht waren und die kein richtiges Gespräch aufkommen ließen, Ansätze von Konversation, durch schweigende Pausen abgelöst, in denen niemand etwas zu sagen wußte – das war ihr nur zu vertraut. Sie selbst konnte jederzeit ein Thema vorschlagen, den Faden fortspinnen und dafür sorgen, daß er nicht abriß. Doch das war nicht immer zweckdienlich. Zuweilen war es aufschlußreicher, zu beobachten, wie die Leute sich unter dem Streß des Schweigens verhielten.

Diesmal fühlte sie sich verpflichtet, dafür zu sorgen, daß Miss Cray bei Kräften blieb und aß. Das gelang ihr auch. Es ist einfacher zu essen, als ständig nein sagen zu müssen, und nach dem ersten Bissen spürte Rietta, wie nötig sie eine Mahlzeit hatte.

Was Carr Robertson anlangte, war er die reine Opposition. Männer konnten so wenig ihre Gefühle verstecken, dachte Miss Silver. Sie zeigten der Welt, was sie dachten, auf eine Art, die ihr zu naiv und deshalb uninteressant war. Sie zweifelte keinen Moment, daß Carr sie für eine intrigante alte Ziege hielt. Er erinnerte sie an einen kleinen Jungen aus ihrer Lehrerinnenzeit, der es als Schimpf auffaßte, wenn er mit seinen Schwestern zusammen unterrichtet werden sollte. Sie behandelte ihn mit Nachsicht.

Für Fancy Bell hatte sie nur ein gütiges Lächeln übrig. Eine arglose Kreatur in Scharlachrot, ein aufgeschlagenes Buch für taktvolle und erfahrene Ermittler. Sie war sicher, sie würde bald wissen, was dieses Mädchen hinter ihrer hübschen Larve verbarg.

Und Mr. Carr? Nun, mit ihm hatte sie nur sekundär zu tun.

Für Rietta verging die Zeit zu langsam und zugleich viel zu schnell. Als Carr und Fancy sich freiwillig zum Abwaschen bereit erklärten, konnte sie auf keine Verzögerungen mehr hoffen. Sie fand sich im Wohnzimmer Miss Silver gegenüber, die sich hier wie zu Hause zu fühlen schien. Sie hatte ihre Pelzkrawatte abgelegt und trug ein grünes Wollkleid mit eigenartigen kleinen Stickereien auf der Vorderseite. Sie hatte ihre Lieblingsbrosche angesteckt, eine aus schwarzem Sumpfeichenholz geschnitzte Rose mit einer irischen Perle in der Mitte. Eine dünne Goldkette links neben der Brosche hielt ihren Kneifer, den sie für Kleingedrucktes und schlechte Lichtverhältnisse brauchte. Ihr große schwarze Handtasche stand neben ihr auf dem Boden, und ein blaßblauer Wollfaden führte von dort zu ihrem Schoß, auf dem sie einen Strampelanzug für die Tochter ihrer Nichte Ethel Burkett strickte. Miss Silver blickte nur hin und wieder auf ihre klappernden Nadeln und den sich erweiternden blauen Wollstreifen. Sie sah friedlich zu ihrer Gastgeberin hinüber und sagte:

»Bevor Sie mir irgend etwas erzählen, muß ich Sie fragen, in welcher Beziehung Sie eine mögliche Hilfe von mir erwarten.«

Rietta spürte den eisigen Schock, auf den sie sich bereits vorbereitet hatte. Sie hörte sich mit verlorener Stimme sagen:

»Ich weiß es nicht ...« Und dann: »Ich hoffte ...«

Miss Silver sagte ernst:

»Ich muß Sie bitten, sich Ihre Antwort gründlich zu überlegen. Ich kann keinen Fall übernehmen ohne den Auftrag, die Wahrheit herauszufinden. Sie können mich nicht mit der Absicht engagieren, daß ich die Unschuld oder Schuld einer Person beweisen soll. Ich fühle mich verpflichtet, jeden potentiellen Kunden darauf hinzuweisen. Vielleicht wollen Sie sich doch lieber noch etwas Zeit lassen mit Ihrer Entscheidung.«

Rietta hatte ihre schaudernde Unentschlossenheit überwunden. Sie mußte ins kalte Wasser springen. Sie sah Miss Silver fest an und sagte:

»Nein – ich möchte, daß die Wahrheit ans Licht kommt.«

Die Nadeln klickten. Der blaue Streifen drehte sich auf Miss Silvers Schoß.

»Dann erzählen Sie mir vielleicht erst einmal, was gestern abend passiert ist, Miss Cray.«

Rietta hob eine Hand und strich sich über das Haar.

»Ich weiß gar nicht recht, wo ich anfangen soll . . . James Lessiter war ein alter Freund – zeitweilig mein Verlobter. Ich löste die Verlobung auf. Dann haben wir uns dreiundzwanzig Jahre lang aus den Augen verloren, bis ich ihn vorgestern abend wiedersah. Das war nach dem Essen in Catherine Welbys Wohnung – sie hat das Torhaus gleich neben der Einfahrt von Melling House gemietet. Es war ein völlig unbeschwertes und freundschaftliches Wiedersehen. James begleitete mich nach Hause, und unterwegs kamen einige Dinge zur Sprache, die seine Mutter im unklaren gelassen hatte und über die er sich von mir Aufschluß erwartete. Doch ich konnte ihm nicht helfen. Trotzdem war unser Verhältnis ungetrübt und freund-schaftlich. Doch gestern abend . . .«

Sie brach ab, denn nun mußte sie nicht allein von sich, sondern von Carr berichten. Wenn sie seine Anwesenheit weg-lassen wollte, brauchte sie gar nicht mehr weiterzureden.

Ein beruhigender Blick Miss Silvers und ein: »Bitte, fahren Sie fort, Miss Cray« halfen ihr über die Klippe.

Nun folgten Sätze wie: »Mr. Ainger kam und ließ ein paar Zeitschriften da . . . Als er ging, wurde ich ans Telefon geru-fen . . . Als ich ins Wohnzimmer zurückkam, lief Carr aus dem Haus . . .«

Nüchterne, nackte Tatsachen, die nichts besagten. Sie wuß-te, daß sie so nicht weiterkamen.

Miss Silver fuhr behutsam fort:

»Ich denke, Sie sollten mir auch erzählen, warum er das Haus verließ.« Und dann, nach einer Pause: »Miss Cray, Sie müssen sich jetzt entscheiden, ob Sie mir vertrauen wollen.

Halbe Berichte bringen nichts ein. Wie Lord Tennyson so schön sagte: ›Vertraue mir ganz oder gar nicht.‹«

»Es geht nicht . . . um mich . . .«

»Bedenken Sie, was Sie damit andeuten. Sie können mir Ihre eigenen Gedankenmotive offenlegen, weil Sie wissen, daß Sie unschuldig sind. Im Falle Ihres Neffen, Mr. Carr, sind Sie sich dessen nicht so sicher, nicht wahr?«

Rietta erhob Einspruch ohne Worte, nur mit einem scharfen, kurzen Klagelaut.

Miss Silver sagte mit ruhiger Autorität:

»Sie müssen sich entscheiden.«

Rietta stand auf und ging ans Fenster. Mit dem Rücken zum Raum sagte sie:

»Wenn ich mich einmal zu etwas bekannt habe, kann ich es nicht zurücknehmen. Er hat es nicht getan. Es ist nicht richtig, wenn Sie sagen, ich wäre mir nicht sicher, aber man kann die Dinge so betrachten, als ob – er ein Motiv besäße.«

Miss Silver strickte. Nach einer Weile sagte sie ruhig:

»Nehmen Sie doch bitte wieder Platz. Gefühle verzerren die Wahrheit. Wir müssen nüchtern und klar bleiben. Überlegen Sie doch, daß Miss Bell zugegen war, als Carr so spontan das Haus verließ. Sie kennt die Beweggründe genausogut wie Sie, nicht wahr?«

»Ja.«

»Wie lange, denken Sie, wird sie bei einem Kreuzverhör standhaft bleiben? Sie kennen sie besser als ich.«

»Nein – Sie haben recht –, ich muß es Ihnen sagen. Carr sah ein Bild von James Lessiter in einer der Illustrierten und erkannte in ihm den Mann, der seine Frau verführte und mit ihr durchbrannte. Vermutlich haben Sie schon davon gehört.«

»Ja.«

»Vielleicht kann man James mildernde Umstände zubilligen. Er erzählte mir, sie habe auch ihn verlassen und sei zu einem anderen Mann gezogen. Das ist durchaus möglich. Doch Carr wußte das nicht. Ich eilte aus dem Haus, um James zu warnen.«

Sie erzählte die Geschichte einfach und klar zu Ende. Er hatte ihre Briefe verbrannt. Er hatte ihr das alte Testament gezeigt, das er während ihrer Verlobungszeit verfaßte. Sie hatte sich an einer Dornenranke das Handgelenk verletzt, als sie im Dunklen durch den Wald ging. Die Wunde hatte heftig geblutet und die Manschette ihres Regenmantels beschmutzt. James hatte ihr ein Taschentuch geliehen, damit sie die Blutung stillen konnte ... Nein, sie hatte es nicht mitgenommen. Auch den Regenmantel hatte sie zurückgelassen. Sie hatte ihn abgelegt, als sie in die Bibliothek kam, aber ihn nicht wieder mitgenommen.

Miss Silver hörte aufmerksam zu. An dieser Stelle hüstelte sie.

»Wie kamen Sie dazu, Ihren Mantel zu vergessen, Miss Cray? Es war eine sehr kalte Nacht.«

Mit einem offenen, arglosen Blick bekannte Rietta:

»Ich habe nicht mehr an ihn gedacht.«

»Sie gehen hinaus in die Kälte und vergessen, daß Sie einen Mantel bei sich hatten?«

»Ja, so war es.«

»Ich zweifle nicht daran, doch ich möchte gern wissen, warum Sie ihn vergaßen. Sie ließen Mr. Lessiter in der Bibliothek zurück, gingen ins Freie und merkten nicht, wie kalt es war. Lebte Mr. Lessiter zu diesem Zeitpunkt noch?«

Riettas Gesicht verfärbte sich vor Zorn.

»Selbstverständlich!«

»Schieden Sie in Freundschaft?«

Rietta blickte Miss Silver offen an.

»Nein. Ich war wütend. Deswegen habe ich auch meinen Mantel vergessen.«

»Worüber waren Sie wütend?«

»Er reizte mich. Es hatte nichts – damit zu tun. Auch nicht mit Carr.«

Miss Silver betrachtete ihre Klientin mit milder Beharrlichkeit.

»Ist er Ihnen zu nahe getreten?«

»Nein – nein – nichts dergleichen! Es war eine geschäftliche Sache – die nicht einmal mich betraf, sondern einen Freund.«

Mit einem forschenden Blick auf ihre Gesprächspartnerin bückte sich Miss Silver zu ihrer Handtasche hinunter und wickelte den Faden von ihrem blauen Wollknäuel ab. Sie strickte ein paar Maschen und fragte dann, als wollte sie ein heikles Thema nicht weiter verfolgen:

»Sie sagten vorhin, Sie wurden ans Telefon gerufen, während Mr. Carr und Miss Bell sich die Zeitschriften anschauten, die Mr. Ainger Ihnen gebracht hatte. Da vielleicht die Zeitfrage eine wichtige Rolle spielen wird, kann möglicherweise Ihr Gesprächspartner Ihre Angaben bestätigen.«

»Fancy behauptet, es wäre zwanzig nach acht gewesen. Da sie ständig Radio hört, weiß sie auch immer die genaue Zeit. Sie sagte aus, Carr und ich hätten um halb neun das Haus verlassen.«

Miss Silver nickte.

»Das müßte auch Ihr Teilnehmer bestätigen können. Mit wem sprachen Sie am Telefon?«

»Mit Catherine Welby.«

»Und Ihr Gespräch dauerte zehn Minuten. Miss Cray – worüber sprachen Sie am Telefon?«

Rietta hatte das Gefühl, als würde ihr plötzlich der Boden unter den Füßen weggezogen. Lügen ist eine Kunst, die viel Übung erfordert. Ihr fehlte jede Praxis auf diesem Gebiet. Sie sah hilflos zu Miss Silver hinüber und suchte fieberhaft nach einem Ausweg. Dann fiel ihr keine bessere Antwort ein als:

»Wir redeten eben.«

»Über eine geschäftliche Angelegenheit?«

»Nun, ja – so kann man es bezeichnen.«

»Die Mr. Lessiter betraf?«

»Oh . . .«, sagte Rietta erschrocken.

Sie war so blaß und fassungslos, daß Miss Silver diese Antwort genügte. Sie strickte heftig, während sich in ihrem Verstand eine Reihe kleiner Umstände zu einer Kette zusammenschlossen: Catherine Welbys Blässe, die auch mit Schminke nicht zu verdecken war . . . Die Tatsache, daß James Lessiter auf dem Weg vom Torhaus zu Miss Crays Wohnung nicht von alten Zeiten geredet hatte, sondern von den Absichten seiner Mutter, die vermutlich Gegenstände aus ihrem Nachlaß betrafen . . . Das zehnminütige Telefongespräch mit Mrs. Welby über Geschäfte . . . Der zornige Abschluß eines Gesprächs zwischen Rietta Cray und James Lessiter, nachdem sie sich über Geschäfte unterhalten hatten – Geschäfte, die ›einen Freund‹ betrafen . . .

In diesem Zusammenhang tauchte immer wieder das Wort ›Geschäft‹ als gemeinsamer Nenner auf – Geschäfte, die mit James Lessiter und dem Nachlaß seiner Mutter zusammenhingen. Auch das, was ihre geschwätzige Freundin, Cecilia Voycey, berichtet hatte, sah sie nun in einem anderen Licht.

Ihre Nadeln klapperten heftig. Dann kam sie wieder auf den Regenmantel zurück:

»Sie sagten vorhin, Sie vergaßen Ihren Mantel, als Sie die Bibliothek in Melling House verließen, nicht wahr?«

»Ja.«

»Dann ist er jetzt vermutlich im Besitz der Polizei.«

Das Zögern, mit dem Miss Cray diese schlichte Feststellung mit einem »Ja« beantwortete, war so auffällig, daß Miss Silver sie mit einem durchbohrenden Blick musterte, ehe sie mit einem ermahnenden Hüsteln sagte:

»Warum fällt es Ihnen so schwer, diese Frage mit Ja zu beantworten? Sind Sie nicht sicher, ob die Polizei Ihren Mantel hat?«

Diesmal antwortete Rietta, ohne zu zögern:

»O ja, sie hat ihn.«

»Hat die Polizei Ihnen das mitgeteilt?«

»Sie nahm ihn mit – aus meiner Garderobe.«

»Sind Sie in die Bibliothek zurückgegangen, um ihn zu holen?«

Riettas Lippen bewegten sich, aber sie brachte keinen Ton heraus. Sie schüttelte den Kopf.

Miss Silver unterbrach einen Moment das Stricken und beugte sich vor.

»Miss Cray, Sie besitzen Informationen, die von elementarer Bedeutung für Ihren Fall sind. Sie können sie entweder weitergeben oder zurückhalten; aber wenn Sie mir nicht vertrauen, kann ich Ihnen nicht helfen.«

Und dann, nach einer kurzen, aber bedeutsamen Pause: »Wenn Sie den Mantel nicht zurückgebracht haben, kann es doch nur Mr. Carr gewesen sein.«

Rietta wurde so blaß, als hätte sie eine Ohrfeige bekommen. Dann errötete sie wie ein gescholtenes Kind.

»Ja. Sie haben recht, ich muß es Ihnen sagen. Sinnlos, zu glauben, daß es am Ende doch nicht ans Licht käme. Carr ging nach Lenton. Dort besuchte er Elizabeth Moore. Die beiden waren verlobt, ehe er Marjory, seine Frau, kennenlernte. Ich hoffte, es würde zu einer Versöhnung kommen, wenn sie sich wiedersahen. Sie passen nämlich so gut zusammen und mochten sich sehr. Marjory war ein Mißgriff – eine tragische Fehlentscheidung für alle Beteiligten. Gestern nacht ging Carr direkt zu Elizabeths Wohnung. Ich glaube, er hatte Angst, daß er eine Dummheit begehen könnte. Ich will ganz offen zu Ihnen sein – ich dachte an ein schreckliches Verbrechen, als er aus dem Haus stürmte. Aber ich täuschte mich. Er ging zu Elizabeth. Sie sind inzwischen wieder verlobt. Begreifen Sie nicht, daß er danach nicht mehr fähig zu einer Gewalttat war? Er war glücklich und zufrieden. Mit solchen Gefühlen bringt man niemanden um. Er wollte lediglich dieses Kapitel seines Lebens abschließen und es dann vergessen. In dieser Absicht ging er ins Herrenhaus und entdeckte dort die Leiche.«

»Warum ging er ins Herrenhaus?«

»Ich habe ihn danach gefragt. Er hielt es für eine ganz natürliche Sache, ein Lebenskapitel abzuschließen und James zu sagen, daß er jetzt über ihn Bescheid wisse. Damit sie sich später mit Anstand aus dem Weg gehen konnten, wie er es nannte.«

»Ich verstehe«, sagte Miss Silver.

Rietta hob die Hand an den Kopf und preßte ihre schlanken Finger gegen die Schläfe.

»Er ging ins Herrenhaus und fand James tot an seinem Schreibtisch. Der Regenmantel hing über einem Sessel. Der ganze Ärmel war voller Blut.« Ihre Stimme wurde gepreßt und tonlos. »Miss Silver, Sie fragten mich, ob ich überzeugt sei, daß Carr nicht der Mörder wäre. Ich bin völlig überzeugt; und ich kann Ihnen auch sagen, warum. Er dachte, ich hätte die Tat begangen. Er kam mit dem Regenmantel hierher und stellte mich zur Rede.« Ihre Hand fiel in ihren Schoß zurück. »Ich bin mir nicht sicher – wirklich nicht sicher –, ob er immer noch so denkt. Wenn er Zweifel hat, dann mit seinem Verstand, nicht mit seinen Gefühlen. Deswegen versuchte er auch, die Blutflecke aus dem Mantel zu waschen.«

»Gütiger Himmel!« sagte Miss Silver. Zwei an sich milde Worte, die aber mit einem schweren Tadel befrachtet waren.

Rietta holte tief Luft.

»Die ganze rechte Seite war naß, als die Polizei heute morgen kam und den Mantel mitnahm.«

Miss Silver hüstelte.

»Wenn Sie den Stoff nicht sehr gründlich ausgewaschen haben, wird man Spuren von Blut finden. Und Sie sind fest davon überzeugt, daß die Blutflecke auf Ihrem Mantel nicht nur von Ihrer Verletzung am Handgelenk herrühren konnten?«

Rietta erschauerte. Sie antwortete:

»Der ganze Ärmel hatte sich mit Blut *vollgesogen.*«

KAPITEL 26

Miss Silver blieb bis kurz nach drei. Als sie ihre Pelzkrawatte umband und ihren Mantel wieder anzog, hatte sie die linke Seite des Strampelhöschens für die kleine Josephine Burkett bereits fertiggestrickt und von den Nadeln abgenommen.

In professioneller Hinsicht hatte sie nun eine sehr genaue Vorstellung dessen, was gestern abend passiert war, soweit Rietta Cray Kenntnis davon besaß. Ein sehr kurzes Gespräch mit Fancy hatte noch ein paar Details zutage gefördert. Fancy war tatsächlich nur zu gerne bereit, sich bei jemandem auszusprechen, der nicht der Polizei angehörte. In den Kreisen, in denen sie aufgewachsen war, hatten auch rechtschaffene Leute Mißtrauen vor der Polizei und wollten nicht als deren Freunde gelten.

Wenn Leute in einem Bezirk so zusammengepfercht wohnen, sind auch ihre Interessen und Lebensgewohnheiten eng miteinander verknüpft. Eine Berührung pflanzt sich dort durch das ganze Gewebe fort – und die Leute halten sofort zusammen. Es wäre Fancy nie eingefallen, daß ein Freund sie an die Polizei verraten könnte. Deshalb erzählte sie auch ganz unbekümmert, wie die Entdeckung von James Lessiters Fotografie auf Carr Robertson gewirkt hatte:

»Er sah schrecklich aus – so weiß wie ein Laken. Er hätte ungeschminkt als Gespenst auftreten können. Und als Miss Cray ins Zimmer zurückkam, rief sie: ›Carr!‹, so erschrocken war sie. Er sah ja wirklich zum Fürchten aus. Und als sie ihm die Hand auf den Arm legte, bemerkte er es gar nicht, sondern deutete nur auf das Bild. Und dann fragte er: ›Ist das James Lessiter?‹, und Miss Cray sagte: ›Ja.‹ Und er sagte: ›Das ist der Mann, der mir Marjory stahl.‹ Das war seine Frau gewesen, müssen Sie wissen. Aber wenn Sie mich fragen, kann er froh sein, daß er sie loswurde. Dann stürmte er aus dem Haus und warf die Tür zu. Ich habe ihn noch nie so wütend erlebt.«

Miss Silver hatte sie mit einem Hüsteln unterbrochen und sich erkundigt, ob Fancy diese interessanten Einzelheiten Superintendent Drake mitgeteilt habe. Mit flammender Empörung, daß ihre pfirsichfarbene Haut die Farbe wilder Heckenrosen annahm, hatte sie gesagt:

»O nein, Miss Silver! Das habe ich nicht. Die locken einem manchmal Sachen heraus, die man nicht sagen wollte. Das habe ich ihm nicht erzählt.«

Da Carr Robertson gleich nach dem Lunch das Haus verlassen hatte, konnte ihn Miss Silver nicht interviewen. Aber sie hatte auch ohne ihn schon genug Stoff zum Nachdenken.

Als sie den Dorfanger überquerte, sah sie Mr. Ainger aus dem Pfarrhaus kommen und in den Weg einbiegen, der um den Dorfteich herumlief. Er endete an der Stelle, die nur einen Katzensprung weit von Miss Crays Gartentor entfernt war. Vielleicht wollte er jemand in den Siedlerhäuschen besuchen, die am Wegrand lagen; vielleicht wollte er aber auch zu Miss Rietta. Im letzteren Fall hoffte sie, daß er sich taktvoll benehmen würde. Ihrer Erfahrung nach waren Männer selten taktvoll – verliebte Männer nie.

Laut Cecilia Voycey war der Vikar in Miss Cray verliebt. Wenn sie in ihn verliebt gewesen wäre, hätte sie ihn vermutlich

154

schon vor Jahren geheiratet. Und wenn sie ihn nicht liebte, dann war das letzte, wonach sie jetzt verlangte, eine neue Aufregung.

Miss Silver schüttelte sacht den Kopf, während sie fürbaß schritt. Bei all ihrer Wertschätzung männlicher Tugenden und bei großzügigster Nachsicht männlichen Schwächen gegenüber hatte sie oft selbst erlebt, wie schrecklich Männer sein konnten, wenn sie mit den Nerven herunter waren.

In etwa das gleiche Gefühl hatte Rietta Cray, als sie ihrem Besucher die Tür öffnete. Er war zielstrebig darauf zugegangen, hatte den Türklopfer betätigt wie einen Schmiedehammer und dann, als Rietta im Türrahmen erschien, ihren Arm genommen und war mit ihr ins Wohnzimmer marschiert, wo er mit empörter Stimme ausrief:

»Was für einen Unsinn die Leute über dich reden!« Und dann, als das Licht auf ihr Gesicht fiel und er sah, wie weiß und wie angespannt es war, nahm er ihre Hände in die seinen und fuhr etwas leiser fort: »Meine teure Rietta – du darfst dir das nicht so zu Herzen nehmen. Nur ein absoluter Hohlkopf könnte auf die Idee kommen, dich mit dieser Sache in Verbindung zu bringen . . .«

Seine Stimme hatte wieder die Lautstärke eines Kanzelpredigers erreicht: ein für ihre vier Wände viel zu kräftiges Organ. Er hielt immer noch ihre Hände fest. Sie entzog sie ihm mit Mühe und sagte:

»Vielen Dank, Henry.«

»Wie kann man dir etwas so Abscheuliches zutrauen? Nur weil du den Mann vor einem Vierteljahrhundert gekannt hast!«

Die Worte hallten düster in Riettas Ohren wider. Ein Vierteljahrhundert – wie welk, wie trocken, wie melancholisch das klang! Sie zwang sich zu einem schwachen Lächeln.

»Wenn man dich hört, könnte man denken, ich wäre so alt wie Methusalem.«

Er schob ihren Einwand mit einer energischen Handbewegung zur Seite.

»Nur, weil du diesen Burschen so lange gekannt hast!«

»Nicht nur deswegen, Henry. Ein bißchen mehr ist schon daran, fürchte ich. Denn ich habe noch kurz, bevor es passiert sein mußte, mit ihm gesprochen. Wir stritten uns, und ich ließ meinen Mantel bei ihm zurück. Als ich ihn wiedersah, war er – ganz voller Blut. Ich habe den blödsinnigen Versuch gemacht, die Blutflecke zu entfernen, und – nun, die Polizei fand ihn noch naß in meiner Garderobe und nahm ihn mit. Deshalb mußten sie mich verdächtigen. Der arme James verfaßte ein Testament zu meinen Gunsten, als wir noch verlobt waren. Er zeigte es mir gestern abend und sagte, er habe nie ein anderes aufgesetzt. Mrs. Mayhew lauschte an der Bibliothekstür und hörte, was er sagte. Selbst du müßtest mich unter diesen Umständen verdächtigen. Aber ich habe ihn nicht umgebracht, Henry.«

»Das brauchst du mir gar nicht erst zu versichern.« Er fuhr sich mit den Händen durch die dichten blonden Haare, daß sie senkrecht in die Höhe standen. »Du brauchst einen Rechtsbeistand – den besten Rechtsanwalt, den wir auftreiben können. Du sagst, dein Mantel wäre voller Blut gewesen, als du ihn wiedersahst? Dann muß ihn doch jemand ins Haus zurückgebracht haben. Ist das Carr gewesen?«

»Henry – mehr kann ich dir nicht sagen.«

»Du versuchst, jemand zu schützen. Das würdest du nur für Carr tun – in einem so schwerwiegenden Fall. Weißt du, was man sich im Dorf erzählt? James Lessiter soll mit Carrs Frau durchgebrannt sein. Ist das wahr? Versuchst du, Carr zu decken?«

»Henry – *bitte* . . .«

»Ist es wahr?«

Er sah sie mit seinen blauen Augen an wie ein wütender Erzengel. Sie erwiderte mit müder, tonloser Stimme:

156

»Carr ist es genausowenig gewesen wie ich. Mehr kann ich dir nicht sagen.«

Sie wich vor ihm zurück, bis sie einen Stuhl fand, auf den sie sich fallen ließ. Die Möbel und Henry wurden zu seltsamen Nebelgebilden, die sich wechselnd auflösten und wieder verfestigten. Und im nächsten Moment lag Henry vor ihr auf den Knien, küßte ihre Hände, klagte sich an und gestand ihr seine unsterbliche Zuneigung:

»Du hast es nie gewollt, aber nun brauchst du es – Rietta, jetzt brauchst du mich. Du brauchst jemand, der für dich aufsteht und deine Schlachten schlägt. Wenn du mir nur das Recht dazu geben wolltest! Laß mich unsere Verlobung von der Kanzel verkünden und öffentlich für dich eintreten! Das würde dieses blödsinnige Testaments-Motiv aus der Welt schaffen! Ich bin selbst nicht ganz unvermögend, wie du weißt – außerdem habe ich von meinem alten Onkel Christopher eine Menge Geld geerbt. Genug, um damit dieses Motiv hinwegzuwischen! Und ich würde auch nicht verlangen, daß du mit Dagmar zusammenleben solltest – ich weiß, wie schwierig sie ist. Ich könnte ihr eine Rente aussetzen. Vielleicht gibst du ihr dein Haus zur Miete, wenn du in die Pfarrei umziehst.«

»Henry, um Himmels willen! Du kannst mir doch keinen Heiratsantrag machen, jetzt, wenn ich halb ohnmächtig bin!«

Das schreckte ihn nicht ab. Er ließ zwar ihre Hände los, blieb aber auf den Knien.

»Mir scheint eher, daß ich dich damit wieder zu dir brachte!« Und dann: »Oh, Rietta – willst du mich heiraten?«

Die Vorstellung, daß Dagmar Ainger in ihr Haus einziehen sollte, hatte eine wiederbelebende Wirkung. Nun konnte sie ihm die bittere Wahrheit sagen:

»Ich sollte mich eigentlich bei dir bedanken, doch ich kann das nicht. Ich mag dich, aber ich liebe dich nicht. Ich empfinde nicht einmal Dankbarkeit. Ich fühle gar nichts – weil ich zu müde bin. Bitte, laß mich jetzt allein.«

Er starrte sie an, enttäuscht. Aber dann kam es hartnäckig von seinen Lippen:

»Es muß doch etwas geben, was ich für dich tun kann. Warum erlaubst du nicht, daß ich dir helfe? Selbst wenn du mich haßt, kannst du doch meine Hilfe annehmen.«

»*Bitte,* Henry . . .«

Er stand auf. Er blickte verwirrt und enttäuscht auf sie hinunter.

»Selbst wenn du mich haßt, kannst du doch meine Hilfe annehmen«, wiederholte er bewegt.

Ihre Meinung schlug um. Er wollte ihr nur helfen? Warum sollte sie ihm weh tun? Sie sagte:

»Henry, sei nicht albern. Selbstverständlich hasse ich dich nicht – du zählst doch zu meinen besten Freunden. Und ich bin nicht – nicht undankbar – nicht eigentlich. Wenn du etwas für mich tun kannst, soll es mir recht sein. Es ist nur die augenblickliche Müdigkeit – ich bin tatsächlich zu müde zum Reden. Bitte, das mußt du verstehen. Nun geh . . .«

Er hatte so viel Verstand, daß er ging.

An diesem Abend bekam Miss Silver einen Anruf. Mrs. Voycey, der das hartnäckige Klingeln auf die Nerven ging, nahm ab und hörte eine angenehme Männerstimme, die sich nach Miss Silver erkundigte.

»Ich bin ein ehemaliger Schüler von ihr – Randal March.«

Miss Silver legte ihr Strickzeug beiseite, stand auf und ließ sich den Hörer geben.

»Guten Abend, Randal. Wie nett, deine Stimme zu hören. Eine sehr ausdrucksvolle Stimme, wenn ich mir die Bemerkung erlauben darf.«

»Vielen Dank, ich gebe dir das Kompliment zurück. Ich

habe morgen beruflich in Melling zu tun. Dabei möchte ich nicht versäumen, dir meine Aufwartung zu machen. Es ist ein bißchen schwierig für mich, den genauen Zeitpunkt festzulegen. Ich denke, vor halb vier schaffe ich es nicht.«

»Ich werde zu Hause sein. Mrs. Voycey hat, glaube ich, einen Termin im Rathaus. Sie wäre aber sehr böse, meine ich, wenn du nicht Tee mit mir trinken würdest.«

»Vielen Dank«, sagte er und legte auf, ohne ihr Zeit zu lassen für eine warme Empfehlung an seine Mutter und Schwestern, mit der sie das Gespräch abgerundet hätte.

Sie kehrte in das Wohnzimmer zu ihrem Strickzeug zurück und setzte Mrs. Voycey von dem Inhalt des Gespräches in Kenntnis. Sie mußte viel Takt und Überredungskunst aufwenden, um Cecilia Voycey davon abzuhalten, ihre Verabredung schießen zu lassen. Selbstverständlich hätte sie nur zu gerne die Gastgeberin für den Chefkonstabler gespielt.

Miss Silver, die die linke Seite des Strampelhöschens für die kleine Josephine fast beendet hatte, gab ihrer Schulfreundin recht:

»Man kann sich ja leider nicht zerreißen, wenn man an zwei Orten zugleich sein will. Aber du bist die Vorsitzende des Hausfrauenbundes, und das ist ein wichtiger Posten, wenn Weihnachten vor der Tür steht. Wer könnte dich denn als Präsidentin vertreten? Vielleicht Miss Ainger . . .«

Cecilia Voycey verfärbte sich.

»Aber meine liebe Maud!« rief sie.

Miss Silver hüstelte.

»Ich dachte, meine Liebe, du hältst sie für eine tüchtige Person.«

»Ich werde nie ihre Tüchtigkeit anzweifeln«, sagte Mrs. Voycey, »ich spreche ihr diese Eigenschaft niemals ab, aber sie ist ein absoluter Spielverderber. Mit Tüchtigkeit kann man Leute nicht unterhalten! Wenn wir ein Krippenspiel einstudieren, wollen wir auch unseren Spaß dabei haben. Dagmars Vorstellung von Unterhaltung besteht im Rumkommandieren, bis sie alle die Lust verlieren und so steif herumstehen wie Figuren auf einem Schachbrett. Nein, nein – so gern ich den Termin absagen würde, ich kann es nicht riskieren. Ich bin die einzige, die der Sache wirklich gewachsen ist.«

Und da Miss Ainger ein so dankbares Thema war, weidete sie es noch eine Weile aus, ehe sie schloß:

»Wie Henry es mit ihr aushält, ist mir unbegreiflich!

Natürlich kann er sich ja immer damit herausreden, er müsse eine Predigt schreiben, und deswegen sein Studierzimmer abschließen!«

Miss Silver meinte milde, es sei ein schwerer Fehler, sich in die Angelegenheiten anderer Leute einzumischen. Dann verließ sie das Thema und lenkte das Gespräch in einer unverfänglichen Weise auf Catherine Welby.

»Eine sehr hübsche Frau. Miss Cray stellte sie mir vor. Ist sie schon lange verwitwet?«

»O ja.« Mrs. Voycey war vollgestopft mit Informationen. »Natürlich glaubten wir alle, sie sei für ihr Leben versorgt, als sie Edward Welby heiratete. Aber er starb und hinterließ ihr nichts als Schulden. Ich weiß nicht, was aus ihr geworden wäre, wenn Mrs. Lessiter ihr nicht das Torhaus überlassen hätte.«

»Ich könnte mir denken, daß sie Melling langweilig findet.«

»Meine liebe Maud, das tut sie zweifellos, aber wo sonst könnte sie so billig leben wie hier? Während des Krieges wohnte sie auch nicht hier, sondern hatte einen angenehmen Job im Kriegsministerium. Ich glaube, sie hat dort einen Dienstwagen chauffiert. Auch Mrs. Lessiters Wagen hat sie oft benützt. Natürlich dachten wir alle, sie würde wieder heiraten, und sie war wohl auch so gut wie verlobt. Aber das ging in die Brüche, weil der Mann ins Ausland versetzt wurde und dort umkam – so hat man es mir jedenfalls erzählt. Und dann wurde ihr auch der Job gekündigt, und sie kam hierher zurück. Doris Grover meint, sie bekäme noch eine Menge Briefe aus Indien, und so ist vielleicht aus dieser Richtung doch noch etwas zu erwarten. Sie fährt auch sehr häufig in die Stadt. Es wäre wirklich viel besser, wenn sie wieder heiraten würde.«

Miss Silver nahm die hellblauen Maschen für den rechten Ärmel auf.

KAPITEL 27

Der Chefkonstabler legte die gebündelten Berichte auf den Tisch, die Superintendent Drake ihm vorgelegt hatte. Es würde für ihn ein unangenehmer und strapaziöser Tag werden. In seinen Augen war Drake ein ehrgeiziger Streber und außerordentlich unsympathisch. Er ließ sich das aber nicht anmerken.

Drake, der sich gern reden hörte, fuhr mit seiner Theorie fort:

»Wie Sie im Bericht des Gerichtsmediziners nachlesen können, ist der Tod irgendwann zwischen neun und elf Uhr abends eingetreten. Wir wissen allerdings, daß er um neun noch lebte, denn da hatte Mrs. Mayhew ihn in der Bibliothek sprechen hören. Wenn wir wüßten, wann er seine letzte Mahlzeit eingenommen hat, könnten wir den Zeitraum etwas einengen; aber Mrs. Mayhew hatte nur eine kalte Platte vorbereitet, und wann er davon aß, wissen wir nicht. Jedenfalls kann er nicht später als elf tot gewesen sein. Mrs. Mayhew sah Viertel vor zehn den blutbefleckten Regenmantel auf dem Sessel. Das bedeutet, daß er ungefähr schon eine halbe Stunde tot gewesen sein muß. Wenn dem so ist, verschafft Miss Moores Aussage Mr. Robertson ein Alibi – er war bis neun Uhr fünfzig in ihrer Wohnung. Aber ich habe mir Mrs. Mayhew noch einmal vorgenommen, und sie sagte, es kann gar nicht so viel Blut an dem Ärmel gewesen sein, als sie den Mantel sah. Da war nur ein roter Rand am Saum, aber keinesfalls ein mit Blut getränkter Ärmel. Und das würde sich wieder mit dem Kratzer an Miss Crays Handgelenk vertragen.

So, wie ich den Fall jetzt sehe, ist Miss Cray, wie sie zu Protokoll gab, um Viertel nach neun nach Hause gekommen. Miss Bell bestätigte das. Wir wissen nicht, warum sie den Regenmantel in der Bibliothek vergaß. Ich vermute, daß es entweder Streit gab und sie so wütend war, daß sie nicht mehr an den Mantel dachte, oder vielleicht wollte er ihr zu nahe treten, sie wurde nervös und lief davon. Nun gibt es meiner Meinung nach nur zwei Möglichkeiten: Entweder beschäftigte sich die Cray in Gedanken mit dem Testament und der halben Million, die sie erben könnte, und dabei fällt ihr der Regenmantel wieder ein. Sie geht zurück in die Bibliothek. Mr. Lessiter sitzt am Schreibtisch. Sie zieht ihren Regenmantel an, geht um den Tisch herum zum Feuer, als wollte sie sich dort aufwärmen, nimmt den Schürhaken und – die Folgen kennen wir ja. Dann geht sie wieder nach Hause und wäscht den Mantel aus. Er hatte eine Wäsche ja auch dringend nötig!«

Der Chefkonstabler schüttelte den Kopf.

»Unmöglich!«

»Das würde ich nicht sagen, Sir. Es ist durchaus plausibel, daß es sich so abgespielt haben kann. Nach meiner anderen Theorie machte Mr. Robertson auf dem Rückweg von Lenton einen Abstecher in die Bibliothek. Er trifft dort ungefähr um halb elf ein und sieht den Regenmantel auf dem Sessel – ein altes Kleidungsstück, das ihm selbst gehörte, wie Sie sich erinnern werden. Er erkennt es, wie Mrs. Mayhew, am Futter. Rufen Sie sich in Erinnerung, daß er laut Aussage von Miss Moore keinen Mantel getragen hat. Er nimmt ihn also vom Sessel und zieht ihn an. Nun braucht er nur noch einen Vorwand, um zum Kamin zu gehen. Es war eine bitterkalte Nacht, und er war stundenlang im Freien gewesen, also möchte er sich jetzt aufwärmen. Nun steht er hinter dem Opfer, den Schürhaken in der Hand.«

Randal March lehnte sich in seinem Stuhl zurück.

»Ist das nicht alles ein bißchen zu einfach, Drake? Wissen Sie, was mir an Ihren Theorien auffällt?«

»Nein, Sir.«

»Dann werde ich es Ihnen sagen. Mir fällt die Seelenruhe von Mr. Lessiter auf. Da kommt ein junger Mann zu ihm, den er fürchten muß – immer vorausgesetzt, daß James Lessiter tatsächlich der Verführer von Robertsons Frau war –, und das war er doch nach Ihrer Theorie, nicht wahr? Und Sie räumten ebenfalls ein, daß Miss Cray nur in die Bibliothek des Herrenhauses ging, um James Lessiter zu warnen. Wenn wir also annehmen, daß Carr eben erst die wahre Identität des Verführers seiner Frau entdeckt hatte und daß James Lessiter eben erst gewarnt worden war, daß Carr ihn als Entführer seiner Frau entlarvt hatte – sind Sie dann wirklich der Meinung, daß das Zusammentreffen der beiden sich auf eine Weise abgespielt haben kann, wie Sie in Ihren Theorien ausführten? Daß Carr Robertson gemütlich hereinkommt, sich seinen Regenmantel anzieht, zum Kamin geht, um sich aufzuwärmen? Während James Lessiter seelenruhig am Tisch sitzen bleibt und ihm den Rücken zukehrt? Ich fürchte, das alles ist psychologisch absolut unglaubwürdig.«

»Dann ist es Miss Gray gewesen.«

»Die eine Zeugin hat, die beweist, daß sie um Viertel nach neun in ihr Haus zurückkehrte. Und Mrs. Mayhew sagte aus, der Regenmantel hätte um Viertel vor zehn nur einen blutigen Rand an der Manschette gehabt.«

»Dann blieb ihr mehr als eine Stunde Zeit, in die Bibliothek zurückzugehen, Lessiter zu töten und den Mantel mitzunehmen.«

»Aber Sie haben keinen Beweis für diese Annahme.«

Drake sah ihn mit schmalen Augen an.

»Der Regenmantel hing in der Flurgarderobe, Sir. Er kann nicht von selbst dorthin gekommen sein.«

Ein kurzes Schweigen folgte. Drake dachte: Er will sie mit allen Mitteln reinwaschen. Immer das gleiche mit diesen Leuten – ein Mord, nein, so was kommt in ihren Kreisen nicht vor. Aber die Zeiten sind vorbei, wo man so etwas vertuschen kann! Er fuhr mit seinem Bericht fort:

»Mr. Holderness – er war Mr. Lessiters Anwalt und vertritt jetzt Mr. Robertson. Vermutlich auch Miss Cray . . .«

»Ja, ich kenne ihn.«

»Er besuchte mich heute morgen. Mr. Robertson erwähnte ihm gegenüber einen Vorfall, den er uns zur Kenntnis bringen wollte. Die Mayhews haben einen Sohn, ungefähr zwanzig Jahre alt, der in London arbeitet. Mr. Robertson behauptet, er habe ihn am Abend der Bluttat aus dem 6-Uhr-30-Zug in Lenton aussteigen sehen. Er und Miss Bell befanden sich ebenfalls in diesem Zug. Es kann sich um ein Versehen oder um eine Schutzbehauptung handeln, aber Mr. Robertsons Beobachtung wird durch eine andere Aussage bestätigt. An ihren freien Tagen halten sich die Mayhews immer bei ihren Verwandten in Lenton auf – einem Ehepaar White, das einen Tabakladen in der Cross Street Nummer 16 betreibt. Wir haben überprüfen lassen, ob die Mayhews sich am Mittwoch vor der Mordnacht dort aufgehalten haben. Sie erinnern sich, daß Mrs. Mayhew vorzeitig mit dem 6-Uhr-Bus nach Hause zurückkehrte. Whitcombe hat mit dem Jungen des Ehepaares White gesprochen – mit Ernie White, siebzehn Jahre alt, der seinem Vater im Laden hilft. Er hat den Jungen befragt, ob er am Mittwoch seinen Vetter, Cyril Mayhew, gesehen habe. Wie sich herausstellte, hat sich Cyril Mayhew am Mittwoch von dem jungen Ernie ein Fahrrad geborgt. Er sagte ihm, sein Vater habe ihm das Haus verboten. Er wolle rasch nach Melling hinüber, um seine Mutter zu besuchen.«

Der Chefkonstabler richtete sich im Sessel auf.

»Warum hat Mayhew ihm das Haus verboten?«

»Na ja, der Junge kam mit dem Gesetz in Konflikt. Er soll Geld aus der Kasse seines Arbeitgebers genommen haben. Er wurde verurteilt, bekam aber Bewährungsfrist. Der Bewährungshelfer besorgte ihm einen anderen Job, aber seither duldet Mayhew seinen Sohn Cyril nicht mehr in seinem Haus. Er ist ein sehr angesehener Mann und hat äußerst strenge Ansichten, was Recht und Ordnung betrifft. Jedenfalls wissen wir, daß Cyril Mayhew sich am Mittwoch von seinem Vetter ein Fahrrad borgte und Mrs. Mayhew mit dem 6-Uhr-40-Bus nach Melling fuhr. Zweifellos nicht, weil sie Kopfschmerzen hatte, sondern weil sie ihren Sohn erwartete. Mr. Holderness befindet sich zur Zeit mit seinem Kanzleivorsteher und Konstabler Whitcombe in Melling House, um das Inventar zu überprüfen. Auf meinem Weg hierher blickte ich dort kurz hinein und hörte, daß ein paar Figuren in der Bibliothek vermißt werden.«

»Figuren?«

Drake blickte auf seine Notizen.

»Vier Figuren – die vier Jahreszeiten . . .«

»Eigenartig, daß sich ein Dieb für so etwas interessiert. Woraus waren sie gemacht – aus Porzellan?«

»Nein, Sir, sie waren vergoldet. Ich erkundigte mich bei Mrs. Mayhew, und sie meint, die Figuren noch am Mittwochmorgen in der Bibliothek gesehen zu haben. Sie sagt, es wären solche Figuren, wie man sie im Museum besichtigen kann – leicht geschürzte junge Damen. Jede ungefähr fünfzehn Zentimeter hoch.«

Der Chefkonstabler unterdrückte ein Lächeln.

»Sie mögen wertvoll sein, aber wertvoll nur für einen Kenner und für einen sehr beschränkten Markt. Natürlich gibt es Leute, die sich für so etwas interessieren. Der Junge hat vielleicht Kontakt mit solchen Kreisen. Was sagt denn Mrs. Mayhew dazu?«

»Sie bestreitet, daß ihr Sohn Mittwoch abend bei ihr gewesen ist. Das war zu erwarten. Sie weinte und sagte, sie habe ihn seit einem halben Jahr nicht mehr gesehen. Das ganze Dorf weiß, daß das nicht stimmt. Nach allem, was im Dorf geredet wird, hat er sie regelmäßig besucht. Ernie White gab außerdem zu, daß er Cyril nicht zum erstenmal sein Fahrrad geliehen hat.«

March dachte nach. Dann sagte er:

»Ich meine, wir sollten auch Miss Cray darüber befragen. Sie wird wissen, ob die Figuren noch auf dem Kamin standen, als sie um Viertel nach neun das Haus verließ.«

»Daran dachte ich auch schon, Sir. Inzwischen erkundigen sich die Kollegen in London, ob der junge Mayhew an seine Arbeitsstelle zurückgekommen ist. Ich bekam seine Adresse von Mrs. Mayhew – er ist bei einer Firma in Kingston beschäftigt. Die Kollegen sollen ihn vorläufig nur beschatten. Besser, er bleibt ahnungslos, solange wir nicht mehr wissen.«

»Gut, Drake.« March sah auf seine Armbanduhr. »Wenn wir vor unserer Hausbesichtigung noch Miss Cray sprechen wollen, sollten wir jetzt lieber aufbrechen.«

KAPITEL 28

Es war wieder eine schlaflose Nacht gewesen, in der sie sich ihres Unglücks nur halb bewußt war. Rietta Cray sah an diesem Morgen noch blasser aus, allerdings hatte sie ihre angespannten Nerven fest unter Kontrolle. Sie öffnete die Tür für den Chefkonstabler und Superintendent Drake und mußte nicht erst daran erinnert werden, daß es sich um einen offiziellen Besuch handelte. Das Verhör war für sie ein Trauma, das sie in Alpträumen bis zu ihrem Lebensende verfolgen würde.

Sie gingen ins Wohnzimmer, und Drake zog ein Notizbuch hervor. Randal nahm an der einen Seite des Tisches Platz, sie saß ihm gegenüber. Sie kannte ihn schon seit seinem zehnten Lebensjahr, seit er in Lenfold wohnte, das nur fünf Meilen entfernt war. Sie hatten sich oft gesehen, und aus jahrzehntelanger guter Bekanntschaft war eine sehr tiefe und innige Freundschaft geworden. Sie spürten beide eine wachsende Zuneigung füreinander und wußten, wohin das führen konnte.

Doch jetzt, mit dem Tisch zwischen ihnen, waren sie Fremde – der Polizeichef der Grafschaft und eine blasse, angespannte Frau, die Hauptverdächtige in einem Mordfall.

Ein Status, der für sie kaum zu ertragen war. Doch selbst unter diesen deprimierenden Umständen behandelten sie sich mit dem ihnen zukommenden Respekt und bewahrten die gesellschaftliche Form. Mr. March entschuldigte sich bei Miss Cray für die Störung, und Miss Cray antwortete, daß sie sich nicht gestört fühlte.

Betroffen darüber, wie nahe ihm das Ganze ging, fuhr Randal March fort:

»Wir dachten, Sie könnten uns vielleicht helfen. Sie kennen sich doch gut aus im Herrenhaus, nicht wahr?«

»Ja«, sagte sie mit ihrer tiefen Stimme.

»Können Sie uns den Kaminsims in der Bibliothek beschreiben?«

Sie antwortete leicht verwundert:

»Natürlich. Er trägt eine von diesen schweren schwarzen Marmorplatten.«

»Ohne Dekor?«

»Nein. Eine Uhr und vier vergoldete Statuetten . . .«

»Vier vergoldete Statuetten?«

»Ja – die vier Jahreszeiten.«

»Miss Cray, können Sie uns sagen, ob diese Statuetten am Mittwochabend noch dort standen?«

Die Frage kam für sie gänzlich überraschend. Rietta sah die Bibliothek wie ein hellbeleuchtetes Bild vor sich – James unter der Deckenbeleuchtung mit wachsamen, spöttischen Augen – die Asche ihrer verbrannten Liebesbriefe auf dem Rost – seine Mutter, eine gutaussehende Matrone im weißen Seidenkleid und mit dem Fächer aus Straußenfedern, die auf sie herunterschaute – die Statuetten in anmutiger Pose als goldene Reflexe auf schwarzem Marmor.

Sie antwortete:

»Ja, sie standen auf dem Kaminsims.«

»Und Sie sind sich absolut sicher, daß sie immer noch dort standen, als Sie um Viertel nach neun die Bibliothek verließen?«

»Absolut sicher!«

Es folgte eine Pause. Wie schrecklich blaß sie aussah! Sie blickte ihn an, als sähen sie sich zum erstenmal. Er war weder ihr Freund noch ihr Liebhaber, er war nicht einmal ein Mann, sondern ein Beamter der Polizei. In diesem schrecklichen Moment wurde er sich zum erstenmal ganz klar bewußt, daß seine Gefühle für Rietta mehr waren als Freundschaft.

Er sagte:

»Können Sie uns etwas über diese Figuren sagen?«

Sie schien in Gedanken weit weg gewesen zu sein. Irgend etwas Dunkles trat in ihre Augen. Sie erinnert sich an etwas, dachte er und spürte einen scharfen, unerklärlichen Schmerz in der Herzgegend.

»Ja – es ist eine florentinische Arbeit – aus dem sechzehnten Jahrhundert, glaube ich.«

»Dann sind sie also wertvoll.«

»Sehr wertvoll.« Und dann, nach einer kurzen Pause: »Warum fragen Sie mich danach?«

»Weil sie verschwunden sind.«

»Oh!« sagte Rietta, und ihr Gesicht bekam etwas Farbe.

»Mr. Holderness macht gerade Bestandsaufnahme und teilt uns mit, daß er die Figuren vermisse. Vielleicht bringen Ihre Angaben uns auf die Spur der vermißten Gegenstände.«

Er wirkte jetzt verändert, sachlicher, gefaßter. Sie sagte zögernd:

»Sie wissen vermutlich, daß sie aus Gold sind?«

»Gold!« Drake blickte ruckartig hoch, als er dieses Wort wiederholte.

»Sind Sie sicher?« fragte March.

»O ja, absolut sicher. Mrs. Lessiter hat es mir selbst gesagt. Sie hatte sie von einem Onkel, einem Kunstsammler, geerbt. Es waren Kostbarkeiten, die eigentlich in ein Museum gehörten.«

»Und solche wertvollen Stücke stellte sie einfach auf den Kamin?«

»O ja. Sie sagte, gerade dann käme niemand auf die Idee, sie für besonders wertvoll zu halten.«

Der Superintendent warf mit ziemlich schroffer Stimme ein: »Sie waren nicht einmal versichert!«

Rietta betrachtete ihn mit ihrem Pallas-Athene-Blick.

»Mrs. Lessiter hatte keine hohe Meinung von Versicherungen. Sie sagte, die kosteten nur viel Geld und brächten nichts ein. Wenn sie ihre Wertsachen auflistete, würde sie die Menschheit doch nur auf ihre kostbaren Stücke aufmerksam machen. Sie behielt zwar die Versicherung, die ihr Mann auf das Haus und die Möbel abgeschlossen hatte, doch ihre eigenen Sachen kümmerten sie nicht. Sie besaß noch ein paar sehr wertvolle Miniaturen und andere Kostbarkeiten. Sie sagte, wenn sie sie einfach herumliegen ließe, gewöhne sich jeder daran; je häufiger aber sie die Sachen wegschlösse und einen Wirbel darum mache, um so größer wäre die Wahrscheinlichkeit, daß man sie ihr stehle.«

March fragte stirnrunzelnd:

»Und die Mayhews wissen, daß diese Figuren aus Gold waren?«

»Ich denke, ja. Schließlich wohnen sie ja schon so lange im Haus.«

»Wurde ihr Sohn in Melling House großgezogen?«

»Ja, er besuchte in Lenton die Oberschule. Er war ein recht intelligenter Schüler.«

»Würde er den Wert der Figuren gekannt haben?«

»Woher soll ich das wissen?« Sie sah jetzt wieder bestürzt aus und blickte von einem Beamten zum anderen. »Warum fragen Sie mich das?«

Randal March antwortete:

»Cyril Mayhew war am Mittwochabend in Melling, und seither sind die Figuren verschwunden.«

KAPITEL 29

Es war kurz nach halb drei, als Mrs. Crook den Chefkonstabler in Mrs. Voyceys Wohnzimmer führte. Miss Silver erhob sich und ging ihm erfreut entgegen. Wenn sie jetzt diesen großgewachsenen selbstbewußten Mann betrachtete und ihn mit dem schmächtigen, eigenwilligen kleinen Jungen verglich, der sich keiner Disziplin beugen wollte, bis man sie als Privatlehrerin engagierte und sie ihn mit der ihr eigenen Mischung aus Einfühlungsvermögen und Festigkeit auf den richtigen Weg brachte, konnte sie recht zufrieden sein.

»Mein lieber Randal – wie nett von dir, daß du mich hier aufsuchst!«

Er bedankte sich mit einem liebenswürdigen, aber flüchtigen Lächeln. Das Eingangsritual nahm seinen Fortgang:

»Wie geht es deiner Mutter? Ich habe erst letzte Woche einen

Brief von ihr bekommen. Sie ist eine sehr gewissenhafte Korrespondentin. Ich glaube, in diesem Stuhl sitzt du bequem.«

Wieder hellte das Lächeln einen Moment sein Gesicht auf.

»Wenn du von Mama einen Brief bekommen hast, werde ich dir nichts Neues berichten können. Margaret geht es gut, Isabel ebenso, und Margarets Kleinster wächst aus all seinen Sachen heraus. Und nun wollen wir die Familie mal beiseite lassen. Ich habe etwas mit dir zu besprechen. Hast du – vielleicht sollte ich dich nicht danach fragen, aber ich tue es trotzdem – hast du irgendwie mit Rietta Cray Kontakt aufgenommen?«

Miss Silvers Hand strich über den dünnen Maschenstreifen, der das Rückenteil des Wolljäckchens für die kleine Josephine im Embryonalzustand darstellte. Sie hüstelte trocken und sagte:

»Weshalb fragst du?«

»Sie rief mich an und hat sich nach dir erkundigt. Ich hoffe sehr, daß du inzwischen von ihr gehört hast.«

Die Nadeln klapperten wieder emsig.

»Ich habe von ihr gehört.«

»Du hast sie besucht?«

»Ja, Randal.«

»Zu welchem Ergebnis bist du gekommen?«

Sie hob den Blick vom Strickzeug und sah ihn fest an.

»Dein Urteil zuerst!«

Er stand auf und blickte, halb von ihr abgewandt, ins Kaminfeuer.

»Sie ist völlig außerstande . . .« Ihm fehlten Stimme und Worte, den Satz zu beenden.

»Ich bin ganz deiner Meinung«, sagte Miss Silver, »aber es stehen starke Verdachtsmomente gegen sie. Sie weiß das sehr genau.«

»Verdammt!« sagte er, und wieder fehlten ihm weitere Worte.

Als Schuljunge hätte er dafür einen Tadel bekommen. Doch

Miss Silver ließ nur ihre Nadeln klappern, und nach einer Weile sagte sie: »Da ist etwas, was du meiner Ansicht nach wissen solltest – als Privatmann.«

Er stieß mit dem Stiefel gegen ein Holzscheit.

»Ich bin in diesem Fall kein Privatmann, sondern Polizist.«
Sie hüstelte.

»Du bist der Chefkonstabler. Ich könnte mir vorstellen, daß du dich nicht verpflichtet fühlst, deine Untergebenen in alles einzuweihen.«

Er lächelte hintergründig.

»Das ist Sophisterei!« Dann, ehe sie ihn mit dem Blick aus der Schulzeit zur Ordnung rufen konnte, fuhr er mit fast gebrochener Stimme, die gar nicht zu seiner sonstigen Beherrschung paßte, fort: »Da man ja doch nie etwas vor dir verstecken kann, kann ich ebensogut aus der Not eine Tugend machen und ein Bekenntnis ablegen: Rietta ist absolut unfähig dazu, jemandem ein Leid anzutun. Aber ebensowenig versteht sie es, sich selbst auf Kosten eines anderen, den sie liebt, zu verteidigen.«

Miss Silver gab ihm darauf eine sehr direkte Antwort. Tatsächlich bestätigte sie seine Annahme, daß ihr auch Dinge, die nicht gesagt wurden, offenbar wurden.

»Du fürchtest, daß Mr. Carr der Mörder ist; und Miss Cray riskiert, allen Verdacht auf sich zu lenken, um ihn zu schützen.«

Er trat wieder mit dem Stiefel gegen die Scheite im Kamin. Ein Funkenregen sprühte über den Rost.

»Ja«, sagte er.

Miss Silvers Nadeln klapperten.

»Ich glaube, von dieser Sorge kann ich dich befreien. Ich bekam zwar keine Gelegenheit, Mr. Carr zu vernehmen, aber auf eines kannst du dich verlassen – Miss Cray hat einen sehr gewichtigen Grund, ihn für unschuldig zu halten.«

»Was für einen Grund?«

»Der einzige Grund, der tatsächlich auf mich überzeugend wirkt. Er glaubt, sie habe Lessiter ermordet.«

Erschrocken fuhr Randal March herum:

»*Was?*«

Der Lehrberuf ist doch reich an Enttäuschungen, dachte Miss Silver. Wie oft hatte sie solche vulgärsprachlichen Ausdrücke beim Unterrichten getadelt und dafür ein höflicheres ›Was-sagten-Sie-eben‹ oder ›Wie bitte?‹ vorgeschlagen. Doch sie fuhr ohne Kommentar fort:

»Mr. Carr war zuerst absolut sicher, daß Miss Cray ihren ehemaligen Verlobten ermordet habe. Tatsächlich kam er mit den Worten in ihr Wohnzimmer gestürmt: ›Warum hast du es getan?‹ Selbst nach ihrer Rechtfertigungsrede glaubt Miss Cray noch immer, daß er Zweifel hat. Das tut ihr natürlich sehr weh, aber zugleich nimmt ihr das eine Last, weil es seine Unschuld beweist.«

Er stützte sich mit beiden Händen auf den Kaminsims und starrte hinunter ins Feuer.

»Dann ist es Carr gewesen, der den Regenmantel aus der Bibliothek holte?«

Sie sagte gemütlich:

»Du weißt doch, daß ich diese Frage nicht beantworte.«

»Das brauchst du nicht – sie beantwortet sich selbst. Er war bis zehn Minuten vor zehn mit Elizabeth Moore zusammen. Er machte auf dem Heimweg einen Abstecher in die Bibliothek des Herrenhauses und nahm den Regenmantel mit. Das bedeutet, daß er James Lessiter entweder ermordet oder schon als Leiche vorgefunden hat.«

Sie sagte:

»Ich glaube nicht, daß er ihn umbrachte. Miss Cray ist sich in diesem Punkt sehr sicher. Sie hatte große Mühe, seinen Glauben zu erschüttern, daß sie selbst der Täter gewesen sei.«

Er starrte immer noch ins Feuer.

»Was hast du für ein Gefühl? Glaubst du, er ist unschuldig?«

»Miss Cray ist in diesem Punkt absolut sicher.«

»Oh«, sagte er und drehte sich dann zu seinem Sessel um, auf dem er seine Aktentasche abgestellt hatte. Er öffnete sie, holte ein Bündel Papiere heraus und reichte es über den Tisch.

»Vielleicht liest du dir mal die Protokolle durch und sagst mir, was du davon hältst.«

»Vielen Dank, Randal.«

Er ging zurück zu seinem Sessel und beobachtete sie beim Lesen. Ihre feinen Züge blieben ausdruckslos. Sie machte keine Bemerkung, sah kein einziges Mal hoch. Als sie geendet hatte, sagte March:

»Inzwischen hat sich etwas Neues ergeben – was ich dir auch lieber anvertrauen möchte. Der Sohn der Mayhews ist nachweislich in der Mordnacht in Melling House gewesen. Er ist kein unbescholtener Knabe und für die Polizei kein Unbekannter. Er traf mit dem 6-Uhr-30-Zug in Lenton ein und borgte sich dort ein Fahrrad. Das ist die Erklärung, weshalb Mrs. Mayhew vorzeitig nach Hause fuhr. Ihr Mann hat dem Sohn Hausverbot erteilt. Wir können nicht mit absoluter Sicherheit beweisen, daß Cyril Mayhew in Melling House gewesen ist, doch die Wahrscheinlichkeit ist groß. Mrs. Mayhew leugnet es natürlich und behauptet, sie habe ihn seit einem halben Jahr nicht gesehen. Wir sind sicher, daß sie lügt. Und vier wertvolle Statuetten aus dem sechzehnten Jahrhundert, die die Jahreszeiten symbolisieren und in der Bibliothek auf dem Kaminsims standen, werden inzwischen vermißt. Rietta behauptet, sie standen noch auf dem Kamin, als sie um Viertel nach neun die Bibliothek verließ. Sie behauptet ferner, sie seien aus purem Gold.«

»Mein lieber Randal!«

Er nickte.

»Wie auf dem Tablett serviert, nicht wahr?«

»Eine sehr interessante Entwicklung! Und welche Schlüsse ziehst du daraus?«

Er schob die Augenbrauen zusammen.

»Ich weiß es nicht. – Drake, der zunächst alles daransetzte, um Rietta und Carr zu überführen, zeigt jetzt seine umwerfende Beweglichkeit mit einer neuen Theorie: Cyril wurde dazu angestiftet, diese wertvollen antiken Statuetten zu stehlen, wurde dabei ertappt und wußte sich nur noch mit dem Schürhaken zu helfen. Ich weiß nicht. Ich kann das nicht ganz mit den Tatsachen in Übereinstimmung bringen. Die Figuren standen auf dem Kaminsims, und Lessiter saß am Schreibtisch, als er über den Kopf geschlagen wurde. Er drehte dem Kamin den Rücken zu, und der Schlag wurde von hinten geführt. Das verträgt sich schlecht mit dem Ertappen von Cyril Mayhew beim Stehlen von vier Goldfiguren. Aber ich sehe eine andere Möglichkeit. Bei den Protokollen ist eine Tatortskizze. Schau sie dir an. Die Tür, hinter der Mrs. Mayhew lauschte, liegt auf einer Ebene mit dem Kamin. Das heißt, Mr. Lessiter, der am Schreibtisch saß, drehte auch der Tür den Rücken zu. Cyril hätte ebenso unbemerkt wie seine Mutter die Tür öffnen können. Vielleicht war das gar nicht nötig – vielleicht hatte seine Mutter sie für ihn offen gelassen. Er hätte auf Socken in den Raum kommen, den Schürhaken nehmen und damit Lessiter den Schädel einschlagen können, ohne daß ihn sein Opfer sah oder hörte.«

»Außerordentlich schockierend!«

»So *kann* es gewesen sein. Nur fällt es mir schwer, zu glauben, daß es so war.«

Miss Silver hüstelte nachdenklich.

»Ich sehe auch nicht, weshalb der junge Mann sich so weit vergessen sollte, Mr. Lessiter zu ermorden. Er brauchte doch nur darauf zu warten, bis der Hausherr zu Bett ging, und hätte dann ohne unnötiges Blutvergießen die goldenen Statuen mühelos entfernen können.«

»Du hast, wie immer, den Nagel auf den Kopf getroffen. Ich kann mir ein Dutzend Gründe für den Diebstahl, aber kein Motiv für den Mord vorstellen. So gerne ich Licht in diese Sache brächte, so wenig will mir Cyril Mayhew als Täter schmecken. Vielleicht kam er nach Melling House in der Absicht, die Figuren zu stehlen, vielleicht auch nicht. Vielleicht fand er Lessiter schon tot am Schreibtisch vor, vielleicht auch nicht. Vielleicht kam ihm auch erst dann die großartige Idee, die ›Goldstücke‹ mitgehen zu lassen.«

Ihre Nadeln klapperten rhythmisch.

»Was ich nicht verstehen kann, Randal, ist die Zurschaustellung von so wertvollen Stücken auf dem Kaminsims in einem praktisch unbewohnten Haus. Mrs. Lessiter war doch schon zwei Jahre tot. Und Mr. Lessiter war seit mehr als zwanzig Jahren nicht mehr in der Nähe des Landsitzes gewesen.«

»Ja, das ist ein bißchen ungewöhnlich. Eine Laune von Mrs. Lessiter.« March berichtete, was Rietta ihm über die Versicherung des Hausrats erzählt hatte, und fuhr dann fort: »Ich habe eben Mrs. Mayhew in diesem Punkt befragt, und sie sagte, gleich nach Mrs. Lessiters Tod habe sie die Figuren in ein Schrankfach der Anrichte gesperrt, sie aber dann, ehe Mr. Lessiter nach Melling House heimkam, wieder hervorgeholt, weil sie wußte, daß sie auf den Kaminsims gehörten und er sie vielleicht vermissen würde.«

»Ich verstehe«, sagte Miss Silver. Ihre Nadeln klapperten energisch. »Randal, womit war Mr. Lessiter eigentlich beschäftigt, als er ermordet wurde? Schrieb er etwas auf?«

Er sah sie neugierig an.

»Nach unseren Ermittlungen hat er das nicht getan. Er war offensichtlich beim Aufräumen – der Kamin war mit verbrannten Papieren verstopft. Auf dem Schreibtisch lag nur ein einziges Schriftstück: das alte Testament, in dem er alles Rietta vermachte. Das Papier war am Rand verkohlt und mit Blut besudelt. Alle Schreibgeräte befanden sich in den entsprechenden Fächern der Schreibtischgarnitur. Und die Schubladen waren abgeschlossen.«

»Was tat er dann am Schreibtisch?«

»Das weiß ich nicht.«

Sie sah ihn mit großem Ernst an.

»Ich glaube, es wäre sehr wichtig, das festzustellen.«

»Du denkst . . .«

»Ich denke an die Möglichkeit, daß ein Papier fehlt. Wenn es fehlt, muß es von entscheidender Bedeutung gewesen sein. Vielleicht ist es von dem Mörder entwendet worden? Sicherlich kann es sich aber nicht von selbst entfernt haben. Logischerweise sitzt ein Mann nicht an seinem Schreibtisch, ohne sich mit irgend etwas zu beschäftigen. Er benützt ihn entweder zum Schreiben, zum Lesen oder zum Sortieren von Papieren. Im Protokoll steht, es habe nur ein Schriftstück auf der Tischplatte gelegen, nämlich sein Testament. Doch sowohl Mrs. Mayhew wie Miss Cray machten Andeutungen von einem anderen Papier. Miss Cray erwähnte es mir gegenüber.«

»Was für ein Papier?«

»Ein Memorandum, von dem auch Mrs. Mayhew bei ihrer Vernehmung spricht, als sie das Gespräch zwischen Mr. Lessiter und Miss Cray belauschte. Mr. Lessiter soll Miss Crays Briefe wiedergefunden haben, als er nach einem Memorandum suchte, das seine Mutter hinterlassen haben sollte.«

»Wir haben nichts dergleichen auf dem Tisch gefunden.«

»Davon steht auch nichts in Mrs. Mayhews Aussage. Doch Miss Cray erwähnte es in dem Gespräch mit mir. Ich fragte sie, ob sie wisse, was in dem Memorandum gestanden habe, und sie sagte, sie glaube, Mrs. Lessiter habe darin schriftlich niedergelegt, welche Verfügungen sie mit ihrem Eigentum traf.«

»Sagte sie, das Memorandum habe noch während ihres Gesprächs mit Lessiter auf dem Tisch gelegen?«

Sie dachte intensiv nach.

»Nicht ausdrücklich. Aber ich hatte den Eindruck, das sei der Fall gewesen.«

»Es kann wichtig sein . . .«, sagte er, hielt inne und fügte hinzu: »– sehr wichtig! Würdest du sie für mich anrufen und fragen, ob dieses Memorandum in ihrem Blickfeld war?«

»Ja, das kann ich tun. Das Telefon ist im Eßzimmer. Am besten kommst du gleich mit.«

Rietta Cray meldete sich mit ihrer tiefen Stimme. Sie schien erleichtert, als sie Miss Silvers Stimme erkannte.

»Ich hoffe, ich habe Sie nicht gerade bei einer wichtigen Arbeit gestört. Als Sie mir das Gespräch mit Mr. Lessiter schilderten, erwähnten Sie ein Memorandum. Haben Sie das Papier auch gesehen?«

Rietta sah sofort die Szene wieder vor sich – James mit der lächelnden boshaften Erwähnung der Liebesträume und dann seine Worte, daß manche Leute froh wären, wenn sich das Memorandum wie ihre Briefe in Asche verwandeln würde . . .

Miss Silver wiederholte, als keine Antwort kam, ihre Frage:

»Haben Sie das Memorandum gesehen?«

»Ja.«

»Und können Sie es beschreiben?«

Sie schadete niemandem, wenn sie dieser Bitte nachkam.

»Es waren mehrere Bögen Papier, in der Mitte geknickt, damit sie in einen Umschlag paßten. Sie waren auseinandergefaltet, und der Umschlag lag daneben. Ich erkannte die Handschrift von Mrs. Lessiter darauf.«

»Vielen Dank«, sagte Miss Silver und legte auf. Sie drehte sich nach Randal March um.

»Hast du mitgehört?«

»Ja«, sagte er.

KAPITEL 30

Mrs. Crook servierte den Tee und berichtete später ihrer Freundin, Mrs. Grover, welch stattlicher und höflicher Mann der Chefkonstabler wäre, nur an seinem Appetit habe es gehapert. Er habe nicht eines von den selbstgebackenen Hörnchen gegessen, die im ganzen Dorf berühmt seien. Als March nach der zweiten Tasse Tee dankend ablehnte, weil Miss Silver nachgießen wollte, sagte sie:

»Ich möchte dich um einen Gefallen bitten, Randal.«

Er lächelte.

»Was willst du – die Hälfte von meinem Königreich?«

»Ich werde dich hoffentlich nie um etwas bitten, das du mir unmöglich geben könntest.«

»Das klingt alarmierend! Ich bin auf das Schlimmste gefaßt.«

Sie blickte ihn mit einem charmanten Lächeln an.

»Es ist wirklich nur etwas sehr Bescheidenes. Ich würde mir gerne die Bibliothek in Melling House ansehen.«

»Nun! die Leute werden darüber reden, wie du weißt.«

»Mein lieber Randal, meinst du, die Leute reden nicht schon jetzt über uns?«

»Sicher! Aber ich wäre nicht gerade erfreut, wenn sie daraus ein Dreiecksverhältnis machten, das aus dir, mir und Rietta besteht.«

»Du wirst den Klatsch der Leute nie unterbinden können, besonders nicht in einem Dorf.«

»Und was versprichst du dir davon? Drake ist ein außerordentlich tüchtiger Ermittler. Er wird jeden Quadratzentimeter mit dem Mikroskop abgesucht haben.«

»Daran zweifle ich nicht.«

Unter ihrem milden, aber beharrlichen Blick gab er nach.

»Also gut. Du weißt, daß du unsere Bekanntschaft damit auf unzulässige Weise ausbeutest. Aber mir liegt dieser Fall selbst so sehr am Herzen, daß mir jedes Mittel recht ist . . .«

»Mein lieber Randal!«

Er schob den Sessel zurück und stand auf.

»Dann laß uns das Beste aus einer nicht ganz astreinen Sache machen«, sagte er.

Kurz darauf öffnete Mayhew dem Chefkonstabler die Haustür und fragte sich, was er nun schon wieder wollte. Leider konnte er nicht erkennen, wen er in seinem Wagen mitgebracht hatte, denn dafür war es schon zu dunkel. Schlimme Zeiten waren das, wenn man jedesmal zusammenzuckte, sobald die Türglocke ging.

»Ja, Sir?« erkundigte er sich und machte sich auf das Schlimmste gefaßt.

Aber es war nur eine Bitte, kein Schicksalsschlag:

»Es tut mir leid, daß ich Sie schon wieder stören muß, Mayhew. Ich wollte mir nur noch einmal die Bibliothek anschauen«, sagte March. »In dem Raum wurde doch nichts verändert, oder?«

»Nein, Sir. Superintendent Drake sagte mir zwar, Sie wären mit der Spurensicherung fertig und ich könnte dort aufräumen, aber ich wollte das erst morgen früh erledigen.«

»Oh, gut! Ich werde nicht lange bleiben. Ich habe eine Dame in meiner Begleitung. Sie könnte sich erkälten, wenn sie draußen im Wagen warten muß. Ich werde sie fragen, ob sie nicht lieber mit ins Haus kommen will.«

Nachdem er mit dem kleinen Täuschungsmanöver seine wahren Absichten verschleiert hatte, lief March die Stufen hinunter. Mayhew hörte ihn sagen:

»Es ist viel zu kalt für Sie im Auto. Vielleicht kommen Sie doch lieber mit herein. Ich werde mich wirklich nicht lange aufhalten.«

Mayhew erkannte die Dame sofort, die nun aus dem Wagen stieg. Es war diese zierliche Gouvernante, die bei Mrs. Voycey zu Besuch war. Mrs. Crook hatte ihm erzählt, sie sei eine Hobby-Detektivin. Vielleicht wollte sie sich mal ein Zimmer anschauen, wo ein wirklicher Mord geschehen war. Nun, das ging ihn nichts an. Er hatte genug andere Sorgen und wollte sich nicht auch noch mit Angelegenheiten anderer Leute befrachten. Jedenfalls ging diese altjüngferliche Person mit dem Chefkonstabler in die Bibliothek.

Er schaltete die Lichter ein und zog die Vorhänge vors Fenster. Dann kehrte er in die Butlerloge zurück, wo seine Frau mit verweinten Augen vor dem unabgewaschenen Teegeschirr saß.

Randal March wartete, bis der Butler außer Hörweite war, ehe er sagte:

»Nun, entspricht das Zimmer deinen Erwartungen? Der Blutfleck auf der Schreibtischplatte zeigt die Stelle, wo der Tote gelegen hat. Das Blut läßt sich nicht mehr aus dem Furnier entfernen. Der Rost war mit verbrannten Papieren vollgestopft. Drake hat die Asche untersucht, aber leider konnte man keine Schriftzüge mehr erkennen. Wenn das Memorandum verbrannt wurde, ist es für immer verloren.«

Miss Silver schüttelte den Kopf.

»Ich glaube nicht, daß der Mörder riskierte, so lange zu warten, bis es verbrannt war. Die Asche stammt von Miss Crays Briefen.«

Sein Gesicht war völlig ausdruckslos.

»Du hast vermutlich recht. Wir fanden ihre Fingerabdrücke auf dem Kaminsims, doch nirgendwo sonst. Wenn Carr in der Bibliothek gewesen ist, hat er keine Fingerabdrücke hinterlassen. Mrs. Mayhews Abdrücke fanden wir am äußeren Türknauf der Bibliothekstür. Dort hatte sie gestanden und das Gespräch belauscht. Der Griff des Schürhakens ist abgewischt worden und auch die Klinke außen an der Glastür. An der Innenseite fanden wir Lessiters Fingerabdrücke.«

»Ja – er hat Miss Cray die Tür geöffnet.«

»Ich vergaß noch zu erwähnen, daß wir auf dem Aschenhaufen im Kamin ein blutgetränktes, halb verbranntes Taschentuch fanden. Es gehörte Lessiter und diente vermutlich Miss Cray als Notverband, als er die Verletzung an ihrem Handgelenk entdeckte. Sie erwähnt es in ihrer Aussage. Das sind ungefähr alle Informationen, die wir besitzen.«

Miss Silver ging zum Fenster und teilte die Vorhänge.

»Miss Cray kam an diese Tür und klopfte, weil sie verschlossen war. Mr. Lessiter sperrte ihr auf. Sie sagte, sie habe in der Eile nicht darauf geachtet, ob sie die Tür offen ließ, als sie wieder ging. Könntest du mir vielleicht bei einem kleinen Experiment helfen? Ich gehe jetzt nach draußen und mache die Tür zu. Du gehst dort drüben an den Schreibtisch und sagst etwas mit normaler Lautstärke, ja?«

»Schön . . . aber sei vorsichtig, daß du nicht über die Stufen stolperst!«

Als sie die Türe hinter sich zumachte, durchquerte er das Zimmer und stellte sich vor den leeren Kamin.

»Ist es so richtig? Kannst du mich hören?« Er kam sich vor wie ein Schauspieler, der die Aussprache von Vokalen übt.

Die Tür öffnete sich wieder, und der Vorhang am Windfang wurde zur Seite geschoben. Die Wachsblumen auf Miss Silvers Hut wogten auf und ab.

»Die Akustik ist fast so gut wie in einem Zimmer voller Gäste, mein lieber Randal. Ich konnte dich ausgezeichnet verstehen.«

»Dann komm bitte wieder herein, weil du dich sonst noch dort draußen verkühlst«, sagte er lächelnd.

Sie schüttelte den Kopf.

»Ich bin noch nicht fertig.«

Ein kalter Luftzug kam durch den offenen Vorhang des Windfangs. Er trat hinaus auf die Vortreppe und sah sie auf dem Steinplattenweg. Sie entnahm ihrer unförmigen Handtasche eine Stablampe.

»Was suchst du denn dort unten?«

»Das«, sagte sie.

Sie schaltete die Lampe ein und richtete den Lichtkegel auf die Kante der unteren Stufe. Dort lagen ein paar kleine Erd-krumen.

»Was soll damit sein?«

»Das klebte unter einer Schuhsohle.«

»Die Männer von der Spurensicherung sind den ganzen Tag hier ein und aus gegangen.«

Miss Silver hüstelte.

»Es ist schwarzer Humus, mit weißen Partikeln vermischt. Vermutlich handelt es sich dabei um Kalk. Der Gärtner, der für Cecilia Voycey arbeitet, hat erst diese Woche Kalk zwischen den Fliederbüschen verstreut. Offensichtlich müssen diese Ge-wächse im Herbst immer mit Kalk gedüngt werden. Ich bin kein Gärtner, aber so hat es mir Cecilia erzählt.«

»Aha.«

»Der Weg, der an der Seitenfront des Hauses entlangführt, ist mit Platten belegt, doch die Sträucher vor dem Fenster sind einwandfrei Fliederbüsche. Wollen doch mal nachsehen, ob dort Kalk gestreut wurde.«

Er ging mit ihr bis unter das Fenster und bog die Zweige auseinander. Der Lichtkegel der Stablampe bewegte sich auf dem Humus hin und her. Hier war vor kurzem das Erdreich umgegraben worden, und überall lagen diese weißen Kügel-chen herum. Aber das war noch nicht alles – da waren Fußab-drücke, die sich tief in die lockere Erde eingegraben hatten.

March gab einen überraschten Laut von sich und griff mit der linken Hand nach Miss Silvers Taschenlampe. Es war deutlich zu sehen, daß sich dort jemand unter den Büschen versteckt haben mußte. Die Fußabdrücke waren hier besonders tief. Zwei Abdrücke führten zum Fenster hin, zwei wieder davon weg. Es waren die Abdrücke eines Damenschuhs.

Randal March schaltete die Taschenlampe wieder aus. Ihm war, als wären in seinem Verstand alle Lichter ausgegangen. Er sagte nichts.

»Du machst dir unnötige Sorgen«, tröstete ihn Miss Silver. »Miss Cray hat zwar einen wohlgeformten Fuß, doch sie ist groß und trägt Schuhe, die mindestens zwei Nummern größer sind als diese da!«

In seinem Kopf gingen die Lichter wieder an.

»Ich bin ein Narr«, sagte er, »und – sehr empfindlich.«

»Ja«, sagte sie gütig. »Ich habe es bemerkt.« Und dann: »Das ist ein sehr wichtiger Beweis, Randal. Hier hat sich eine Frau versteckt, die nicht mit Miss Cray identisch sein kann. Vielleicht wollte sie ebenfalls Mr. Lessiter besuchen und stand schon auf der Vortreppe, als sie jemanden kommen hörte, und sich dann hier unter den Büschen verbarg. Vielleicht war es Miss Cray, die in diesem Moment den Plattenweg entlangkam? Und dann ist die fremde Person vermutlich wieder zur Treppe gegangen und hat gehorcht. Vielleicht hat sie das Gespräch zwischen Miss Cray und Mr. Lessiter von Anfang bis Ende mitgehört? Sie muß nicht unbedingt ein Motiv gehabt haben, Lessiter den Tod zu wünschen, aber falls ja – wie aufschlußreich für sie muß dann das Gespräch gewesen sein, das sie belauschte! Sie erfuhr, daß Mr. Carr soeben Mr. Lessiter als den Verführer seiner Frau identifiziert und in einem so bedenklichen Zustand das Haus verlassen hatte, daß Miss Cray sogar in die Bibliothek gekommen war, um Mr. Lessiter zu warnen. Sie hörte auch von dem Testament, das Miss Cray zur Alleinerbin machte. Könntest du dir eine günstigere Konstellation vorstellen, wenn du einen Mord begehen und die Schuld auf andere lenken willst?«

Er lachte ein wenig verschämt.

»Nein! Und jetzt nehme ich an, daß du mir eine Beschreibung von der hypothetischen Mörderin geben wirst.«

»So weit bin ich noch nicht«, sagte sie mit gelassener Stimme. »Ich denke, ich sollte dich jetzt nicht länger bei der Arbeit stören. Du wirst den Superintendenten verständigen wollen und die Abdrücke mit Gips ausgießen. Ein Glück, daß es seit Mittwoch nicht geregnet hat, aber es gibt keine Garantie, daß das Wetter nicht schon heute nacht umschlägt. Wenn die Person nicht nur hier draußen gelauscht, sondern auch die Bibliothek betreten hat, wird man zweifellos auch Kalkspuren im Teppich finden, wenn man weiß, wonach man sucht. Hast du eine Taschenlampe mit, oder soll ich dir meine solange borgen?«

»Ich habe eine im Wagen.«

»Dann verabschiede ich mich jetzt. Die Luft ist sehr angenehm. Ein kurzer Spaziergang wird mir wohltun.«

Randal March ging zurück in die Bibliothek und wählte die Nummer des Lentoner Polizeireviers.

KAPITEL 31

Jonathan Moore setzte seine Tasse ab und sagte zerstreut: »Nein, vielen Dank, meine Liebe«, während er mit einem etwas vagen Blick seine Nichte Elizabeth und den jungen, melancholischen Mann an ihrer Seite betrachtete, mit dem sie sich seiner Meinung nach ziemlich überstürzt wieder verlobt hatte. Keine Spur von dem strahlenden Glück verliebter Brautleute. Vielleicht war Jonathan ein bißchen weltfremd – und zuweilen gefiel er sich sogar in dem Gedanken. Ihm mißfiel vieles an dieser Nachkriegswelt, aber ihm war trotzdem nicht verborgen geblieben, daß man über den jungen Mann redete und Elizabeth überstürzt gehandelt hatte. Er betrachtete Carr Robertson mit der Skepsis, mit der er Antiquitäten zweifelhaften Ursprungs zu begutachten pflegte.

Er hatte Carr zwar schon als Jungen gekannt, aber das Echtheitszertifikat, das er mit dem Biedermeier-Schreibtisch eingekauft hatte, war noch viel älter gewesen! Fünfzig Jahre im Familienbesitz und die Empfangsbestätigung des Marquis, der es hundert Jahre vorher in Auftrag gegeben hatte. Doch irgendwann in diesen hundertfünfzig Jahren war das echte Stück gegen eine Fälschung ausgetauscht worden.

Es gibt Zeiten im Leben eines Menschen, wo er zu einer Fälschung fähig ist. Das Gewissen gibt dem Druck der Ereignisse nach, und aus einem ehrlichen Mann wird ein Lump. Noch leichter, sich vorzustellen, daß ein Mensch plötzlich die Beherrschung verliert und sich dann rasch ein Alibi sucht, um den Schaden zu verbergen.

Elizabeth konnte des Onkels Gedanken so gut lesen, daß sie erleichtert aufatmete, als er mit einem betrübten Kopfschütteln aufstand und das Zimmer verließ. Während seine Schritte auf der Treppe verhallten, sagte Carr:

»Für Jonathan steht wohl das Urteil fest.«

Sie sah ihn seltsam an. Strahlende Augen hatte sie schon immer; doch nun kam noch der Glanz unvergossener Tränen hinzu.

Sie sagte: »O nein, er zweifelt. Wenn nicht . . .«

»Wäre ich nicht hier?«

Sie nickte.

»Etwas in diesem Sinne. Ein offizielles Hausverbot, und wenn wir uns sehen wollten, müßte ich aus dem Fenster steigen.«

»Würdest du das tun?«

Mit einer Stimme, die die ganze Süße dieser Welt enthielt, antwortete sie: »Ja, mein Liebling.«

Das brachte ihn neben ihrem Sessel auf die Knie. Ohne ein Wort oder einen Kuß preßte er seinen Kopf gegen ihre Schulter und hielt sie fest. So blieben sie eine Weile. Und dann, als er den Kopf hob, sagte er:

»Holderness hat seine Meinung geändert. Er sagt, ich soll jetzt doch nicht bis zur Leichenschau warten, wo man mich zwingen würde, auszusagen; sondern es mache einen besseren Eindruck, wenn ich schon jetzt zur Polizei ginge.«

»Und wirst du zur Polizei gehen?«

»Ich weiß nicht. Ich wollte erst mit dir darüber reden. Mir scheint, sobald ich eine Aussage mache, sind sie gezwungen, mich zu verhaften – oder Rietta.« Sein Gesichtsausdruck wurde hart und düster, als er die beiden letzten Worte wiederholte – »*oder Rietta.*«

»Carr!«

»James Lessiter war spätestens um halb elf Uhr tot. Zwei Stunden vorher hatte ich ihm das angedroht! In diesen zwei Stunden waren Rietta und ich in seinem Haus, und irgendwann in diesen zwei Stunden wurde er umgebracht. Ich nahm Riettas mit Blut durchtränkten Regenmantel aus der Bibliothek mit. Daß der Mantel nicht ihr, sondern mir gehört, ist insofern hilfreich, daß er die mutmaßliche Täterschaft auf beide gleich verteilt – Rietta bekommt ihre halbe Million Pfund und ich meine Rache. Zwei gleichgewichtige Motive, würde ich meinen – Mord aus Gewinnsucht, Mord aus Rachsucht!«

Er kniete immer noch neben ihr, hielt sie aber nicht mehr in seinen Armen. Sie machte keinen Versuch, die Lücke zwischen ihnen wieder zu schließen, sah ihn nur an und sagte nachdenklich:

»Du glaubst also, Rietta war es . . .«

Er zog sich noch weiter zurück, erhob sich und stand mit geballten Fäusten vor ihr.

»Ich glaube nichts! Ich sehe nur die Fakten und komme damit nicht zurecht. Wenn du tausend Leute fragst, wie sie die Fakten beurteilen, werden mindestens neunhundertneunundneunzig sagen, ich sei es gewesen, wenn Rietta es nicht war. Wir werden die Chancen nicht auf tausend Meinungen verteilen können, sondern nur auf zwölf. Höchstwahrscheinlich wird ihr Urteil einstimmig sein.«

Ihr sanfter stummer Protest beflügelte ihn nur noch.

»Was hat es für einen Sinn? Die Entscheidung liegt zwischen uns beiden. Entweder ich oder Rietta. Ich war es nicht – wer dann?«

»Carr, du glaubst doch nicht ernsthaft, daß . . .«

»Ich sagte schon, ich könnte und kann es nicht glauben. Wenn ich nachdenke, läuft es immer auf dasselbe hinaus – Rietta oder ich – ich oder Rietta.«

»Und wenn du nicht nachdenkst, Carr?«

»Dann gibt es lichte Momente, in denen ich weiß, daß sie es nicht getan haben kann.«

»Ich bin froh, daß es lichte Momente für dich sind.«

Sein Gesicht hatte wieder diesen verlorenen Ausdruck. Er sagte:

»Aber unsere Welt ist nicht mehr heil, meine Liebe – wir leben in einem Alptraum. Wenn du in Rom bist, mußt du dich verhalten wie ein Römer – *à la guerre comme à la guerre* – und wie die Sprichwörter alle heißen. Lichte Momente befreien mich nicht aus diesem Teufelskreis.«

Sie stand auf und kam zu ihm.

»Ich denke, nur der gesunde Menschenverstand befreit uns von diesem Alptraum.«

»*Uns?*«

»Ja, mein Liebling.«

Er preßte ihre Arme so fest zusammen, daß sie blaue Flecken davontrug.

»Wüßte ich, daß es Rietta nicht gewesen ist, würde ich diese verdammte Aussage machen und hätte es hinter mir.«

»Aber ich weiß es.«

»Wieso?«

»Oh, weil . . .« Sie brach mit einem Laut ab, der zwischen Lachen und Schluchzen schwankte. »Oh, Carr, bitte wach auf!«

KAPITEL 32

Miss Silver ging die Auffahrt hinunter. Die Luft war wirklich angenehm, kalt zwar, aber dagegen schützte sie ihre warme Kleidung – ihre Pelzkrawatte und der Mantel aus guter dichter schottischer Wolle. Sie empfand eine nüchterne Dankbarkeit für diese und andere Segnungen. Es hatte eine Zeit gegeben, wo sie glaubte, sie müsse ihr ganzes Leben lang in fremden Häusern dienen mit der trüben Aussicht auf ein entbehrungsreiches Alter. Doch nun, dank einer gütigen Vorsehung, hatte sie ihren Beruf gewechselt und befand sich nun in der beneidenswerten Lage finanzieller Unabhängigkeit. Sie hatte ein behagliches Heim, eine aufmerksame, ihr ergebene Haushälterin und eine Versicherung, die sie bis zu ihrem Lebensende versorgte.

Es war schon sehr dunkel unter den Bäumen – aber nicht dunkel genug, daß sie diese ausgezeichnete Stablampe einschalten mußte, die ihr ein Freund und Verehrer von Scotland Yard, Sergeant Frank Abbott, inzwischen Inspektor, einmal geschenkt hatte. Die Sträucher hatten zuviel Holz getrieben, sie zeigten eine bedauernswerte Vernachlässigung, an der der Mangel an Arbeitskräften während des Krieges und die schwere Steuerlast schuld sein mußten, die so viele hübsche Landsitze verwahrlosen ließen. Sie hatte seit ihrer Jugend einen radikalen Wechsel des Zeitgeistes erlebt. Die guten Dinge des Lebens wurden nun gerechter verteilt.

Kurz vor den Torsäulen, die die Einfahrt flankierten, wandte sie sich nach rechts und folgte dem Weg zum Torhaus. Sie läutete. Catherine Welby, die ihr die Tür öffnete, zeigte sich mehr befremdet als überrascht, als sie die verschrobene alte Schulfreundin von Mrs. Voycey sah. Sie wußte wirklich nicht, was Miss Silver zu ihr führte – ältliche Exgouvernanten konnte sie nicht ausstehen. Sie richtete sich auf ein langweiliges Gespräch ein und besaß die Taktlosigkeit, sich das auch anmerken zu lassen.

Wie sich aber herausstellte, ließ dieses Gespräch ganz andere Gefühle als Langeweile aufkommen. Miss Silver, die sie vorausgehen ließ, sah sich interessiert im Wohnzimmer um. Die Umgebung ist oft ein Index für Charakter. Sie betrachtete die Brokatvorhänge, die Pastelltöne, die Qualität der Möbel – alles gediegen, manches davon wertvoll. Über dem Kaminsims verdoppelte ein runder holländischer Spiegel mit geschliffener Glasfassung das bezaubernde Interieur. Darin spiegelte sich auch Catherine in einem blauen Kleid, das zur Farbe ihrer Augen paßte.

Miss Silver nahm Platz und sagte ernst:

»Sie werden sich fragen, was mich zu Ihnen führt, Mrs. Welby.«

»O nein«, erwiderte Catherine.

Während Miss Silver ihre Pelzkrawatte aufknöpfte, sagte sie: »Ich glaube schon.«

Catherine erwiderte nichts. Sie hatte ebenfalls Platz genommen, und ihre schönen dunkelblauen Augen waren Fragezeichen, über denen sich die Brauen wölbten.

Miss Silver ließ sie nicht lange warten.

»Ich bin hier, weil Miss Rietta mich um professionellen Beistand bat.«

»Tatsächlich?«

»Ja, Mrs. Welby. Sie und Miss Cray sind seit vielen Jahren befreundet, nicht wahr?«

»O ja.« Catherine beugte sich über die Sessellehne, nahm eine Zigarette aus einer Perlmuttschale und riß ein Streichholz an.

Miss Silver hüstelte wie eine Lehrerin, die ihre Klasse zur Ordnung ruft.

»Es wird Ihnen nicht entgangen sein, daß der Tod von Mr. Lessiter Miss Cray in eine schwierige Lage gebracht hat.«

Die Zigarettenspitze glühte. Catherine blies eine Rauchwolke gegen die Decke.

»Das wird wohl niemandem im Dorf entgangen sein.«

»Richtig! Und nun werden Sie als langjährige Freundin von Miss Cray alles tun, was in Ihrer Macht steht, um sie daraus zu befreien.«

»Ich fürchte, ich weiß nicht, wie ich ihr helfen kann.«

»Ich denke doch! Wie Sie zweifellos wissen, wurde Miss Cray am Mittwochabend um zwanzig nach acht ans Telefon gerufen. Sie sprach zehn Minuten mit dem Teilnehmer und begab sich unmittelbar darauf ins Herrenhaus, wo sie eine Unterredung mit Mr. Lessiter hatte. Sie waren der Teilnehmer am Telefon, nicht wahr?«

Catherine zog an ihrer Zigarette. Dann wurde sie ausgesprochen grob:

»Wer hat Ihnen denn diesen Floh ins Ohr gesetzt?«

»Ich würde es für unklug halten, das zu bestreiten. Das Mädchen von der Vermittlung wird sich zweifellos an den Anruf erinnern. In einem Dorf erkennt man jeden Teilnehmer an der Stimme.«

Aus dem dünnen Rauchschleier wurde ein blauer Nebel. Catherine sagte leichthin:

»Wenn das Mädchen von der Vermittlung aussagt, ich hätte

Riettas Nummer verlangt, dann wird es wohl so sein. Ich telefoniere oft mit ihr. Ich bin alleinstehend – das vertreibt mir die Zeit. Sie werden vermutlich ja auch Rietta danach gefragt haben. Sie wird es wissen.«

Miss Silver saß auf der Couch. Im Kamin loderten Buchenscheite, und es war sehr warm im Zimmer. Sie entfernte ihre Pelzkrawatte und legte sie neben sich. Ein Vorgang, der Catherine auf eine rein hausfrauliche Weise empörte. Sie sah in diesem schäbigen Ding eine räudige Katze, die es wagte, sich auf ihr Sofa zu legen. Daß eine Frau, die etwas so Abscheuliches trug, auch noch bis in ihre Wohnung vordrang und in ihren Privatangelegenheiten herumschnüffelte, war der Gipfel der Unverschämtheit.

Miss Silvers Antwort goß höchstens noch Öl ins Feuer:

»Miss Cray steht unter Verdacht. Daher braucht sie Zeugen, die ihre Aussagen bestätigen.«

»Nun gut – Sie geben mir Riettas Aussage, und ich gebe Ihnen meine Bestätigung.«

Da Miss Cray sich strikt geweigert hatte, den Inhalt des Telefongesprächs zu offenbaren, war das ein unglücklicher Vorschlag. Miss Silver mußte sich deshalb eines Köders bedienen.

»Die Protokolle der Zeugenaussagen beziehen sich auf ein Memorandum, das Mrs. Lessiter ihrem Sohn hinterlassen hat. Eine Bestandsaufnahme oder ein Bericht, wie sie über ihr Eigentum verfügte.«

»Davon weiß ich wirklich nichts«, sagte Catherine.

Nebel hing zwischen ihnen, und etwas hatte sich verändert. Schwer zu sagen, was es war – eine Verkrampfung der Muskeln, ein momentanes Stocken des Atems, eine leichte, unwillkürliche Bewegung eines Fingers. Miss Silver achtete besonders auf die Hände von Personen, die beim Verhör dazu neigten, wichtige Informationen zu verschweigen. Das hatte sich bisher als sehr nützlich erwiesen.

Die Hand, mit der Catherine ihre Zigarette hielt, blieb ruhig. Wenn die Finger das Mundstück jetzt ein wenig stärker zusammenpreßten, war diese Reaktion kaum wahrzunehmen. Doch das Zucken des kleinen Fingers war Miss Silver aufgefallen. Sie sagte:

»Aber ich weiß davon. Ich wäre Ihnen sehr dankbar, Mrs. Welby, wenn Sie sich dazu entschließen könnten, offen zu mir zu sein.«

»Offen?« Catherine lachte. »Ich weiß wirklich nicht, was Sie meinen.«

»Dann sage ich es Ihnen. Nach einer mehr als zwanzig Jahre dauernden Abwesenheit gibt es hier in diesem Haus ein Wiedersehen zwischen Mr. Lessiter und Miss Cray, und er begleitet sie nach Hause. Unterwegs sprechen sie über die Verfügung von Mr. Lessiters Mutter über deren Eigentum. Am Abend vor dem Mord führten Sie ein Telefongespräch mit Miss Cray, das zehn Minuten dauerte. War in diesem Gespräch ebenfalls die Rede von der alten Mrs. Lessiter und der Regelung ihres Nachlasses?«

Catherine lachte.

»Warum fragen Sie nicht Rietta danach?«

»Ich frage Sie! Ich habe den Eindruck, es gab deshalb Unstimmigkeiten zwischen Ihnen und Mr. Lessiter. Solche Dinge bleiben in einem so kleinen Dorf nicht verborgen. Und daß Mrs. Lessiter Ihnen die Einrichtung dieses Hauses lieh, ist für Melling eine Binsenwahrheit.«

Catherine blies Rauch in die Luft.

»Sie gab mir einige Möbelstücke – ja. Aber ich wüßte nicht, was Sie das anginge.«

»Miss Cray hat mich engagiert, um ihre Interessen zu wahren. Es ist klar, daß hier zwei verschiedene Ansichten aufeinanderprallen. Ich hörte, die Möbel wären geliehen – Sie sagen, sie wurden Ihnen geschenkt. Mr. Lessiter redete mit Miss Cray über die Eigentumsverfügung seiner Mutter. Am Abend des Mordes rufen Sie bei Miss Cray an und besprechen mit ihr eine ›geschäftliche Angelegenheit‹. Etwas später kommt es zu einer scharfen Meinungsverschiedenheit zwischen Miss Cray und Mr. Lessiter wegen einer ›geschäftlichen Angelegenheit‹, die einen Freund oder eine Freundin betrifft. Wundern Sie sich, daß ich zwei und zwei zusammenzähle und überzeugt bin, daß Mr. Lessiter der Ansicht war, die Einrichtung wäre Ihnen nur geliehen? Er versuchte, eine Bestätigung seiner Annahme von Miss Cray zu erhalten. Und dann, ein paar Stunden vor seinem Tod, findet er das Memorandum in der Handschrift seiner Mutter. Zweifellos bestätigte sich dadurch seine Vermutung. Und ich glaube, daß er nach dem Fund bei Ihnen angerufen und Ihnen das mitgeteilt hat; und dann riefen Sie Miss Cray an. In der Auseinandersetzung zwischen Mr. Lessiter und Miss Cray, die später in der Bibliothek stattfand, versuchte Miss Cray ihn von einem Schritt abzuhalten, den er unternehmen wollte. Was er vorhatte, muß sie sehr aufgebracht haben. Sie sagte mir nur, sie hätten sich in einer ›geschäftlichen Angelegenheit‹ gestritten, die einen Freund betraf. Es wird Sie nicht überraschen, wenn ich daraus den Schluß ziehe, daß nur Sie dafür in Frage kommen. Damit unterliegt der Ablauf der Ereignisse den Gesetzen der Logik.«

Catherine besaß nicht das aufbrausende Temperament ihrer Freundin Rietta. Sie war stärker im Hinnehmen und Austeilen von Wunden. Doch während dieses Interviews hatte sich ein immer größerer Zorn in ihr aufgestaut, den sie nur noch aus Angst oder Vorsicht beherrschte. Doch jetzt brach der Zorn in ihr zusammen. Sie kam sich vor, als wäre sie soeben fachgerecht seziert und ihre Gedanken, ihre Wünsche und Beweggründe auf den Tisch gelegt und etikettiert worden.

Es war nicht nur die nüchterne Art der Argumentation, sondern auch der Blick dieser alten Jungfer, die mit ihren kleinen verschlagenen Augen offenbar sehen konnte, was andere Menschen dachten. Catherine hatte sogar das eigenartige Gefühl, es könnte eine Erleichterung sein, sich gehenzulassen – der Alten freiwillig ihre Gedanken aufzuschließen und sie auszubreiten, damit sie von ihr geprüft und bewertet werden konnten. Aber es war eine Überlegung, die nur einen Moment dauerte.

Und Catherine Welby ließ diesen Augenblick verstreichen. Sie hatte keine Ahnung, daß sie sich damit einer irreparablen Katastrophe auslieferte. Sie ließ sich Zeit.

»Sie haben sich ja alles recht schön zurechtgelegt, nicht wahr? Ich denke nicht daran, Ihr Puzzle zu zerstören.« Sie stand auf und ließ den Zigarettenstummel in einen Aschenbecher aus Jade fallen. »Und jetzt möchten Sie sicherlich gehen.«

Miss Silver hatte in ihren beiden Berufen gelernt, wie man mit unverschämten Menschen verfahren muß. Sie betrachtete Catherine wie ein Kind, das, von seinen Eltern nicht beaufsichtigt, sein Zimmer auf den Kopf gestellt hatte. Sie nahm ohne Hast ihre Pelzkrawatte vom Sofa und befestigte sie über ihrem Mantelkragen. Und dann, an der Haustür, sagte sie nüchtern:

»Wenn Sie Ihre Meinung ändern sollten, wissen Sie ja, wo Sie mich erreichen können.«

KAPITEL 33

Als Miss Silver die Torsäulen passierte, die die Einfahrt von der Straße trennten, wurde sie von einem Scheinwerfer angestrahlt. Eine etwas peinliche Überraschung, aber da ihr sofort eine von einer jungen Männerstimme gemurmelte Entschuldigung folgte, schloß sie, daß der Besitzer des Fahrrads, der sie mit der Lampe angestrahlt hatte, nur versucht hatte, eine Freundin im Dunkeln zu erkennen. Sie überquerte die Straße und ging am

Rand des Angers entlang, bis sie auf den Fußweg stieß, der zu Mrs. Voyceys Haus führte.

Als sie Schritte hinter sich hörte, schenkte sie ihnen keine Beachtung. Gute Nerven gehörten zu ihrem Beruf. Es kam Miss Silver gar nicht in den Sinn, nervös zu werden. Das Licht reichte aus, daß sie den Pfad von dem dunkleren Gras unterscheiden konnte. Sie benützte daher keine Taschenlampe. Die Schritte blieben ihr hartnäckig auf den Fersen, kamen schließlich näher, und eine Stimme sagte dann:

»Ich ... entschuldigen Sie vielmals ...«

Es war die gleiche Stimme, die sich vorhin für das Anstrahlen mit der Fahrradlampe entschuldigt hatte – eine verlegene jugendliche Stimme.

Miss Silver blieb stehen, bis die Schritte sie erreichten, und sagte:

»Was wollen Sie?«

Der junge Mann hatte seine Fahrradlampe abgeschaltet. Sie konnte nur seinen hohen dunklen Schatten sehen. Die Stimme sagte:

»Entschuldigen Sie – aber sind Sie nicht Miss Silver, die bei Mrs. Voycey zu Besuch ist?«

»Was kann ich für Sie tun?«

»Ich hoffe, ich habe Sie nicht erschreckt. Ich bin Allan Grover. Mein Vater und meine Mutter betreiben die Gemischtwarenhandlung – ich glaube, Sie kennen meine Eltern schon. Ich arbeite in der Kanzlei von Mr. Holderness in Lenton.«

Miss Silver begann sich für die nächtliche Begegnung zu interessieren. Das war der junge Mann, von dem Cecilia Voycey gesprochen hatte – der Junge mit dem Stipendium. Und daß er eine etwas peinliche Affäre mit Catherine Welby habe, die alt genug war, um seine Mutter zu sein. Da junge Männer die Gewohnheit haben, sich zunächst in ältere und erfahrene Frauen zu verlieben, hatte Miss Silver diesen Umstand als unerheblich abgetan. Doch nun fragte sie sich, weshalb er vor Catherines Haus gewartet hatte. Das übliche Verhalten eines schüchternen jungen Mannes, der wie die Motte das Licht umkreist? Aber weshalb folgte er jetzt ihr?

»Ja – Mrs. Voycey hat mir von Ihnen erzählt. Was kann ich für Sie tun, Mr. Grover?«

Er stand nun ganz dicht vor ihr. Seine Stimme war immer noch verlegen.

»Ich wollte mit Ihnen sprechen . . .«

»Mit mir, Mr. Grover? Sie konnten doch nicht wissen, daß ich mich im Torhaus aufhielt.«

»Nein – nein – das wußte – konnte ich nicht wissen. Ich wollte eigentlich Mrs. Welby besuchen; aber als Sie herauskamen, nutzte ich die Gelegenheit. Ich wollte schon lange mit Ihnen sprechen.«

»Und weshalb?«

Er kam mit einer schlichten Direktheit, die ihr gefiel, zum Kern der Sache.

»Die Haushälterin von Mrs. Voycey, bei der Sie wohnen, ist eine Freundin meiner Mutter. Ich hörte von ihr, daß Sie Detektivin sind und jetzt für Miss Cray arbeiten.«

»Ja, Mr. Grover? Wollen wir ein Stück zusammen gehen? Wir könnten auffallen, und Bewegung ist gut gegen die Kälte.«

Sie gingen nebeneinander her. Allan Grover schüttete ihr dabei sein Herz aus:

»Es ist wegen Cyril – Cyril Mayhew. Miss Silver – das bleibt doch unter uns, nicht wahr? Denn eigentlich darf ich nicht über Dinge reden, die mir als Angestellter einer Rechtsanwaltspraxis bekannt werden. Ich mußte heute morgen mit Mr. Holderness nach Melling House – zu einer Bestandsaufnahme mit der Polizei, um festzustellen, ob etwas fehle. Nun, wir entdeckten sofort, daß vier vergoldete Figuren vom Kaminsims in der Bibliothek verschwunden sind.«

197

»Ja, sie stellen die vier Jahreszeiten dar, nicht wahr?«

»Sie wissen davon?«

»Ja, Mr. Grover.«

»Dann wissen Sie auch, daß die Polizei glaubt, Cyril habe sie gestohlen.«

»Glauben Sie, er könnte dafür Gründe gehabt haben?«

»Ich bin sicher, er hat es nicht getan. Deshalb wollte ich mit Ihnen sprechen.«

Miss Silver hüstelte.

»Wissen Sie, ob die Statuen einen besonderen Wert hatten?«

Mr. Grover zögerte und antwortete dann:

»Im Verzeichnis sind sie als ›vier vergoldete Figuren‹ aufgeführt.«

»Ist das alles, was Sie über diese Figuren wissen?«

»Nein. Ich habe früher oft im Herrenhaus mit Cyril gespielt. Mrs. Lessiter hatte ein Faible für meine Mutter. Ich bin auch häufig in der Bibliothek gewesen und habe dort die Figuren betrachtet. Cyril behauptete immer, sie wären aus Gold. Wir erfanden Geschichten, daß sie aus einem Piratenschatz stammten.«

Damit, dachte Miss Silver, wurde Cyril nur noch mehr belastet. Sie fragte im Ton eines Ermittlungsbeamten: »Und sind sie aus Gold?«

Allan Grover lachte.

»Nein, natürlich nicht! Das war nur Gerede. Sie hätten ja nicht so offen herumgestanden, wenn sie aus Gold gewesen wären.«

»Sie waren trotzdem aus Gold, Mr. Grover.«

»Wer behauptet das?«

»Miss Cray zum Beispiel. Ich glaube, auch die Mayhews wissen es und aller Wahrscheinlichkeit nach auch Ihr Freund Cyril.«

Da legte er doch tatsächlich die Hand auf ihren Arm!

»Miss Silver, Cyril hat damit nichts zu tun! Das schwöre ich. Er mag ja in der Tatnacht hier gewesen sein – die Polizei behauptet es –; aber ich schwöre, daß er weder die Figuren gestohlen noch Mr. Lessiter umgebracht haben kann. Deswegen wollte ich mit Ihnen sprechen. Ich schwöre, Cyril hatte nichts damit zu tun.«

»Woher nehmen Sie Ihre Gewißheit?«

Seine Hand lag noch immer auf ihrem Arm, und seine Finger schlossen sich um ihren Ärmel.

»Weil ich Cyril kenne. Würden Sie ihn so lange gekannt haben wie ich, wären Sie genauso überzeugt. Wenn Sie mir noch eine Weile zuhören wollen – ich habe mir alles gründlich überlegt.«

»Ich höre Ihnen mit Vergnügen zu, Mr. Grover.«

»Ich sehe die Sache so: Mr. Lessiter hielt sich den ganzen Mittwoch abend über in seiner Bibliothek auf. Angeblich kam Cyril mit dem 6-Uhr-30-Zug nach Lenton und borgte sich dort von Ernie White ein Fahrrad. Mrs. Mayhew bestreitet, daß er in Melling House gewesen sei, aber das kann man auch nicht anders von ihr erwarten. Angenommen, er hätte diese Figuren gestohlen – um welche Zeit? Am frühen Abend, als Mr. Lessiter in der Bibliothek war? Und selbst wenn er ein paar Minuten den Raum verließ, muß ihm doch sofort aufgefallen sein, daß die Figuren verschwunden waren – Gold auf schwarzem Marmor ist recht auffällig.«

»Sie befanden sich noch auf dem Kamin, als Miss Cray um Viertel nach neun die Bibliothek verließ.«

»Sehen Sie? Die Polizei nimmt an, Mr. Lessiter sei irgendwann nach neun Uhr abends umgebracht worden. Cyril hätte nie gewagt, die Figuren zu stehlen, solange Mr. Lessiter im Raum war, und ich kann sofort einen Eid schwören, daß er sie niemals aus einem Raum gestohlen hätte, in dem ein Toter lag.«

»Und weshalb nicht, Mr. Grover?«

»Weil ich Cyril kenne. Ich möchte nicht die Hand für ihn ins Feuer legen, wenn es um Kleinigkeiten geht – er leidet sehr unter dieser Schwäche. Aber er würde niemals etwas stehlen, wenn er glaubt, es sei ein Risiko damit verbunden. Und wer da glaubt, Cyril könnte jemanden umbringen oder in ein Zimmer gehen, in dem ein Toter mit geborstenem Schädel liegt, aus dem die Gehirnmasse austritt, der weiß nicht, wovon er spricht. So etwas brächte er niemals fertig. Ich habe selbst gesehen, wie oft er sich die Ohren zuhielt und aus der Küche floh, weil seine Mutter eine Maus erschlagen wollte. Und was das Kaninchenschlachten betrifft, war er schlimmer als ein Mädchen – ein Tropfen Blut, und ihm wurde schlecht. Nein, Cyril kann unmöglich den Schürhaken genommen und Mr. Lessiter erschlagen haben.

Nun können ja auch Kaninchen zubeißen, wenn sie sich in die Enge gedrängt fühlen. Das gilt für jede Kreatur. Und Cyril könnte ja auch mit einer dieser Figuren zugeschlagen haben, wenn man ihn beim Stehlen ertappte, aber so ist es bestimmt nicht gewesen. Wer Mr. Lessiter umbrachte, mußte sein Vertrauen gehabt oder jedenfalls gut mit ihm bekannt gewesen sein. Denn zu einem Kampf ist es doch nicht gekommen! Oder kämpft man mit jemandem, indem man am Tisch sitzt und ihm den Rücken zudreht? Doch derjenige, der hinter ihm vor dem Kamin stand, wollte ihn töten, nahm den Schürhaken und erschlug ihn. So etwas hätte Cyril nie fertiggebracht. Es gibt Dinge, zu denen ein Mensch nicht fähig ist. Cyril konnte nicht einmal eine Wespe mit dem Schuh zertreten, geschweige denn, einen Mann mit einem Eisen erschlagen. Nein, er kommt als Täter niemals in Frage!«

Sie hatten den Rand des Angers erreicht. Von der anderen Straßenseite grüßten die beleuchteten Fenster von Mrs. Voyceys Wohnzimmer herüber.

»Sie haben mir einen außerordentlich interessanten Vortrag

gehalten, Mr. Grover. Ich danke Ihnen. Ihre Argumente haben viel für sich, und ich werde sie gebührend berücksichtigen. Gute Nacht.«

KAPITEL 34

Randal March trat erst am späten Abend seinen Heimweg an. Er war zufrieden, daß er diesen Tag vom Kalender streichen konnte, und glücklich, daß er sich Superintendent Drakes Gesabbel nicht länger anhören mußte. Drakes Reaktion auf die Fußabdrücke, die Miss Silver entdeckt hatte, war geradezu empörend. Er wollte sie nicht gelten lassen, nahm es persönlich und spielte die beleidigte Leberwurst. Er erhob Einwände, daß sie vielleicht aus einer viel früheren Zeit stammten, und als March darauf hinwies, daß es am Mittwochnachmittag einen Wolkenbruch gegeben habe und sie erst danach entstanden sein konnten, faßte er das abermals als persönliche Kränkung auf.

Nun kann es einem Polizeioffizier schon an die Nieren gehen, wenn er zusehen muß, wie seine gutdurchdachte Theorie, die sich auf angeblich gesicherte Indizien stützt, zusammenbricht wie ein Kartenhaus. Mit Rietta Cray und Carr Robertson als Tatverdächtige hatte sich Drake schon in sicherem Fahrwasser gewähnt. Es war sein erster richtiger Mordfall. Er sah eine Beförderung am Horizont, und daß seine Verdächtigten zur besseren Gesellschaftsschicht gehörten, war eine Genugtuung für einen Mann, der sich der Arbeiterklasse zurechnete. Als Mr. Holderness Cyril Mayhew als eine mögliche Alternative ins Spiel brachte, mißfiel ihm das – niemand hätte auch von ihm erwartet, daß er sich darüber freute –; aber da machte er noch eine sehr glaubwürdige Figur als unvoreingenommener Beamter, der nur die Wahrheit ans Licht bringen will.

Dann tauchten plötzlich die Fußabdrücke einer unbekannten Frau auf, die absolut nicht in seine Theorie paßten. Und damit war er mit seiner Selbstbeherrschung am Ende, zumal er genausogut wie sein Vorgesetzter wußte, daß er sie selbst hätte entdecken müssen. Es wäre nicht so schlimm gewesen, wenn die Schuhe, die diese Abdrücke hinterließen, Miss Cray gepaßt hätten. Aber daß sie nicht von ihr stammten, sah man auf den ersten Blick; das brauchte ihm nicht erst der Chefkonstabler zu erzählen.

Und er bemerkte mit essigsaurer Miene, wenn man zwischen einem Verbrechen ohne Indizien oder einem zu wählen habe, bei dem sie um einen herumsummten wie Schmeißfliegen, dann wäre ihm ersteres lieber, und vielen Dank dazu. Es war einer der seltenen Momente in ihrer Zusammenarbeit, wo der Chefkonstabler geneigt war, dem Superintendenten recht zu geben.

Nun war auch dieses Geschäft nach Feierabend erledigt. Die Fußabdrücke waren mit Blitzlicht fotografiert, mit Gips ausgegossen und eine Zeltplane darüber gebreitet worden, um sie vor dem Wetter zu schützen.

Randal March war auf dem Weg nach Hause.

Er verließ Melling auf einer Nebenstraße. Er fuhr langsam auf einer dunklen engen Fahrspur. Da waren Hecken an beiden Seiten, ziemlich wild und ungepflegt, hin und wieder durchbrochen von dem dunklen Schatten einer Steineiche. Er hatte die Straße für sich – kein Scheinwerfer eines anderen Wagens, der ihm entgegenkam, kein schwankender niedriger Kegel einer Fahrradlampe, kein Fußgänger, der sich in die Hecken drückte. Diese dunkle Einsamkeit tat ihm wohl. Er war so erschöpft, wie seit Jahren nicht mehr, und sein Verstand war wie ausgebrannt.

In den letzten Tagen waren seine Gedanken ruhelos auf und ab gewandert, hatten gerungen und rebelliert. Selbst als er sich bemühte, sie zu ordnen, die Balance zu halten zwischen Anklage und Verteidigung, seine Pflicht zu tun ohne Furcht oder Begünstigung, konnte er nicht sicher sein, wohin die Waage sich neigte.

Er fuhr den hellen Pfad hinunter, den die Scheinwerfer ihm wiesen, und wünschte von ganzem Herzen, daß er auch seinen künftigen Weg in dieser Mordsache so deutlich sehen könnte.

Eine halbe Meile hinter Melling, wo der Fußweg von Rowberry Common herunterkam, machte die Fahrspur eine unerwartete Biegung nach links. Das Scheinwerferlicht glitt über den Fußweg dicht vor der Kurve hin und erfaßte die Gestalt einer Frau. Einen Moment lang, ehe der Wagen der Kurve folgte, stand sie geblendet mit geweiteten Augen und unnatürlich weißem Gesicht in der gleißenden Lichtflut. Ein erschreckendes Bild, als sähe man das Gesicht eines Ertrunkenen.

March lenkte den Wagen durch die Kurve, hielt an und ging zurück. Sie bewegte sich, er hörte, wie ein Stein sich unter ihrem Schritt löste. Eine kaum begründbare Erleichterung überkam ihn. Das Geräusch des hüpfenden Kiesels war wie eine Erlösung von einer Angst, die er sich bewußt nicht eingestanden hatte.

»Rietta, was machst du denn hier?« Und er sah sie auf sich zukommen wie ein Schatten.

»Ich bin auf dem Hügel von Rowberry Common spazierengegangen. Mir fiel zu Hause die Decke auf den Kopf.«

»Du solltest im Dunkeln nicht dort spazierengehen. Es ist ein verrufener Ort.«

Sie sagte mit herzzerbrechender Schlichtheit:

»Niemand würde mir etwas tun – ich bin zu unglücklich.«

»Ist das ein Schutz?«

»Ja. Niemand erreicht dich – wenn du ganz einsam bist . . .«

»Rietta, so solltest du nicht reden!«

»Ich gehe jetzt nach Hause.«

Sie ging einen Schritt von ihm fort, und da geschah etwas. Er war ein Mann der Zucht, nicht des Überschwangs. Er hatte noch nie die Selbstbeherrschung verloren so wie jetzt. Sie durfte nicht fortgehen. Er streckte die Arme aus, und seine Hände berührten den rauhen Stoff ihres Mantels. Eine rein instinktive Bewegung, mit der er sie festhielt.

»Rietta!«

»Oh, laß mich gehen.«

»Ich kann nicht. Ich liebe dich. Das weißt du, nicht wahr?«

»O nein!«

»Was hätte leugnen für einen Sinn? Wenigstens diesmal sollten wir bei der Wahrheit bleiben. Du weißt, daß ich dich liebe.«

»Nein . . .«

»Hör auf zu lügen, Rietta! Und wenn wir sonst nichts füreinander tun können, die Wahrheit können wir uns doch wenigstens sagen. Warum hast du mich denn bei dem Verhör heute nachmittag so vorwurfsvoll angesehen, wenn du es nicht wußtest? Jedesmal, wenn ich dir eine Frage stellte, hast du mich strafend angesehen – jedesmal, wenn dich dieser verdammte Drake ins Kreuzverhör nahm und ich stumm dabeisaß, hast du mich mit deinen Blicken angeklagt. Wenn du nicht wußtest, daß ich dich liebe, gäbe es keinen Grund dafür. Das weißt du.«

»Ja, ich weiß, aber es ist nicht wichtig. Es ist so, als erinnerte man sich an etwas, das vor langer Zeit gestorben ist . . .«

Sie spürte die Kraft in seinen Händen, die sie festhielten.

»Wovon redest du? Glaubst du, ich würde dich gehen lassen?«

Sie sagte mit seltsam schluchzender Stimme:

»Ich bin . . . schon gegangen.«

Das Gefühl, das er hatte, als er sie wie eine Ertrunkene im Scheinwerferlicht sah, kehrte mit bestürzender Gewalt zurück.

»Sag so etwas nicht – ich will es nicht hören! Ich will, daß du mich heiratest!«

»Wirklich, Randal? Und siehst du schon die Schlagzeilen in der Zeitung: ›Chefkonstabler heiratet Hauptverdächtige im Mordfall Lessiter‹? Nein, das können sie erst schreiben, wenn ich verhaftet bin. Das wäre sonst ein unzulässiger Eingriff in ein schwebendes Verfahren, nicht wahr? Und sobald ich verhaftet bin, werde ich auch angeklagt. Randal, warum mußte uns das passieren? Wir hätten so glücklich sein können.«

Es war, als öffne der Kummer ihr Innerstes. Es hatte ihr zu weh getan, als sie daran dachte, was vielleicht hätte sein können. Sie hatte keinen Stolz mehr, keine Selbstbeherrschung, und die Tränen strömten ihr über das Gesicht. Sie war nicht einmal froh darüber, daß es dunkel war. Sie hätte sich auch bei Tag nicht mehr beherrschen können.

Zuerst merkte er es nicht. Sie stand ganz ruhig unter seinen Händen. Er hatte mit dem Aufruhr seiner eigenen Gefühle zu kämpfen.

Dann fiel eine von ihren heißen Tränen auf sein Handgelenk. Er nahm seine Hand von ihrem Arm und legte sie an ihre Wange. Tränen liefen darüber hin. Er zog sie an sich und küßte sie. Sie küßte ihn wieder, nicht ruhig, sondern mit einer verzweifelten Leidenschaft. Wenn das alles war, was sie haben konnten, wollten sie damit nicht sparsam sein, dachte sie.

Sie hatten die Welt um sich vergessen, und ihr Atem und ihr Pulsschlag wurden eins. Sie wußten nicht, wie lange sie so dagestanden hatten, bevor sie sich mit einem tiefen Atemzug von ihm löste und leise sagte:

»Wir sind verrückt.«

»Nein, bei klarem Verstand«, entgegnete Randal March. »Halte daran fest – und gemeinsam werden wir unseren klaren Verstand behalten.«

»Können wir das?«

Er hatte seinen Schwerpunkt wiedergefunden. Seine Gedanken beruhigten sich.

»Ja.«

Da war wieder dieses lange, bange Atemholen.

»Ich weiß es nicht – ich habe das Gefühl, als sei ich fortgegangen – ganz weit fort.«

»Ich bringe dich zurück.«

»Ich glaube nicht, daß du das kannst.«

Sie löste sich von ihm.

»Randal, willst du mir auch etwas ehrlich beantworten?«

»Ich werde mein Bestes tun.«

»Das wird nicht reichen, wenn es nicht die volle Wahrheit ist. Ich muß es wissen. Bist du – bist du dir ganz sicher, was mich betrifft? Nicht nur jetzt, wo wir uns so nahe sind – sondern auch morgens, wenn du die Augen aufschlägst oder wenn du plötzlich mitten in der Nacht aufwachst, ehe du Zeit hattest, dir alles zurechtzulegen und das Für und Wider zu erwägen? Auch dann?«

»Ja, ich habe nicht einen Moment gezweifelt. Das gehört nicht zu den Dingen, die ich abwägen mußte – es steckt in meinem Knochen.«

Sie kam wieder ganz dicht heran und sagte:

»Carr ist sich nicht sicher.«

»Rietta!«

»Es ist nicht seine Schuld. Er möchte nicht irre werden – er wehrt sich verzweifelt dagegen.«

»Er ist ein Narr.«

Sie schüttelte den Kopf.

»Er versucht es – ich habe es ihm angesehen. Manchmal gelingt es ihm – eine Weile lang. Und dann kommt es wieder über ihn – ›Und wenn sie es doch gewesen ist?‹ Er sagt es nicht, aber ich weiß es. Wenn es mir mit dir ähnlich erginge, könnte ich es nicht ertragen.«

»Es wird nie so sein mit mir – das kann ich dir versprechen.«

»Es ist nicht Carrs Schuld«, wiederholte sie. »Ich könnte ja seinetwegen ähnliche Zweifel haben. Nur gab er mir so deutlich zu verstehen, daß er annimmt, ich wäre es, die James umbrachte. Er fragte mich sogar, warum ich es getan hätte. Und er überredete mich, den Regenmantel auszuwaschen. Ein schlechter Dienst, fürchte ich.«

»Du hättest es niemals tun dürfen.«

»Ich weiß! Aber ich weiß nicht, ob ich es nicht wieder täte. Ich hatte solche Angst um Carr, und er um mich. Nur hätte ich es dann besser machen müssen. Es war eine Kurzschlußreaktion, für die Geschworenen natürlich ein Schuldbeweis.«

Seine Stimme hatte einen rauhen Klang, als er sagte:

»Rede jetzt nicht von Geschworenen – es wird nicht so weit kommen. Wir werden den Richtigen finden. Und wenn du daran zweifelst, geh zu Miss Silver. Sie wird dir die Grillen vertreiben.«

»Ich mag sie«, sagte Rietta. »So unscheinbar und doch so imponierend. Ich weiß nicht, woran das liegt.«

Er lachte. »Frank Abbott, ein recht vorlauter Bursche von Scotland Yard, nennt sie Maudie, das Maskottchen. Er sagt, wenn sie sich in einen Fall einmischt, ist die Polizei immer der strahlende Sieger.«

»Ist das wahr?«

»So ziemlich. Sie ist eine Lady mit einem außergewöhnlichen Flair. Nein, wohl noch mehr als das. Man kann ihr nichts vormachen. Sie durchschaut alles, wohinter wir uns verstecken – das Auftreten, die Manieren, die ganze Show, die wir abziehen. Um zu verhindern, daß die Leute uns so sehen, wie wir wirklich sind – da sieht sie hindurch wie durch Glas und bewertet dann, was bleibt. Ich kann mich noch an das schreckliche Gefühl erinnern, das wir als Kinder hatten, wenn wir etwas anstellten, das sie mißbilligte. Ich jedenfalls habe erst gar nicht versucht, Miss Silver etwas vorzumachen, weil ich wußte, das führt zu nichts. Und ich muß zugeben, daß sie auch heute noch so auf mich wirkt wie damals.«

Rietta lachte ein wenig unsicher.

»Ja, mir ist es ähnlich ergangen. Gleich am Anfang unseres Gesprächs hatte ich das Gefühl, sie würde sofort merken, wenn ich ihr etwas verheimlichte. Tatsächlich erzählte ich ihr Dinge, von denen ich gar nicht sprechen wollte.« Sie löste sich wieder von ihm. »Randal, ich muß jetzt gehen. Sie glauben sonst, mir wäre etwas zugestoßen.«

KAPITEL 35

Der Freitag gehörte allmählich der Vergangenheit an. Kurz vor elf läutete bei Randal March noch einmal das Telefon. Rietta, dachte er. Doch der Liebhaber in ihm war zu voreilig gewesen. Miss Silver sagte in ihrem Schulzimmer-Französisch:

»Es tut mir leid, daß ich dich so spät störe. Doch ich habe es schon ein paarmal versucht. Könntest du es einrichten, so bald wie möglich morgen früh bei mir vorbeizukommen? Es würde mich freuen. Ich hatte zwei Gespräche, von denen ich dir Kenntnis geben möchte.«

Das war alles. Kein Gute-Nacht-Gruß oder Lebewohl.

Er pfiff leise vor sich hin, als er auflegte. Er kannte seine Miss Silver. Wenn sie mit den gesellschaftlichen Normen so locker umging, mußte es schon etwas sehr Ernstes sein. Er nahm sich fest vor, spätestens um halb zehn bei ihr zu sein. Dann erledigte er noch ein paar eilige schriftliche Arbeiten, ging zu Bett und sank sofort in einen traumlosen Schlaf.

Andere waren nicht so glücklich wie er.

Rietta Cray fand keine Ruhe. Sie sah den Hoffnungsfunken, den ihre Begegnung mit Randal entfacht hatte, wieder erlöschen. Sie würde Randals Karriere vernichten, wenn sie ihn heiratete. Ein paar halbe Stunden hatte sie an die Möglichkeit eines Glücks geglaubt. Nein, das war eine Illusion gewesen.

Carr Robertson träumte von einem dunklen Zimmer und einem Toten, der ihm zu Füßen lag. Eine kalte Hand berührte ihn. Er wachte schweißgebadet auf.

In Melling House schrie Mrs. Mayhew im Schlaf. Sie träumte von einem wimmernden Kind. Das Kind war Cyril. Er fror und bettelte, weil er Hunger hatte, und sie konnte nicht zu ihm. Sie schrie so jämmerlich, daß ihr Mann sich erschrocken aufsetzte und das Licht einschaltete. Sie hatte im Traum ihre Bettdecke abgeschüttelt, und es war empfindlich kalt im Zimmer. Er deckte sie wieder zu, doch ihr Wimmern wollte nicht aufhören.

Catherine Welby saß wach in ihrem Bett. In ihrem Schlafzimmer brannte eine Heizsonne, die sie vor der Kälte schützte. Sie trug ein gestepptes, blaßblaues Nachtjäckchen, das gut zu ihren Haaren paßte. Doch ohne Make-up wirkte ihr Gesicht unnatürlich blaß. Sie hatte sich drei Kissen in den Rücken gestopft und las in einem Buch – Zeile für Zeile, Seite für Seite, Kapitel für Kapitel. Sie zwang sich mit eisernem Willen zum Lesen, aber hätte man sie gefragt, worum es in diesem Buch ging, wäre sie etwas ratlos gewesen.

Auch die längste Nacht geht einmal zu Ende, und als ein neuer trüber Tag anbrach, gingen alle wieder ihren Geschäften nach.

Catherine Welby aß ein paar Scheiben Toast zum Frühstück und begegnete Mrs. Fallow in der Einfahrt, als sie ihr Torhaus verließ, um den Bus um neun Uhr vierzig nach Lenton zu nehmen. Mrs. Fallow war unterwegs, um ein paar frische Eier für Mrs. Mayhew zu besorgen, weil diese jede feste Nahrung verweigerte und nur noch heulte, daß ihr die Tränen in die Teetasse liefen.

Catherine blickte auf ihre Armbanduhr. Die Haltestelle war gleich neben dem Tor. Sie hatte noch fünf Minuten Zeit.

»Wenn Sie es so eilig haben, warum gehen Sie dann nicht hinten herum, Mrs. Fallow?« fragte sie.

»Das kann ich nicht«, antwortete Mrs. Fallow. »Der Plattenweg ist doch abgesperrt. Gestern abend war die Polizei noch hier und hat Fotos gemacht und Gips angerührt. Sie haben eine Zeltplane ausgebreitet, damit niemand die Fußabdrücke zerstört.«

Catherine zog ihre Handschuhe an und glättete sie sorgfältig über den Fingern.

»Fußabdrücke?« wiederholte sie mit gespielt gleichgültiger Stimme.

»Fußabdrücke«, bekräftigte Mrs. Fallow mit einem Kopfnicken und ging neben ihr her. »Unter dem Bibliotheksfenster zwischen den Fliederbüschen! Dort muß sich jemand in der Nacht versteckt haben, als Mr. Lessiter ermordet wurde. Und sie haben alles fotografiert und ausgemessen. Dem Himmel sei Dank, daß sie dies wenigstens Miss Rietta nicht anhängen können, denn die Fußabdrücke, sagt die Polizei, wären viel kleiner und zierlicher. Miss Rietta trägt Schuhe, die zwei Nummern größer sind. Und von Cyril Mayhew können sie natürlich auch nicht stammen. Die arme Mrs. Mayhew hat auch ohne Fußabdrücke schon Kummer genug. – Also, ich darf mich nicht länger aufhalten – Miss Rietta erwartet mich.«

Sie eilte durch die Säulen auf die Straße hinaus. Catherine stieg in den wartenden Bus.

KAPITEL 36

Bessie hatte schon ganz früh im Wohnzimmer Feuer im Kamin gemacht, damit es dort angenehm warm war, wenn der Chefinspektor nach dem Frühstück ›Miss Silver seine Aufwartung‹ machte. Mrs. Cecilia Voycey, die vor Neugierde platzte, erinnerte sich, daß Maud schon in der Schule eine Geheimniskrämerin gewesen war. Aber natürlich respektierte sie, daß es sich um ein vertrauliches Gespräch handelte.

Pünktlich um halb zehn fuhr der Chefkonstabler mit seinem Wagen vor, und Miss Silver berichtete ihm im Wohnzimmer bei geschlossenen Türen von ihren Gesprächen mit Catherine Welby und Allan Grover. March meinte, die Aussage des Kanzleiangestellten sei nicht beweiskräftig, was Miss Silver nicht bestritt, obwohl sie mit einem leichten Hüsteln hinzusetzte, daß sie von der psychologischen Glaubwürdigkeit seiner Argumente beeindruckt gewesen sei und sich nicht dem Vorwurf aussetzen wollte, sie würde sachdienliche Informationen der Polizei gegenüber verschweigen.

Der Chefkonstabler war in beträchtlich besserer Laune als am Tag zuvor. Er lachte und sagte:

»So etwas würdest du nie tun!«

Sie antwortete ernst:

»Jedenfalls sehr selten. Und dann nur aus zwingenden Gründen, Randal. Und da ist noch etwas . . .«

»Ja?«

»Auf die Telefongespräche am Mittwochabend.«

»Mehrere Gespräche?«

»Ja. Zunächst das Gespräch, das Mrs. Welby zwischen acht Uhr und acht Uhr dreißig mit Miss Cray führte . . .«

»Es war Catherine Welby, die im White Cottage angerufen hat?«

»Ja. Miss Cray weigerte sich, mir zu sagen, worüber sie sprachen. Sie deutete an, es habe sich um ›Geschäftliches‹ gehandelt. Als ich sie fragte, ob diese Geschäfte etwas mit Lessiter zu tun hätten, sagte sie nur erschrocken: ›Oh!‹ Mrs. Welby war sehr ärgerlich, als ich auf dieses Telefongespräch anspielte. Und als ich das verlorengegangene Memorandum erwähnte, versetzte sie das sogar vorübergehend in Panik.

Nach allem, was im Dorf geredet wird und ich selbst beobachtet habe, komme ich zu dem Schluß, daß Mrs. Welby durch Mr. Lessiters Rückkehr in eine außerordentlich unangenehme Lage gebracht worden ist. Die alte Mrs. Lessiter hatte Mrs. Welby das Torhaus eingerichtet. Im Laufe der Zeit sind noch mehr Dinge hinzugekommen, manches von beträchtlichem Wert. Mrs. Welby hat jedem im Dorf zu verstehen gegeben, diese Möbel und antiquarischen Kostbarkeiten seien Geschenke, also ihr Eigentum. Nun kommt Mr. Lessiter nach Melling House zurück. Es erscheint mir logisch, daß er bezweifelte, seine Mutter würde so kostbare Gegenstände aus ihrem Besitz einfach verschenken. Er sucht nach Beweisen. Es gibt Indizien, die belegen, daß er sein Haus nach einem Papier durchsuchte, das er später in seinem Gespräch mit Miss Cray als Memorandum bezeichnete. Mrs. Fallow, die in Melling House der Haushälterin hilft, sagt aus, er habe ›das Haus praktisch auf den Kopf gestellt‹, um ein Papier zu finden, das Mrs. Lessiter ihm hinterlassen habe. Wir wissen, daß dieses Papier gefunden wurde, denn Miss Cray sah es auf Mr. Lessiters Schreibtisch liegen. Doch nun ist es verschwunden. Du darfst nicht übersehen, was für eine wichtige Rolle dieses Memorandum in diesem Falle spielt. Jemand wurde dadurch belastet, und dieser Jemand trug Sorge, es zu entfernen. Ich gehe nicht so weit zu behaupten, daß dieser Jemand auch der Mörder war, aber auszuschließen ist es nicht. Meiner Meinung nach belastete das Memorandum Mrs. Welby. Ich glaube, es enthielt den Beweis, daß ihr die Einrichtung des Torhauses nicht geschenkt, sondern nur geliehen wurde. Und ich bin überzeugt, daß sie von der Einrichtung einiges verkauft hat . . .«

»Meine liebe Miss Silver!«

»Ich sagte, ich bin davon überzeugt! Ihr Einkommen ist außerordentlich niedrig, ihre Kleider außerordentlich teuer. Die unerwartete Rückkehr von Mr. Lessiter war für sie ein Schock.«

»Bei allem Respekt vor deinen Kombinierfähigkeiten . . .«

Sie sah ihn an und brachte ihn mit ihrem charmantesten Lächeln zum Schweigen.

»Du magst das ja als eine Kombination, als eine Hypothese betrachten. Aber für mich sind es Fakten! Mr. Lessiter findet das Memorandum am Mittwoch abend zwischen halb acht und acht. Er ruft Mrs. Welby an und erklärt ihr, sie habe sich an fremdem Eigentum vergriffen. Anschließend ruft Mrs. Welby Miss Cray an. Das zweite Telefongespräch ist durch Aussagen von Zeugen belegt. Wir müssen nur genau wissen, was in beiden Gesprächen zwischen den Teilnehmern verhandelt wurde. Hat man das Mädchen von der Vermittlung bereits befragt?«

»Ich denke nicht – sonst würde Drake es erwähnt haben. Bis jetzt weist nichts darauf hin, daß das Gespräch, das Rietta Cray angeblich mit Mrs. Welby geführt haben soll, etwas mit dem Mord zu tun hat.«

»Dann, Randal, sorge dafür, daß das Mädchen von der Vermittlung sofort befragt wird. Vielleicht hat sie mitgehört, als Mrs. Welby mit Miss Cray telefonierte.«

»Es ist Angestellten der Post verboten, Gespräche mitzuhören.«

Miss Silver lächelte.

»Was ist nicht verboten, und wir tun es trotzdem? Das Interesse im Dorf für Mr. Lessiters Angelegenheiten war gewaltig groß. Ich hoffe, es stellt sich heraus, daß Gladys Luker neugierig genug war, um mitzuhören.«

»Sie war in der fraglichen Zeit die Vermittlerin in der Telefonzentrale?«

»Ja. Sie ist Mrs. Grovers Nichte. Ein sehr nettes Mädchen. Angeblich bedrückt sie etwas, worüber sie nicht sprechen will.«

Er lachte.

»Wir werden sie befragen, aber sei bitte nicht enttäuscht, wenn sich ihre Verstimmung als Liebeskummer herausstellen sollte. Oh, ich werde schon im Büro erwartet. Ich muß jetzt gehen. Mr. Drake ist, nebenbei bemerkt, gar nicht begeistert von deinen Fußabdrücken. Sie haben ihm das Konzept verdorben.«

»Das wollte ich natürlich nicht.«

»Meine liebe Miss Silver, du hast gar keine Ahnung, wie unsympathisch mir dieser tüchtige Mann ist. Das sage ich natürlich nur dir. Ehrgeiz, Ehrgeiz – nichts als Ehrgeiz! Jedenfalls hat er inzwischen festgestellt, daß die Dame, die die Fußabdrücke hinterließ, Schuhgröße sechsunddreißig hat.«

»Ich habe Schuhgröße sechsunddreißig, Randal.«

Er konnte einen leisen Ausruf nicht unterdrücken.

Miss Silver hüstelte.

»Und Mrs. Welby hat die gleiche Schuhgröße wie ich«, sagte sie.

KAPITEL 37

Catherine Welby stieg am Marktplatz von Lenton aus dem Bus und ging die Friar's Row hinunter. Die Kanzlei von Stanway, Stanway, Fulpurse und Holderness befand sich seit hundertfünfzig Jahren im ersten Stock eines schmalbrüstigen alten

Hauses über einem Buchladen, der erst fünfundzwanzig Jahre existierte und schon ein paarmal den Besitzer gewechselt hatte.

Allan Grover, der Catherine Welby die Kanzleitür öffnete, sollte sich noch oft an diesen Morgen erinnern. An das leuchtende Gold ihrer Haare, die kleine Diamantbrosche am Hals, die ihre blauen Augen besonders gut zur Geltung brachte. Sie trug einen Hauch von Schönheit in die verstaubte Kanzlei, den Pulsschlag der Romantik. Er hörte sie »Guten Morgen« sagen und erwiderte stotternd ihren Gruß.

Miss Janet Loddon, die mit ihm in der Kanzlei arbeitete, sah ihn verächtlich an. Sie war ein Jahr älter als Grover und hatte erst in der vergangenen Woche mit ihrem Freund gebrochen, da er ständig an ihren Pasteten herummäkelte. Es schmeichelte ihrem Selbstbewußtsein, mit anzusehen, wie blaß Mr. Grover wurde und daß er vor Verlegenheit kein vernünftiges Wort herausbrachte.

Sie hörte Allan zu Mr. Holderness' Zimmer gehen, hörte ihn zurückkommen, und dann seine und ihre Schritte, als er sie zur Kanzlei begleitete. Sie hörte, wie er die Tür am Ende des Flurs öffnete und »Mrs. Welby, Sir« sagte. Dann kehrte er an seinen Schreibtisch und zur Verachtung von Miss Loddon zurück. Sie konnte hören, wie seine Feder auf einem Papier kratzte. Plötzlich schob er den Stuhl zurück.

»Wenn man mich braucht – ich bin in Mr. Stanways Zimmer. Mr. Holderness möchte einen Blick in die Jardine-Akte werfen.«

Miss Loddon bemerkte, vermutlich würde ihn niemand vermissen, wenn er bis zum Mittagessen in alten Akten wühlte. Er verließ das Zimmer und warf die Tür so energisch hinter sich zu, daß es selbst Mr. Holderness in seinem schalldichten Büro hören mußte.

Catherine Welby nahm auf dem gleichen Sessel Platz, den James Lessiter bei seiner letzten Unterredung mit seinem An-

walt eingenommen hatte. Die Fenster sahen auf die Hauptstraße hinaus, waren aber geschlossen. Der lärmende Verkehr
verursachte nur ein gedämpftes, nicht unangenehmes Summen.
Holderness' dichtes graues Haar bildete einen lebhaften Kontrast zu der dunklen Täfelung in seinem Rücken. Da er Catherine schon als kleines Kind gekannt hatte, sprach er sie mit dem
Vornamen an:

»Meine liebe Catherine! Was bringt dich hierher?«

Das Gespräch dauerte ungefähr zwanzig Minuten. Mrs.
Welby war im Gegensatz zu gestern abend heute morgen
ungewöhnlich aufgeschlossen. Während Mr. Holderness erschrocken zuhörte, breitete sie ihre Notlage vor ihm aus und
erwähnte Einzelheiten, die bei ihm Bestürzung auslösen mußten.

»Ich habe einiges davon verkauft, weißt du.«

»Meine liebe Catherine!«

»Man braucht Geld zum Leben. Und weshalb sollte ich
nicht? Tante Mildred hatte mir die Sachen überlassen.«

Mr. Holderness sah sie entsetzt an.

»Und was von den Sachen hast du denn verkauft?«

»Oh, kleinere Stücke – auch eine Miniatur von Cosway . . .«

Er hob erschrocken die Hand.

»Ein Kunstwerk, dessen Spur sich leicht verfolgen läßt!«

»Ich sagte dir doch, Tante Mildred hatte mir die Sachen
geschenkt. Warum sollte ich sie nicht verkaufen? Ich hätte die
Miniatur lieber behalten, das kannst du mir glauben; denn sie
stellte Jane Lilly dar, eine Vorfahrin auch meiner Familie. Im
Stil von Lady Hamilton. Mit langen gedrehten Locken und
wehendem Schleier, verstehst du? Aber ich brauchte das Geld –
heute ist alles so sündhaft teuer.« Und dieser Refrain kehrte
immer wieder: »Ich brauchte Geld zum Leben – das begreifst
du doch, nicht wahr?«

Mr. Holderness' blühende Gesichtsfarbe hatte einen dun-

kelvioletten Ton angenommen. Im Vergleich dazu wirkte
selbst das Porträt des Firmengründers William Stanway über
der Täfelung blaß.

»Man muß den Rock aus dem Stoff schneiden, den man hat«,
sagte er ungewöhnlich schroff.

Catherine entgegnete mit einem bußfertigen Lächeln:

»Mir gefallen leider immer nur die teuersten Stoffe.«

Er sagte ihr ungeschminkt, daß sie sich in eine sehr gefährliche Lage hineinmanövriert habe.

»Du warst töricht genug, Sachen zu verkaufen, die dir nicht
gehörten, und James Lessiter, der vor ein paar Tagen auf dem
Sessel saß, den du jetzt benützt, hat dich also zu Recht verdächtigt. Er war davon überzeugt, du hättest sein Eigentum unterschlagen.«

Catherine lächelte immer noch.

»Er war schon immer rachsüchtig. Rietta hat recht getan, ihn
nicht zu heiraten. Ich habe sie damals schon vor ihm gewarnt.«

»Er sagte zu mir, daß er dich vor Gericht bringe wollte.«

»Das hat er mir auch gesagt.« Nach einer kurzen Pause
setzte sie hinzu: »Deswegen wollte ich natürlich mit ihm unter
vier Augen sprechen.«

»Du hast ihn tatsächlich angesprochen?«

»Ich wollte! Am Mittwochabend. Doch Rietta ist mir zuvorgekommen.«

»Meine liebe Catherine!«

»Und ich versuchte trotzdem noch, mit ihm zu sprechen –
später.«

»Was sagst du da?«

»Was du eben zu mir gesagt hast – daß ich mich in einer sehr
gefährlichen Lage befinde. Oder befinden würde, wenn alles
herauskommt.«

»Es besteht kein Anlaß, daß es herauskommen sollte«, sagte
Holderness. »Du kannst doch schweigen, nicht wahr?«

»O ja – ich muß – ich werde schweigen. Jedenfalls so lange, bis es nicht mehr geht.«

»Ich vermag dir nicht zu folgen.«

»Nun, gestern bekam ich Besuch von einer recht aufdringlichen alten Jungfer, die sich in diese Affäre hineinziehen ließ. Eine Gouvernante, die zur Zeit bei Mrs. Voycey zu Besuch ist.«

»Meine liebe Catherine, eine alte Jungfer und ein Mord? Wie absurd!«

»Rietta hat sie in diese Sache hineingezogen. Angeblich bildet sich diese Person ein, sie sei eine Detektivin.«

Mr. Holderness lehnte sich in seinem Sessel zurück und sagte erleichtert:

»Ich könnte mir denken, daß die Polizei kurzen Prozeß mit ihr macht. Die läßt sich von Laien nicht so leicht ins Handwerk pfuschen.«

»Sie soll den Chefinspektor als Kind unterrichtet haben«, sagte Catherine. »Rietta erzählt, er hielte sie für ein Genie. Jedenfalls hat sie mich gestern abend besucht. Ich hatte leider den Eindruck, daß sie genau weiß, woher der Wind weht.«

»Was meinst du damit, Catherine?«

»Ich glaube nicht, daß Rietta aus der Schule plauderte – das ist nicht ihr Stil. Aber diese Miss Silver wußte oder vermutete, daß James wegen der Sachen, die ich verkauft habe, Theater machen wollte. Sie erriet, daß ich mit Rietta Mittwoch abend am Telefon darüber gesprochen habe, und wenn diese Luker, das neugierige Biest, in der Vermittlung zugehört hat, sitze ich in der Tinte. Ich sagte Rietta, daß James mich gerade angerufen und mir mit dem Gericht gedroht habe und ich verzweifelt sei.«

»Dann kannst du nur hoffen, daß die junge Dame von der Vermittlung nicht zugehört hat.«

Catherine schob diesen Einwand mit einer Handbewegung zur Seite.

»Oh, abends wird viel telefoniert. Sie kann nicht überall

zuhören. Es ist diese Miss Silver, die mir Kopfschmerzen macht. Sie weiß von diesem verdammten Memorandum – frag mich nicht, wie sie darauf gekommen ist. Wenn sie so weitermacht, wird es für so manchen ein böses Erwachen geben! Ich überlege bereits, ob es nicht besser wäre, wenn ich es hinter mich brächte und bei der Polizei eine Aussage machte.«

Mr. Hoderness sah sie empört an:

»Das wäre außerordentlich unklug und...«, nach einer kurzen Pause setzte er hinzu: ».. . außerordentlich gefährlich. Meine liebe Catherine, die Klugheit gebietet...«

Zehn Minuten später stand Catherine Welby von ihrem Sessel auf, drehte sich unter der Tür noch einmal um und sagte mit ihrer klaren Stimme:

»Also schön, ich werde nichts überstürzen. Das verspreche ich dir.«

Allan Grover, der gerade aus dem Archiv, das im Nachbarzimmer untergebracht war, herauskam, sah, daß sie lächelte. Sie strömte einen schwachen Veilchenduft aus. Er begleitete sie bis zum Treppenabsatz, während sein Herz wie wild pochte. Ihm fiel nichts Passendes ein, was er zu ihr sagen konnte. Wem das Herz voll ist mit verbotenen Dingen, der kann nur noch rot werden vor Verlegenheit. Doch dann fiel ihm noch ein Gemeinplatz ein:

»Fahren Sie mit dem Bus zurück nach Melling?«

»Natürlich.«

»Bleiben Sie nicht zum Essen in Lenton? Sie könnten – ich meine, Sie könnten doch auch mit mir essen. Wenn ich Sie vielleicht dazu einladen dürfte.«

Sein Gesicht sah aus wie ein glühendes Streichholz, aber sie war nicht wütend. Sie lächelte.

»Das ist überaus nett von dir, Allan; aber ich muß nach Hause.«

»Ich . . . ich würde alles für Sie tun, Mrs. Welby.«

»Wirklich? Nun, man könnte es fast glauben, wie du es sagst. Du bist ein lieber Junge. Du kannst mich ja gelegentlich im Torhaus besuchen – wie früher.«

»Oh, Mrs. Welby – darf ich wirklich?«

Sie nickte lächelnd und lachte, als sie seinen Blick auffing.

»Aber keine Dummheiten, Allan!«

»Ist es denn eine Dummheit – daß ich Sie liebe?«

»Eine große Dummheit«, sagte sie immer noch lachend. »Aber süß. Adieu!«

Sie beugte sich vor, küßte ihn leicht auf die Wange und rannte dann, zurückwinkend, die Treppe hinunter.

KAPITEL 38

Der Samstag ging seinem Ende zu. Catherine Welby hatte einige neue Kosmetikartikel gekauft – eine Gesichtscreme, eine Schachtel Puder und einen Lippenstift – und war mit dem nächsten Bus nach Melling zurückgefahren. Allan Grover besuchte ein Fußballspiel, als die Kanzlei um zwölf Uhr schloß.

Er kam gegen sechs zum Tee nach Hause, zog sich anschließend um und sagte, er würde im Gasthaus »Zu den Federn« an einem Pfeilwurf-Wettbewerb teilnehmen. Er war um halb elf wieder zu Hause und lag schon ein paar Minuten später im Bett. Er wälzte sich aber schlaflos auf seiner Matratze, so daß Mrs. Grover, die nebenan schlief, sich zum hundertsten Male vornahm, endlich den Federkern zu schmieren.

Der Sonntagmorgen dämmerte klar und freundlich herauf. Mrs. Fallow, die an Sonntagen nicht im Herrenhaus gebraucht wurde, beeilte sich mit dem Frühstück. Sie wollte doch auf einen Sprung hinüber zu Mrs. Mayhew, um zu erfahren, ob Cyril inzwischen verhaftet worden war.

Sie kam um halb zehn Uhr am Torhaus vorbei und wunderte sich, daß Mrs. Welby heute so lange schlief – kein Rauch aus dem Schornstein und die Milchflaschen noch vor der Tür. Sie bemerkte zu Mrs. Mayhew, daß sie sich wünschte, morgens auch so lange im Bett bleiben zu können wie die Lady im Torhaus.

Da Mrs. Mayhew ihr nichts Neues von ihrem Sohn berichten konnte, trank sie nur eine Tasse Kaffee bei ihr und schwatzte zwanzig Minuten lang über andere Sachen. Danach knöpfte sie ihren Mantel wieder zu und sagte, es sei höchste Zeit, daß sie nach Hause ginge und das Essen für die Familie aufsetzte.

Sie lief diesmal die Einfahrt rasch hinunter und verfiel erst in ein Schrittempo, als sie wieder am Torhaus vorbeikam. Sie war leicht schockiert, daß die Milchflaschen immer noch auf der Vortreppe standen. Der Sonntag war zum Ausschlafen da, aber man konnte es auch übertreiben. Und so lange sie zurückdenken konnte, war Mrs. Welby immer eine der ersten gewesen, die morgens aus den Federn kam. Sie war eine notorische Frühaufsteherin.

Sie bog von der Einfahrt ab und folgte den Fliesen bis zur Vortreppe. Sie betrachtete die Milchflaschen, deren Inhalt sauer werden mußte, wenn sie noch lange so in der Sonne standen. Sie ging um das Haus herum und sah, daß alle Fenster geschlossen und die Vorhänge zugezogen waren. Das entsprach absolut nicht Mrs. Welbys Gewohnheiten. Sie schlief immer bei offenem Fenster. Sobald sie aufgestanden war, lüftete sie das ganze Haus.

Später gab Mrs. Fallow an, es sei ihr kalt über den Rücken gelaufen, weil es so still war in der Wohnung und die Vorhänge zugezogen seien. Als läge ein Toter im Haus, habe sie gedacht.

Sie kam zurück zur Vortreppe und drückte auf den Klingelknopf. Keine Antwort. Sie behielt den Finger auf dem Knopf und läutete so lange und laut, daß selbst Tote davon aufwachen mußten, wie sie es später formulierte.

Als sich immer noch nichts rührte, bekam sie Schweißausbrüche vor Angst und rannte hinüber zum White Cottage.

Rietta Cray öffnete ihr die Tür, und Mrs. Fallow fing an zu heulen und meinte, Mrs. Welby müsse etwas passiert sein und was man in diesem Fall unternehmen sollte. Rietta schlug vor, es zunächst mit dem Telefon zu versuchen, aber als die Vermittlung sagte, der Teilnehmer melde sich nicht, gingen Rietta Cray, Carr und Fancy mit Mrs. Fallow gemeinsam zum Torhaus hinüber.

Es war Fancy, die an der Tür rüttelte und feststellte, daß sie gar nicht verschlossen war. Der Schlüssel steckte innen, aber die Tür war nicht verriegelt. Sie gingen also in das Wohnzimmer. Das Licht brannte in der Leselampe und warf einen goldenen Schimmer auf das pastellfarbene Kissen und Catherines Haar.

Sie lag in ihrem blauen Hauskleid auf dem Sofa, als wäre sie beim Lesen eingeschlafen. Aber sie war tot.

KAPITEL 39

Der Chefkonstabler fuhr zum zweitenmal innerhalb vierundzwanzig Stunden bei Mrs. Voycey vor. Er läutete, fragte nach Miss Silver und wurde ins Wohnzimmer gebeten, wo Mrs. Voycey mit Miss Silver vor dem Kamin saß. Cecilia Voycey erwies sich als ungewöhnlich taktvoll. Nach einem Händeschütteln und der Aufforderung, Randal möge es sich doch bitte bequem machen, zog sie sich mit ihrem Buch in das Eßzimmer zurück.

Kaum hatte sich die Tür hinter ihr geschlossen, wandte sich Randal March an Miss Silver und sagte:

»Ich nehme an, du weißt bereits, was auf der anderen Seite des Dorfangers passiert ist.«

Sie hatte ihr Strickzeug im Schoß. Die beiden Vorderseiten und den Rücken von Josephines Jäckchen waren bereits fertiggestellt und zusammengenäht. Sie war gerade beim linken Ärmel und mußte dafür vier Nadeln verwenden. Sie klapperten energisch, als sie erwiderte:

»O ja. Außerordentlich schockierend.«

Er ließ sich in den Sessel fallen, den Mrs. Voycey für ihn geräumt hatte.

»Du hattest natürlich, wie immer, recht. Ich weiß nicht, wie du das anstellst. Ich muß gestehen, daß ich skeptisch war – aber wir haben inzwischen die Aussage von diesem Luker-Mädchen. Sie belauschte tatsächlich das Telefongespräch am Mittwochabend und gab folgendes zu Protokoll.«

Er holte ein paar zusammengefaltete, mit Schreibmaschine beschriebene Blätter heraus, legte sie auf die Sessellehne und las laut vor: »›Ich trat am Mittwoch um sieben Uhr abends meinen Dienst in der Telefonzentrale an. Um Viertel vor acht rief Mr. Lessiter auf der Leitung von Melling House an und fragte mich, ob ich ihm die private Telefonnummer von Mr. Holderness geben könne. Ich schlug sie im Telefonbuch nach und stellte zu Mr. Holderness durch. Ich hätte das Gespräch bestimmt nicht belauscht, wenn ich nicht einen besonderen Grund dafür gehabt hätte. Eine Privatsache, die mich bedrückt. Ich dachte, vielleicht könnte das Gespräch meine Sorge zerstreuen, aber dann meldete sich ein anderer Teilnehmer, und ich mußte stöpseln. Deshalb hörte ich nur, wie Mr. Lessiter sagte: Guten Abend, Mr. Hoderness. Ich habe das Memorandum meiner Mutter gefunden. Es war ein sehr kurzes Gespräch, und deshalb hörte ich nicht mehr zu. Kurz nach acht wollte Mr. Lessiter mit Mrs. Welbys Nummer verbunden werden, und ich stöpselte durch. Es hatte ja in letzter Zeit viel

Klatsch im Dorf wegen Mr. Lessiter gegeben, und ich dachte mir, was hat er wohl jetzt mit Mrs. Welby zu besprechen . . .?‹«

Er blickte von dem Papier hoch.

»Das ging nicht alles so glatt, wie es hier im Protokoll steht. Sie war sehr aufgeregt, und wir mußten beim Formulieren der Sätze nachhelfen. Sie hatte ein geradezu krankhaftübersteigertes Interesse für alle Gespräche, die Mrs. Welby betrafen. Hast du eine Erklärung dafür?«

Miss Silver strickte gemächlich weiter.

»O ja! Gladys Luker hat seit langem eine Schwäche für den jungen Grover, den Sohn des Ehepaares, das die Gemischtwarenhandlung im Dorf betreibt. Es ist der junge Allan Grover, der sich so für den jungen Cyril eingesetzt hat, wie du dich erinnern wirst. Er arbeitet in der Kanzlei von Mr. Holderness und hat seinerseits eine recht törichte Schwäche für Mrs. Welby entwickelt.«

Er sagte mit einem halben Lachen:

»Wie, zum Kuckuck, gelangst du nur immer zu solchen Informationen?«

»Mein Gott, es ist ein kleines Dorf. Und die Haushälterin von Mrs. Voycey ist Gladys Lukers Tante. Würdest du jetzt bitte weiterlesen?«

»Ja – jetzt wird es heiß; wo bin ich stehengeblieben? . . . Oh, hier! ›Ich wollte nur wissen, wie er mit einer Lady wie Mrs. Welby spricht. Er begann das Gespräch mit dem gleichen Satz wie bei Holderness: Catherine, ich habe das Memorandum gefunden. Ich dachte, das würde dich freuen. Aber das klang gar nicht erfreulich, wie er das sagte, sondern eher bedrohlich, und sie schien es auch so aufzufassen, denn ihre Stimme klang belegt. Und dann hörte ich noch, wie er sinngemäß sagte: Ich habe es jetzt schwarz auf weiß. Meine Mutter hat dir die Sachen in deiner Wohnung nicht geschenkt, sondern nur geliehen. Sie sind mein Eigentum. Und wenn du etwas davon verkauft hast, werde ich gerichtliche Schritte unternehmen. Und Mrs. Welby sagte: Das wirst du nicht tun! Und er antwortete, doch, und er habe bereits Mr. Holderness verständigt. Mehr konnte ich nicht hören, weil ich ein anderes Gespräch vermitteln mußte. Um zwanzig nach acht rief Mrs. Welby dann Miss Cray an. Sie wollte, daß Miss Cray Mr. Lessiter sagen sollte, seine Mutter habe ihr etwas ganz anderes erzählt, und die Angaben im Memorandum stimmten nicht. Doch Miss Cray weigerte sich, so etwas zu tun. Darauf sagte Mrs. Welby ganz aufgeregt: Dann ist es deine Schuld, wenn jetzt etwas passiert. Ich bin verzweifelt. Und damit unterbrach sie die Verbindung.‹«

Er legte die Papierbögen auf die Lehne zurück.

»Du kannst zufrieden sein, nicht wahr? Sie bestätigte alle deine Vermutungen! Was danach geschah, läßt sich unschwer erraten. Catherine Welby war mit ihrem Bluff nicht durchgekommen. Nachdem Rietta sich weigerte, ihr mit falschen Angaben zu helfen, sah sie sich bereits auf der Anklagebank. Sie geht zum Herrenhaus hinüber, um Lessiter mit einem letzten persönlichen Appell doch noch umzustimmen. Doch als sie zur Bibliothek kommt, stellt sie fest, daß Rietta ihr zuvorgekommen ist. Vielleicht hat sie Rietta auch den Vortritt gelassen und sich solange zwischen den Fliederbüschen versteckt, das wissen wir nicht, aber wir haben inzwischen die Schuhe gefunden, die Catherine am Mittwochabend benützte. Am Absatz entdeckten wir Kalkspuren.«

Miss Silver nickte, während sie die Maschen aneinanderreihte.

»Sie wartet in ihrem Versteck unter dem Fenster der Bibliothek, bis Rietta durch die Glastür herauskommt. Dann geht sie hinein und versucht vergeblich, Lessiter zu besänftigen. Er sitzt am Schreibtisch, vor sich das Memorandum. Er hat sie vollkommen in der Hand, und sie ist verzweifelt. Er hat keine Angst vor ihr. Sie redet mit ihm, und dabei bewegt sie sich in seinem Rücken auf den Kamin zu. Dann nimmt sie den Schürhaken. Sie schlägt zu – nun, und das war es dann.«

Miss Silver sagte eine Weile nichts, ließ nur die Nadeln klappern.

»Dann hat sie also deiner Theorie nach heute nacht Selbstmord begangen.«

»Ich denke nicht, daß es da noch einen Zweifel gibt. Bei der Leichenschau wird man vermutlich feststellen, daß die Todesursache eine Überdosis von Schlaftabletten war. Wir haben ein leeres Tablettenröhrchen auf ihrem Nachttisch gefunden.«

»Wie hat sie die Tabletten eingenommen?«

»Oh, mit Kaffee! Das Tablett mit der Kaffeekanne und dem Milchkännchen stand neben dem Sofa.«

»Es gehört schon eine Menge Kaffee dazu, so viele Tabletten aufzulösen, wie nötig sind, eine gesunde junge Frau zu töten. Habt ihr Spuren von den Tabletten im Bodensatz gefunden?«

Er sah sie leicht verwundert an.

»Nein; aber damit ist doch nicht widerlegt, daß sie . . .«

Sie unterbrach ihn mit einem kurzen Lächeln.

»Es ist wirklich nicht wichtig, Randal. Hast du noch etwas für mich?«

»Nichts mehr über Catherine Welby, aber einen Bericht, der auch deine Ansichten über Cyril Mayhew bestätigt.«

Sie protestierte mit einem Hüsteln.

»Mein lieber Randal, ich habe dir gestern nur die Ansichten seines Freundes Allan Grover berichtet und sie für psychologisch glaubhaft gehalten.«

»Nun, der Junge scheint in einem ziemlich desolaten Zustand in seinem Quartier in der Stadt eingetroffen zu sein. Er behauptet, er habe den letzten Zug versäumt und mußte per Anhalter fahren. Seit Mittwoch liegt er mit Grippe im Bett. Die goldenen Figuren wurden nicht bei ihm gefunden. Er hatte auch keine Gelegenheit, sie unterwegs beiseite zu schaffen. Das hätte nur auf der Strecke zwischen Melling und seinem Quartier passieren können, aber wir haben zufällig den Mann ermittelt, der ihn im Auto mitgenommen hat – einen Arzt, der zu einem Patienten gerufen wurde. Er sagte aus, der junge Mann habe eine schwere Erkältung gehabt, als er ihn in Lenton auflas, und deswegen habe er Cyril auch bis vor die Haustür gebracht.«

Miss Silver betrachtete den Ärmel von dem Jäckchen der kleinen Josephine.

»Und was hatte der Betroffene selbst zu sagen?«

»Cyril Mayhew? Er gab zu, daß er seine Mutter besucht habe und daß es um Geld ging. Als wir ihn etwas schärfer befragten, beichtete er, es sei Geld aus der Sparbüchse seines Vaters, das ihm seine Mutter gegeben habe. Deswegen war Mrs. Mayhew ja auch so unglücklich, denn ihr Mann hatte ihr strikt verboten, den Jungen mit Taschengeld zu versorgen. Sie hatte gewissermaßen ihren eigenen Mann bestohlen, aber das bleibt eine Familiensache der Mayhews.«

Miss Silvers Nadeln klickten.

»Die goldenen Figuren habt ihr auch nicht im Torhaus gefunden?«

»Nein.«

Sie fuhr nachdenklich fort:

»Aber irgendwo müssen sie doch sein . . .«

Er lachte.

»Wie wahr! Nur gefunden haben wir sie noch nicht.« Sie fuhr im gleichen zerstreuten Ton fort:

»Eine Frau von Mrs. Welbys Position und Bekanntheitsgrad hat große Schwierigkeiten, ein so kostbares Diebesgut zu verkaufen.«

Er machte eine wegwerfende Handbewegung.

»Sie hat doch jahrelang Wertsachen verkauft!«

»Aber die waren nicht gestohlen. Ich unterstelle ihr nicht einen Moment, daß sie lauter ›gestohlene Sachen‹ veräußerte.

Sie hatte sich zweifellos selbst eingeredet, daß Mrs. Lessiter ihr die Dinge geschenkt hatte und nicht einen Moment angenommen, man würde sie deswegen zur Rechenschaft ziehen. Aber der Verkauf dieser vier goldenen Figuren wäre eine ganz andere Geschichte gewesen. Sie wurden in der Nacht entwendet, als der Mord geschah, und in Gegenwart des Ermordeten!«

»Sie kann sie irgendwo versteckt haben.«

»Mein lieber Randal, sie ist außer sich vor Angst, weil Mr. Lessiter ihr mit dem Gericht drohte. Sie sollte wertvolle Sachen, die ihr angeblich nicht gehörten, verkauft haben. Wenn sie in ihrer Angst die Kraft aufbringt, den Mann, der ihr droht, mit dem Schürhaken zu erschlagen, würde sie dann diesen Moment für einen Diebstahl ausnützen, der sie in noch größere Schwierigkeiten brächte und der ihr als Raubmord ausgelegt werden könnte? Ich halte das für unwahrscheinlich. Und noch etwas: Warum hat sie eine halbe Stunde gewartet, ehe sie zu Mr. Lessiter in die Bibliothek ging, nachdem Miss Cray an ihrem Versteck vorbei aus dem Haus stürmte?«

»Wo nimmst du diese halbe Stunde her?«

»Aus Mrs. Mayhews Aussage. Da steht, daß sie Viertel vor zehn die Bibliothekstür öffnete und Miss Crays Regenmantel über dem Sessel hängen sah. Und da war die Manschette nur leicht mit Blut besudelt, wie sie später bei der zweiten Vernehmung zugab. Und wir wissen, daß Miss Cray um Viertel nach neun spätestens die Bibliothek verlassen hat. Als Carr Robertson den Mantel, dessen Ärmel klitschnaß von Blut war, nach Hause brachte, war es fast elf Uhr nachts. Blut trocknet rasch, Randal, und es soll ja sehr heiß in der Bibliothek gewesen sein. Wenn Mrs. Welby also den Mantel anzog, um darin Mr. Lessiter mit dem Schürhaken zu ermorden, muß sie ihr Gespräch mit ihm erst um zehn oder sogar noch später geführt haben. Warum diese lange Wartepause?«

»Ich weiß es nicht.«

»Ich auch nicht, Randal.«

»Meine liebe Miss Silver, was willst du damit beweisen?« fragte er etwas atemlos. »Der Fall ist gelöst, die Täterin hat Selbstmord begangen – zwei und zwei ergeben vier. Was willst du noch mehr?«

»Es tut mir leid, daß ich im Augenblick eher den Eindruck habe, als ergäben zwei und zwei fünf!«

KAPITEL 40

Miss Silver klopfte an die Küchentür, ehe sie eintrat. Mrs. Crook saß mit dem Rücken zum Herd und hörte das Unterhaltungsprogramm von BBC.

»Ich will Sie nicht stören, Mrs. Crook. Ich dachte nur, wenn Sie heute zu den Grovers gehen – könnten Sie mir dann einen Gefallen tun und eine Nachricht für ihren Sohn mitnehmen?«

»Aber gern«, sagte Mrs. Crook. »Der arme Junge. Er wird schrecklich darunter leiden.«

»Das fürchte ich auch.«

»Er hat sie sehr verehrt. Man soll den Toten ja nichts Schlechtes nachsagen, aber sie hätte ihn nicht ermuntern dürfen – einen Jungen in seinem Alter! Hatte sie denn keinen Stolz?«

»Ich glaube nicht, daß sie mehr in ihm sah als einen Jungen, Mrs. Crook.«

»Durfte sie deshalb mit seinen Gefühlen spielen?« fragte Mrs. Crook hitzig. »Konnte sie nicht Rücksicht nehmen auf meine Nichte Gladys? Mußte sie einen Keil zwischen zwei liebende Herzen treiben? Gladys und Allan, die gingen schon miteinander, als sie noch in der Wiege lagen sozusagen.«

Für Mrs. Cook war das eine sehr lange Rede gewesen. Sie war erschöpft und sah Miss Silver vorwurfsvoll an.

»Junge Leute soll man in Ruhe lassen, sage ich immer. Aber das konnte sie nicht! Erst gestern hat sie ihn in der Kanzlei von Mr. Holderness besucht. Gladys saß zufällig im gleichen Bus, weil sie samstags frei hat. Und sie ist ihr nachgegangen bis zu dem Buchladen, über dem Mr. Holderness seine Kanzlei hat.«

Miss Silver begleitete ihre Freundin nicht in die Kirche zur Abendmesse und war allein im Haus, als es an der Vordertür klopfte. Sie erkannte den jungen Mann wieder, der sie auf dem Dorfanger angesprochen hatte, und führte ihn in das Wohnzimmer. Ein gutaussehender Junge, dachte sie, wenn auch mit verquollenen, rotgeweinten Augen. Vertrauenerweckend, mit offenem Blick. Er nahm in dem Sessel Platz, auf den sie deutete, und sagte:

»Ich wäre auf jeden Fall zu Ihnen gekommen.«

»Ja, Mr. Grover?«

»Und dann brachte mir Mrs. Crook Ihre Nachricht, daß Sie mich sprechen wollten, und das erleichterte mir die Sache, obwohl es mich meine Stellung kosten kann. Mir ist das egal, aber meine Eltern würde es hart treffen.«

Er saß da, nach vorne gelehnt, mit herabhängenden Händen zwischen den Knien und sah abwechselnd sie und den Fußboden an.

»Man kann nicht immer den Mund halten, auch wenn man sich selbst damit schadet.«

Miss Silver bewegte die Stricknadeln im Schoß.

»Nicht immer«, bestätigte sie.

»Ich habe es den ganzen Tag in meinem Kopf hin- und hergewälzt, seit ich – ich weiß, daß sie tot ist. Ich wollte es meinen Eltern nicht sagen, denn wenn ich mich damit ruiniere, würden sie sich mitschuldig fühlen. Das wäre nicht fair. Deshalb dachte ich sofort an Sie. Sie haben mich angehört, als ich wegen Cyril zu Ihnen kam. Sie haben etwas an sich, das . . . Ich dachte, Sie verstehen mich vielleicht.«

Sie half ihm mit einem Lächeln über seine Verlegenheit hinweg.

»Sie können mir alles sagen, Allan. Am besten sagen Sie mir die Wahrheit. Sie helfen keinem, wenn Sie etwas verschweigen. Sie leisten damit nur einem neuen Verbrechen Vorschub.«

Er sah sie erschrocken an und fragte:

»Noch mehr? Sind es nicht schon genug?«

»Ja, Allan.«

Er seufzte so tief, daß es fast wie ein Schluchzen klang.

»Ich liebte sie. Vielleicht hatte ich kein Recht dazu, aber trotzdem liebte ich sie. Ich kann nicht schweigen, wenn andere ihr Böses nachsagen, nicht wahr?« Ohne ihre Antwort abzuwarten, fuhr er hastig fort: »Sie kam gestern in die Kanzlei. Ich führte sie in das Büro von Mr. Holderness. Ich wußte, daß sie seinen Rat suchte, weil es doch Streit gegeben hatte wegen der Sachen, die Mrs. Lessiter ihr gegeben hatte, und weil so viel geredet wurde, daß ihr die Sachen gar nicht gehörten und Mr. Lessiter ihr sogar die Wohnung wegnehmen wollte. Das hatte mich ganz verrückt gemacht. Ich wollte wissen, wie es um sie stand, und deshalb – habe ich gelauscht.« Er warf den Kopf in den Nacken und gab ihren ruhigen Blick mit einer Mischung aus Stolz und Trotz zurück. »Ich weiß – ich hatte kein Recht dazu. Ich wußte mir einfach nicht anders zu helfen.«

Miss Silver sagte behutsam:

»Sie haben das Gespräch zwischen Anwalt und Klientin belauscht. Eine zwar unerlaubte, aber in diesem besonderen Fall begreifliche Handlungsweise. Darf ich fragen, wie Sie das anstellten?«

Ihr sachlicher, gleichbleibend freundlicher Ton wirkte beruhigend auf ihn. Seine Redeweise wurde flüssiger, als wäre er von dem Druck befreit, sich dauernd rechtfertigen zu müssen:

»Gleich neben dem Büro von Mr. Holderness hat Mr. Stanway, der Seniorpartner, sein Zimmer. Er kommt nur noch selten ins Büro, weil er leidend ist. In der Täfelung der Zwischenwand befindet sich ein Geheimfach. Mr. Hood, ein ehemaliger Kollege von mir, der inzwischen aus der Kanzlei ausgeschieden ist, hat es mir gezeigt. Er nannte es ›Die Hausbar von Mr. Stanway‹, weil er dort seine Cognacflaschen versteckte. Ich weiß noch, wie er auf eine Rosette im Schnitzwerk drückte, die den Verschluß des Geheimfaches auslöste, und wie ein Stück der Täfelung nach außen schwang. Ich höre noch ganz deutlich, wie Mr. Holderness laut fragte: ›Wo, zum Kuckuck, ist denn die Akte hingekommen?‹ Wir glaubten, Mr. Holderness stände in der Tür von Mr. Stanways Büro. Aber er führte nebenan in seinem Zimmer Selbstgespräche, und seine Worte waren ganz deutlich und klar zu verstehen. Da machten wir vorsichtig und leise das Fach wieder zu und gingen zurück in das Schreibzimmer.«

»Und Sie haben sich gestern an diese ›Hausbar‹ erinnert und sie dazu benützt, das Gespräch zwischen Mrs. Welby und Mr. Holderness zu belauschen?«

»Ja. Ich habe jetzt eine Kollegin, die keine Ahnung von diesem Versteck hat. Ich sagte zu ihr, ich müsse Akten im Büro von Mr. Stanway suchen.

Vielleicht hätte ich dort gar nicht so lange gelauscht, wenn es nicht so – nun, so brutal angefangen hätte: ›Du hast dich in eine sehr gefährliche Situation hineinmanövriert‹, sagte Mr. Holderness – oder so ähnlich.«

»Wissen Sie, in welchem Zusammenhang er das meinte?«

»Mr. Lessiter, sagte Mr. Holderness, habe Mrs. Welby verklagen wollen, weil sie angeblich Sachen unterschlagen hatte, die ihm gehörten. Wie konnte er nur so etwas Gemeines behaupten!«

»Fahren Sie fort, Allan!«

»Sie sagte, sie hätte ihn deshalb aufgesucht, um ihn von diesem Schritt abzubringen.«

»In der Nacht, als der Mord geschah?«

»Ja, aber Miss Cray sei ihr zuvorgekommen, und deshalb sei sie wieder umgekehrt.«

»Sie ging später noch einmal zu ihm.«

»Das wissen Sie?«

»Ja.«

»Von wem?«

»Ich weiß es eben.«

»Ja, sie hat Mr. Holderness tatsächlich erzählt, sie sei später noch einmal zu Mr. Lessiter gegangen. Und deshalb wüßte sie, daß sie sich in einer sehr gefährlichen Lage befinde. Und er sagte, das müsse doch nicht herauskommen – sie müsse nur den Mund halten. Das machte mich stutzig, als ich später darüber nachdachte. Denn bis zu diesem Moment hatte ich Angst um sie, aber als er sagte: ›Du kannst doch den Mund halten, nicht wahr?‹, und sie antwortete: ›O ja – ich werde es tun, so lange es geht.‹ Und das klang gar nicht ängstlich oder bedrückt, sondern eher heiter, als lachte sie innerlich. Ich kannte diesen Ton nur zu gut, denn so sprach sie immer mit mir, wenn sie sich über mich lustig machte. Und dann fing sie an, von Ihnen zu reden.«

Miss Silvers Nadeln klapperten emsig.

»Du meine Güte!« sagte sie. »Auch das noch.«

»Mrs. Welby sagte etwas von einem ›verdammten Memorandum‹, von dem Sie etwas wüßten, und daß sie den Eindruck habe, Sie wären der Wahrheit schon auf der Spur. Ob sie nicht lieber eine Aussage bei der Polizei machen sollte, um die Sache hinter sich zu bringen? Und Mr. Holderness antwortete, das wäre außerordentlich gefährlich. Er sagte das in einem Ton, als wollte er ihr nicht helfen, sondern drohen.«

Miss Silver hüstelte.

»Interessant.«

»Und dann redeten sie von Miss Cray und daß Mrs. Welby sich vor dem Fenster der Bibliothek versteckt habe und hörte, wie sie sich ihretwegen stritten. Und daß Mrs. Welby sich gerade noch zwischen den Fliederbüschen in Sicherheit bringen konnte, als Miss Cray die Beherrschung verlor und durch die Glastür ins Freie stürmte.«

Miss Silver nahm eine neue Masche auf.

»Ist Mrs. Welby nun sofort zu Mr. Lessiter in die Bibliothek gegangen? Hat sie darüber mit Mr. Holderness gesprochen?«

Allan Grover schüttelte den Kopf.

»Nein, sie dachte, das hätte keinen Zweck mehr – nicht nach diesem heftigen Streit mit Miss Cray. Sie ging nach Hause, kochte sich einen Kaffee und überlegte, was sie jetzt tun sollte. Und am Ende – so gegen zehn Uhr – faßte sie denselben Entschluß wie nach dem Telefongespräch mit Miss Cray. Sie mußte noch einmal zu Mr. Lessiter gehen und die Sache mit ihm ausdiskutieren.

Als sie so weit gekommen war, sagte Mr. Holderness, der bisher schweigend zugehört hatte: ›Das war ein Fehler, Catherine.‹« Ein Schauder überlief ihn. »Da wußte ich noch nicht, was er damit meinte. Doch jetzt weiß ich es!«

Er starrte Miss Silver mit nassen Augen an.

Miss Silver strich das Wolljäckchen auf ihrem Schoß glatt und sagte:

»Da entschloß er sich dazu, sie umzubringen.«

»Ja. Sie war sich nicht einen Moment bewußt, wie gefährlich es sei, ihm zu drohen.«

»Sie hat ihm gedroht?«

»Nicht bewußt, denke ich, aber so hat Mr. Holderness es aufgefaßt. Als sie noch einmal zurückging zum Herrenhaus, war nämlich Mr. Holderness bei Mr. Lessiter in der Bibliothek. Denn in dem Momorandum waren auch die Summen aufgeführt, die Mrs. Lessiter Mr. Holderness gegeben hatte, damit er sie gewinnbringend anlegen sollte. Das hat er nicht getan, und Mr. Lessiter wollte ihn deshalb verklagen. Da brachte er Mr. Lessiter um.«

»Und Mrs. Welby ist Zeugin der Tat gewesen?«

»Nein, nein – das dürfen Sie nicht von ihr denken! Als sie hörte, daß die beiden sich stritten, ging sie wieder weg. Es hätte keinen Sinn mehr gehabt, ihn jetzt noch um Nachsicht zu bitten. Sie war schon wieder beim Torhaus, als sie ihn die Einfahrt herunterkommen hörte. Sie versteckte sich hinter einem Busch und sah ihn weggehen.«

»Und das erzählte sie seinem Mörder!«

»Ich sah seinen Wagen. Er war ungefähr hundert Meter von der Einfahrt entfernt. Er hatte ihn auf der Wiese neben der Straße geparkt.«

»*Sie* haben seinen Wagen gesehen?«

Er nickte.

»Ich war ein Narr! Ich habe sie oft nach Einbruch der Dunkelheit im Torhaus besucht. Dann sagte sie eines Tages, ich dürfe nicht mehr kommen – weil die Leute über uns redeten. Aber ich wollte mich nicht damit abfinden. Ich – ich bin abends oft um ihr Haus herumgestrichen, bis sie das Licht ausmachte, und am Mittwoch lungerte ich auch dort herum – und dabei entdeckte ich den Wagen.«

»Und Sie haben der Polizei nichts davon erzählt?«

Er wurde plötzlich so verlegen wie ein kleiner Junge und sagte treuherzig:

»Miss Silver, ich gebe Ihnen mein Wort, daß ich nicht einen Moment lang dachte, Mr. Holderness habe etwas mit dem Mord zu tun. Ich glaubte, er würde Mrs. Welby besuchen. Es – es war so abscheulich! Ein alter Mann wie er! Ich konnte die ganze Nacht kein Schlaf finden. Ich hätte ihn umbringen können – aber ich brachte ihn nie in Zusammenhang mit Mr.

Lessiters Tod. Erst gestern, als ich das Gespräch belauschte, sah ich meinen Irrtum ein.«

Miss Silver setzte ihre Stricknadeln wieder in Gang.

»Ich verstehe. Worüber haben die beiden noch geredet?«

Er ließ den Kopf hängen.

»Sie sagte, sie würde den Mund halten; aber wenn man versuchen würde, ihr den Mord anzuhängen, könnte sie nicht mehr über das schweigen, was sie wüßte. Sie sagte nicht zu ihm: ›Ich weiß, du hast Mr. Lessiter umgebracht und das Memorandum mitgenommen.‹ Sie erwähnte nur, daß sie knapp bei Kasse sei und wie dankbar sie wäre, wenn er ihr aus der Klemme helfen könnte. Sie begriff nicht, daß . . .« Er starrte unglücklich auf das Teppichmuster zu seinen Füßen.

»Sie versuchte, ihn zu erpressen. So hat er es aufgefaßt.«

Allan stammelte mit niedergeschlagenen Augen:

»Sie hätte das nicht getan – niemals!«

Die Wolle raschelte auf Miss Silvers Schoß, als sie das Jäckchen für die kleine Josephine auf den Nadeln drehte. Sie zweifelte nicht eine Sekunde daran, daß Catherine Welby mit der Absicht, Mr. Holderness zu erpressen, in die Kanzlei gekommen war. Im Zusammenhang mit einem Mordfall war so ein Versuch meistens tödlich. Aber sie sprach ihre Gedanken nicht laut aus, sondern wartete, bis der Junge mit einem erstickten Schluchzen fortfuhr:

»Ich hätte sie retten können! Das werde ich mir nie verzeihen. Sie war so nett zu mir, als ich sie zur Tür hinausbegleitete. Gestern – da hatte ich noch nicht alles begriffen. Und dann – dachte ich nur noch daran, wie sie sich von mir verabschiedet hatte. Wir schlossen um eins, und danach ging ich mit ein paar Freunden zu einem Fußballspiel. Ich kam erst spät nach Hause, und nach dem Tee ging ich wieder fort. Ich sagte meiner Mutter, ich wollte im Gasthaus an einem Pfeilwurfspiel teilnehmen, aber statt dessen ging ich vor dem Torhaus auf und ab und beobachtete die Fenster, hinter denen Licht brannte. So gegen halb zehn bemerkte ich einen Wagen, der wieder auf der Wiese neben der Straße parkte, und trat in den Schatten eines Baumes, der an der Parkmauer wächst, und sah ihn an mir vorbeigehen. Er ging zum Torhaus, und sie ließ ihn ein. Ich wurde fast wahnsinnig bei dem Gedanken, die beiden könnten etwas miteinander haben.« Er blickte hoch mit zuckendem Gesicht. »Ich war schon an der Tür, den Finger am Klingelknopf – aber ich brachte es nicht fertig, zu läuten. Ich ging wieder weg – und wenn ich hineingegangen wäre – das hätte sie gerettet!« Er schluchzte verzweifelt.

Miss Silver sah ihn freundlich an.

»Das dürfen Sie nicht sagen, weil Sie das nicht wissen können. Belasten Sie nicht Ihr Gewissen damit, was hätte sein können. Sie konnten sich unmöglich in ein Gespräch einmischen, das ein Anwalt mit seiner Klientin führt. Können Sie mir sagen, wie lange er blieb?«

»Es schien Stunden zu dauern, aber es können höchstens zwanzig Minuten gewesen sein. Er kam heraus, stieg in seinen Wagen und fuhr fort.«

»Sie sagen ›Er‹ und ›Sein Wagen‹; aber können Sie auch beschwören, daß dieser ›Er‹ Mr. Holderness gewesen ist? Oder gilt das nur für seinen Wagen?«

Er nickte krampfhaft.

»Ich kann beides beschwören! Ich sah ihn im Licht der Flurlampe, als er das Haus verließ, und ich sah die Zulassung an seinem Wagen. Es war die gleiche, die der Wagen hatte, der Mittwochnacht dort parkte. Dann kamen ein paar Leute vorbei und verscheuchten mich.« Er verbarg das Gesicht in den Händen und stöhnte: »Wenn ich nur geblieben wäre – wäre ich nur geblieben! Dann hätte ich gewußt, daß etwas nicht stimmen konnte, als die Lichter im Haus nicht ausgingen.«

KAPITEL 41

Um halb zehn am Montagmorgen sammelte Mr. Holderness seine Briefe ein und erhob sich vom Frühstückstisch. Seit dem Tod seiner Frau führte ihm eine unverheiratete Schwester den Haushalt, eine blasse kränkliche Person mit chronischer Leidensmiene. Als ihr Bruder die *Times* unter den Arm klemmte, sah sie ihn mit gerunzelten Brauen an.

»Du gehst schon?«

»Es ist halb zehn.«

»Hast du schon deine zweite Tasse Tee getrunken?«

Er lachte.

»Du hast sie selbst eingegossen.«

Miss Holderness griff sich mit beiden Händen an den Kopf.

»Tatsächlich? Wie kann man nur so vergeßlich sein! Das kommt davon, daß ich keine Minute geschlafen habe – ich weiß gar nicht, wie mir so rasch die Tabletten ausgehen konnten – ich dachte, die Schachtel wäre noch halb voll.«

»Vielleicht hast du sie vorgestern abend alle auf einmal genommen.«

Miss Holderness sah ihn schockiert an.

»O nein – das wäre gefährlich gewesen.«

»Gefahr würzt das Leben, meine Liebe.«

Er war schon aus der Tür, als sie ihn noch fragte, ob er zum Lunch nach Hause käme. »Nein«, sagte er und ging damit aus dem Zimmer und aus ihrem Leben.

Er fuhr selten mit dem Wagen in die Kanzlei. Sein Haus war nur eine halbe Meile von seinem Büro entfernt, die er zu Fuß zurückzulegen pflegte.

Dieser Tag unterschied sich nicht von anderen Tagen. Er schloß die Tür hinter sich, blieb einen Atemzug lang, die Luft kostend, auf der Vortreppe stehen und ging dann die flachen Stufen zum Bürgersteig hinunter, wo er sich nach rechts wandte, auf die Hauptstraße zu, den Hut ein wenig schräg auf dem Kopf, einen Aktenkoffer in der Hand. Um Viertel vor zehn würde er auf der Hauptstraße auftauchen, und wenn die Turmuhr von St. Mary die volle Stunde schlug, würde er an seinem Schreibtisch sitzen und die Post durchsehen.

Dieser Montag morgen unterschied sich nicht von anderen Montagen. Ein Dutzend Leute erinnerten sich später daran, daß sie ihn gesehen und ihm einen ›guten Morgen‹ gewünscht hatten. Und sie bestätigten alle, wenn auch mit unterschiedlicher Betroffenheit: »Mir ist nichts aufgefallen« – »Er sah aus wie immer« – »Das hätte ich nie von ihm gedacht.«

Mr. Holderness würde es selbst nicht geglaubt haben. Es war ein schöner Septembermorgen. Er fühlte sich frisch, gesund und auf dem Dach der Welt. Er hatte eine Niederlage in einen Erfolg verwandelt, Gefahr in Sicherheit, und hatte das mit der Gerissenheit seines Verstandes, der Schnelligkeit seiner Auffassungsgabe und der Stärke seiner rechten Hand erreicht. Nicht schlecht für einen Mann von fünfundsechzig Jahren. Weitaus jüngere Männer als er wären daran gescheitert. Er hatte sich und die Firma gerettet, und die Welt war wieder ein Ort, in dem sich gut leben ließ.

Er rief Allan Grover ins Zimmer und fragte ihn nach der Jardine-Akte. Ein seltsames Benehmen hatte der Junge heute, dachte Holderness, als er ihm die Akte brachte – ganz verquollene Augen und zitternde Hände. Er hoffte doch nicht, daß Grover Alkoholiker war. Er hatte doch immer einen soliden Eindruck auf ihn gemacht; doch die Menschen ändern sich.

Er wollte sich gerade auf den Fall Jardine konzentrieren, als er Schritte auf der Treppe hörte – schwere Schritte, gleich mehrere Leute offensichtlich, die sich nicht erst anmeldeten.

Er sah hoch, als sie, ohne anzuklopfen, sein Büro betraten – der Chefkonstabler und Superintendent Drake. Und hinter ihnen Konstabler Whitcombe, der aber draußen blieb und nur die Tür hinter ihnen zumachte.

Sie betrachteten ihn, seine noch recht straffe Erscheinung mit den dichten grauen Haaren und den dunklen Brauen in dem Gesicht, das die frische Farbe eines viel jüngeren Mannes hatte. Dann trat Randal March einen Schritt vor und sagte im dienstlichen Ton:

»Wir kommen mit einem unangenehmen Auftrag zu Ihnen, Mr. Holderness . . .«

Er zeigte keine Reaktion, nur sein Gesicht färbte sich etwas dunkler.

»Tatsächlich?« erwiderte er mit fester Stimme.

Drake trat nun an den Schreibtisch heran und holte ein Notizbuch hervor.

»Ihr Wagen hat die Zulassung XXM 312?«

»Gewiß.«

»Wir haben einen Zeugen, der den Wagen in der Nähe von Melling House zwischen zweiundzwanzig Uhr und zweiundzwanzig Uhr zwanzig Mittwoch nacht in der vergangenen Woche auf der Wiese parken sah. Desgleichen ungefähr zwanzig Minuten lang zwischen einundzwanzig Uhr dreißig und zweiundzwanzig Uhr am Samstag vergangener Woche.«

Mr. Holderness blieb aufrecht in seinem Sessel sitzen, die eine Hand am Tischrand, die andere auf der Akte, die er gerade studieren wollte.

»Darf ich fragen, von wem diese Informationen stammen?«

»Von jemandem, der Ihren Wagen kennt. Er hat die Aussage beeidigt.«

Papier raschelte. Das Geräusch lenkte Mr. Holderness ab. Er sah auf seine Hand. Er hatte aus Versehen ein paar Seiten zusammengeknüllt, und er strich sie rasch wieder glatt.

»Mein Kanzleiangestellter«, sagte er, »Allan Grover. Er wohnt in Melling. Nun, Gentlemen, es stimmt. Ich besuchte an beiden Abenden Mrs. Welby in ihrer Wohnung. Es ist kein Kriminaldelikt, sich mit einer hübschen Frau in ihrer Wohnung zu treffen. Man hängt das natürlich nicht so gern an die große Glocke, besonders nicht in einem geschwätzigen Dorf. Aber ich gebe gerne zu, daß ich zweimal bei ihr war. Warum interessiert sich die Polizei dafür?«

Drake sagte scharf:

»Sie waren zwischen zweiundzwanzig Uhr und zweiundzwanzig Uhr dreißig am Mittwoch abend in der Nachbarschaft von Melling House.«

Mr. Holderness lächelte.

»Ich besuchte Mrs. Welby.«

»Um diese Zeit?«

Mr. Holderness lächelte tapfer weiter.

»Mein lieber Inspektor . . .«

»Sie waren um diese Zeit mit Mrs. Welby zusammen, sagten Sie?«

»Das wird sie sicherlich bestätigen.«

Ein kurzes Schweigen, während Drake den Chefkonstabler ansah.

»Wissen Sie nicht, daß Mrs. Welby tot ist?« fragte March.

Die Hand, die auf dem Papier lag, zuckte wie elektrisiert in die Höhe und fiel dann hinunter auf das Knie. Die blühende Gesichtsfarbe bekam einen merklichen Stich ins Graue.

»Nein – nein – wie entsetzlich!«

»Sie wußten nichts davon?«

»Nein – wie sollte ich?«

»Sie waren doch am Samstagabend bei ihr. Wir fanden sie am Sonntagmorgen tot in ihrem Haus.«

»Woran starb sie?«

»An einer Überdosis Schlaftabletten.«

Mr. Holderness lehnte sich im Sessel zurück und sagte tonlos:

»Das ist ein großer Schock für mich – ich habe sie schon als Kind gekannt . . .« Und dann: »Geben Sie mir eine Minute Zeit, mich davon zu erholen. Ich sehe nun ein, daß ich Ihnen den Grund meines Besuches bei Mrs. Welby erklären muß. Sie war zwar nicht meine Klientin, aber eine sehr gute Bekannte, die meinen Rat suchte. Es ging darum, daß Mr. Lessiter ein Memorandum fand, das er als Basis für eine Anklage gegen Mrs. Welby verwenden wollte. Einige Gegenstände, die seine Mutter Mrs. Welby überlassen hatte, betrachtete sie als Eigentum und hatte sie verkauft. Aber in dem besagten Memorandum waren sie als Leihgabe aufgeführt. Sie war sehr erregt, daß sie in einen Skandal verwickelt werden sollte. Sie bat mich, sie zu besuchen, und ich versuchte, sie zu beruhigen.«

Er sah den Chefkonstabler befremdet an.

»Wollen Sie das nicht zu Protokoll nehmen?«

March schüttelte den Kopf.

»Das werden wir später erledigen. Sie werden als Anwalt selbstverständlich wissen, daß es als Beweis gegen Sie verwendet werden kann.«

»Natürlich! Am Donnerstagmorgen hörte ich dann, daß James Lessiter tot sei. Es war ein großer Schock für mich. Die Polizei bat mich, festzustellen, ob etwas im Hause fehle. Carr Robertson, der im Zusammenhang mit der Bluttat in Melling House verdächtigt wurde, suchte meinen Beistand und berichtete mir, er habe am Abend des Mordes Cyril Mayhew in Lenton gesehen. Ich riet ihm, seine Beobachtungen der Polizei mitzuteilen. Am Samstagvormittag besuchte mich dann Mrs. Welby in der Kanzlei. Wir hatten ein längeres Gespräch, das ich jetzt nicht in allen Einzelheiten wiederholen möchte. Aber unter diesen Umständen bin ich wohl verpflichtet, Ihnen mitzuteilen, daß Mrs. Welby am Mittwochabend, nachdem ich sie verlassen hatte, noch einmal zu Mr. Lessiter in das Herrenhaus ging. Sie war in einer schrecklichen Gemütsverfassung, als sie mir das berichtete; und ich bat sie, wieder nach Hause zu fahren und sich hinzulegen. Ich würde sie dann am Abend besuchen. Sie verstehen – es war eine heikle Situation für mich. Ich habe sie schon als Kind gekannt, und sie bat mich, alles, was sie mir sagte, vertraulich zu behandeln.«

Superintendent Drake räusperte sich.

»Und Sie fuhren dann abends nach Melling und trafen dort gegen einundzwanzig Uhr dreißig ein?«

»Ungefähr um diese Zeit. Ich sah nicht auf die Uhr.«

»Wie haben Sie Mrs. Welby angetroffen?«

»Viel ruhiger. Sie hatte ein Tablett mit einer Kanne Kaffee bereitgestellt und bot mir eine Tasse an. Aber ich lehnte ab. Ich sagte, wenn ich abends Kaffee trinke, könnte ich nicht einschlafen. Sie meinte, sie wäre daran gewöhnt.«

»Wie viele Tassen standen auf dem Tablett?«

»Nur eine. Sie wollte mir eine Tasse aus der Küche holen; doch ich lehnte ab, wie ich schon sagte.«

»Eigenartig, daß sie Besuch erwartete und trotzdem nur eine Tasse bereitstellte, nicht wahr?«

»Ich hatte ihr nicht gesagt, wann ich bei ihr vorbeikommen würde.«

»Aber der Kaffee war schon fertig, nicht wahr?«

»Ja. Sie hatte auch schon davon getrunken. Ich blieb nicht lange, weil sie einen viel besseren Eindruck auf mich machte als am Vormittag in der Praxis. Sie sagte, sie würde noch ein Beruhigungsmittel nehmen, damit sie diese Nacht durchschlafen könne.«

»Wissen Sie, ob sie regelmäßig Beruhigungsmittel nahm?«

Mr. Holderness antwortete mit einem schwachen melancholischen Lächeln:

»Das weiß ich nicht.«

»Lag eine Schachtel oder eine Flasche mit Schlaftabletten auf dem Tablett?«

»O nein!«

Einen Moment hörte man nur das gedämpfte Rauschen des Verkehrs unter dem Fenster. Dann sagte Randal March:

»Mr. Holderness – Ihr Gespräch mit Mrs. Welby am Samstagvormittag wurde belauscht.«

Mr. Holderness schien einen Augenblick sprachlos. Sein Gesicht nahm eine krankhaft violette Färbung an. Dann wiederholte er ungläubig:

»Mein Gespräch mit Mrs. Welby wurde belauscht?«

»Ja.«

»Darf ich fragen, von wem?«

Als er keine Antwort bekam, beugte er sich vor und sagte mit wutbebender Stimme:

»Zweifellos von der Person, die sich verpflichtet fühlte, meine Zulassungsnummer aufzuschreiben! Mein Angestellter, der die Unverschämtheit besitzt, ein vertrauliches Gespräch zwischen Anwalt und Klient am Schlüsselloch zu belauschen! Ein junger Mann, der die Frechheit besaß, Mrs. Welby zu belästigen, bis sie ihm Hausverbot erteilte! Du meine Güte! Auf so etwas hören Sie?«

Randal March sagte unbeeindruckt:

»Seine Aussage steht im Widerspruch zu der Ihren, Mr. Holderness. Es stimmt zwar, daß Mrs. Welby noch einmal zu Mr. Lessiter gehen wollte, um ihn von seinem Vorhaben abzubringen, sie wegen Unterschlagung seines Eigentums zu verklagen. Mrs. Welby hatte aber keine Gelegenheit mehr, mit Mr. Lessiter zu sprechen, denn Sie waren schon bei ihm, Mr. Holderness. Und er machte Ihnen heftige Vorwürfe, weil Sie Geld unterschlugen, das Mrs. Lessiter Ihnen gegeben hatte, um es gewinnbringend anzulegen. Mrs. Welby kehrte deshalb unverrichteter Dinge in ihre Wohnung zurück.«

Mr. Holderness hatte sich im Sessel zurückgelehnt und betrachtete ihn hochmütig:

»Ein liebeskranker, pflichtvergessener junger Mann belauscht das Gespräch zwischen seinem Arbeitgeber und einer Klientin! Er ist rasend vor Eifersucht und erzählt Ihnen deshalb aus Rachsucht eine phantastische Geschichte! Mein lieber Mr. March, Sie wissen so gut wie ich, daß ein Zeuge, der ein vertrauliches Gespräch belauscht, vor Gericht nicht glaubwürdig ist. Seine Aussage wird nie als Beweis zugelassen werden.«

»Ich berichte Ihnen nur, was er uns erzählt hat«, erwiderte March ruhig. »Seine Aussage, die Ihre Wagennummer betrifft, ist beweiskräftig.«

»Daß ich mit meinem Wagen nach Melling gefahren bin, habe ich bereits zugegeben. Ich glaube, ich habe meinen Besuch bei Mrs. Welby bereits hinreichend begründet.«

»Aber Allan Grover wird vor Gericht auch beschwören können, daß er Sie am Mittwochabend nicht aus dem Torhaus kommen sah, sondern aus dem Herrenhaus.«

»Zweifellos versucht er, seine phantastische Geschichte noch mit allerlei Details auszuschmücken. Aber ich denke, vor Gericht wird er nicht weit damit kommen.« Er hielt inne, warf zunächst March und dann Drake einen entrüsteten Blick zu, ehe er fragte: »Und nun wollen Sie mich wohl verhaften, wie? Keine Frage, sondern eine unmißverständliche Herausforderung!«

Das Gefühl des Chefkonstablers nahm zu, daß er sich keineswegs auf sicherem Boden, sondern auf einer gefährlichen Klippe bewegte. Sogleich nahm sein Entschluß zu, den Boden zu verteidigen. Seine Antwort kam prompt:

»Ich fürchte, wir sind gezwungen, die Kanzlei zu durchsuchen.«

Mr. Holderness lachte zornig.

»Sie werden Überstunden machen müssen, wenn Sie alle

Karteikästen durchsuchen wollen. Vielleicht sagen Sie mir erst mal, wonach Sie eigentlich suchen . . .«

»Ich denke, Mr. Holderness, wir sollten zunächst mit Ihrem Safe anfangen.«

Immer noch mit einem überlegenen Blick warf sich Holderness in seinen Stuhl zurück.

»Und wenn ich mich weigere?«

»Mein Kollege Drake besitzt einen Durchsuchungsbefehl.«

Wut verfärbte das Gesicht des Anwalts bis zu den Haarwurzeln. Die dunklen Augen funkelten, die linke Hand, die auf dem Knie lag, schloß sich wie eine Kralle darum, die rechte Hand krampfte sich um die Sessellehne, bis alle Knöchel weiß hervorstanden. Die beiden Beamten, die ihn beobachteten, erwarteten jeden Moment einen Wutausbruch, eine Kanonade wüster Beschimpfungen, doch die Sekunden verstrichen, ohne daß Mr. Holderness auch nur einen Laut von sich gab.

Dann schien der Anfall vorüber zu sein. Die lebhafte Röte verlor sich, und er war wieder wie immer: ein bißchen blasser, ein bißchen strenger, ein bißchen würdevoller.

»Also gut. Ich kann natürlich keinen Einspruch erheben. Ich weiß nicht, was Sie erwarten, dort zu finden. Ich hätte gedacht, der Ruf meiner Firma und meine jahrzehntelange Tätigkeit könnten mich vor so etwas schützen, was ich nur als eine glatte Unverschämtheit bezeichnen kann. Ich habe nichts zu verbergen. Ich kann nur hoffen, daß Sie Ihre Handlungsweise hinterher nicht bereuen müssen.«

Er schob seinen Sessel zurück, stand auf und ging zur linken Seite des Kamins, der von einer besonders reich verzierten Täfelung gerahmt war. Zwei Reihen geschnitzter Rosetten liefen vom Boden bis zum oberen Rand der Kaminnische, und während Mr. Holderness eine Stahlkette mit einem Schlüsselbund aus der Tasche zog, drehte er an einer der Rosetten. Ein Teil der Täfelung schwang wie eine Tür nach außen und enthüllte die stählerne Front eines modernen Safes. Er steckte den Schlüssel ins Safeschloß, sperrte ihn auf und schob die Tür bis zum Anschlag zurück, als wäre das die selbstverständlichste Sache der Welt.

»Bitte schön, meine Herren«, sagte er und trat wieder bis zu seinem Sessel zurück, wo er stehen blieb, die eine Hand in der Tasche vergraben, die andere den Schlüsselbund haltend, als sei er nur ein unbeteiligter Zuschauer.

Die Fächer waren gefüllt mit gebündelten Dokumenten und versiegelten Gerichtsurteilen. Drake entfernte die Papiere, um dahinter nur eine zweite Schicht juristischer Dokumente zu finden. Auch sie wurden auf den Boden gepackt, und dann kamen drei altmodische Ledertaschen zum Vorschein. Sie enthielten ein Halsband mit schweren Goldfassungen, wie sie in der viktorianischen Zeit in Mode gewesen waren, und zwei dazu passende Armreifen. Als Drake die Taschen öffnete, machte Mr. Holderness eine sarkastische Bemerkung:

»Ich kann mir nicht denken, daß Sie – oder Mr. Allan Grover – mit diesen Sachen Ihren Durchsuchungsbefehl rechtfertigen können. Der Schmuck gehörte meiner verstorbenen Mutter. Da meine Schwester ihn nicht tragen will, bewahre ich ihn hier im Safe auf, obwohl er keinen großen Wert besitzt.«

An der Rückwand des Safes standen zwei gewöhnliche Schuhkartons. Als Drake nach ihnen griff, nahm Mr. Holderness die Hand aus der Tasche, ging zur anderen Seite seines Schreibtischs hinüber und setzte sich dort nieder. Drake hob die beiden übereinandergestapelten Kartons heraus und entfernte den Deckel der oberen Schachtel. March, der hinter ihm stand, sah eine Schicht aus zusammengeknülltem Seidenpapier. Die mit rötlichen Haaren bedeckte Hand des Superintendenten wühlte darin. Ein nackter goldener Fuß kam zum Vorschein. Dann die nackten schimmernden Glieder einer fünfundzwanzig Zentimeter hohen Frauengestalt – der mit goldenen Rosen bekränzte ›Sommer‹.

»Da ist noch so eine Figur, Sir«, meinte Drake, aber ehe er den ›Frühling‹ aus dem Seidenpapier auswickeln konnte, stöhnte Mr. Holderness laut und sank seitlich in seinem Sessel zusammen.

KAPITEL 42

Miss Silver saß allein in Mrs. Voyceys Wohnzimmer. Montag war Einkaufstag. Cecilia zog mit ihrem Henkelkorb von einem Laden zum anderen und würde schwer bepackt heimkommen, und dazu voller Neuigkeiten.

Miss Silver war beim zweiten Ärmel des Jäckchens für die kleine Josephine und hoffte, ihn noch vor dem Lunch zu beenden. Dann wollte sie noch den Saum mit einem bunten Häkelband einfassen und ein seidenes Band in den Ärmellöchern befestigen.

Es war ein frostiger Tag, und auf dem Rost loderten die Buchenscheite. Sie erwartete keinen Besuch, aber sie war darauf vorbereitet, daß im Verlauf des Vormittags das Telefon läuten würde. Statt dessen klingelte es an der Haustür, und Bessie führte den Chefkonstabler herein.

Randal March hielt ihre Hand länger fest als sonst und sagte mit tiefer, ernster Stimme:

»Nun, du hattest wieder einmal recht.«

Als er ihre Hand losließ und zum Kamin hinüberging, fragte sie:

»Habt ihr ihn festgenommen?«

»Nein. Er hat heimlich eine Kapsel mit Zyankali zerbissen. Er ist tot.«

»Außerordentlich schockierend!«

»Das erspart uns zwar einen Skandal – aber natürlich hätte es nicht passieren dürfen.«

»Wie ist es passiert, Randal?«

»Zunächst sah es gar nicht so gut aus, denn die Aussage eines Angestellten, der ein vertrauliches Gespräch belauscht – nun, diesen Beweis hätte das Gericht nicht zugelassen, was er als Anwalt natürlich wußte. Aber zum Glück hatten wir auf deinen Rat hin einen Durchsuchungsbefehl mitgebracht. Während wir also seinen Safe ausräumten, setzte er sich in einen Sessel und drehte uns den Rücken zu. Dabei muß er die Giftkapsel in den Mund gesteckt haben. Wir entdeckten zwei Schuhkartons an der Rückwand des Safes. Darin waren die florentinischen Figuren versteckt – die vier Jahreszeiten, die aus dem Herrenhaus verschwunden waren. Und wir hatten eben den ›Sommer‹ ausgepackt, als er stöhnte und in seinem Sessel zusammensank.«

»Wie schockierend«, wiederholte Miss Silver.

»Warum, zum Teufel, hat er sie ausgerechnet in seinem Safe aufbewahrt?«

Miss Silver hüstelte.

»Wo sonst? Der Verlust der Figuren deutete auf einen Einbrecher hin, und Mr. Holderness hat zweifellos gewußt, daß sie außerordentlich wertvoll waren. Vielleicht hätte er sie später irgendwo im Ausland verkauft. Und wer sollte ihn als Dieb verdächtigen? Er glaubte nicht, daß jemand in seinem Safe danach suchen würde. Nein, die Figuren konnten nur dort sein.«

Er lächelte.

»Du warst davon überzeugt; ich nicht. Und wenn wir die Figuren nicht gefunden hätten, hätten wir ihm kaum den Mord an Mr. Lessiter nachweisen können.«

Miss Silver war wieder emsig mit ihrem Strickzeug beschäftigt.

»Diesmal mußt du dich nicht bei mir, sondern bei Allan Grover bedanken. Er gab die entscheidenden Hinweise. Wenn ich auch nicht bestreiten möchte, daß ich zunächst unvoreingenommen die Reihe der Verdächtigen durchging, die auf Drakes Liste standen, und alle von meinem Zettel strich. Um mit Miss Cray zu beginnen: Sie war offen, ehrlich und voller Skrupel, daß sie jemand anders belasten könnte. Unvorstellbar, daß sie die florentinischen Figuren entwendet oder einen Mordanschlag auf Mr. Lessiter ausgeführt haben konnte.« Miss Silver betrachtete das Bündchen am Ärmel, das sie gerade strickte. Es fehlte noch ein Zentimeter. Sie spulte den blaßblauen Faden vom Wollknäuel ab.

»Von ihrem Neffen, Mr. Carr Robertson, konnte ich mir nur indirekt ein Bild machen. Er war nicht in der Stimmung, mir ein Interview zu gewähren, und das erwartete ich auch nicht von ihm. Er hatte einen Schock bekommen am Abend der Bluttat, denn er hatte James Lessiter als den Verführer seiner Frau entlarvt. Aber statt nun im Affekt ins Herrenhaus zu gehen, läuft er in die entgegengesetzte Richtung und verbringt eine ziemlich lange Zeit mit seiner ehemaligen Verlobten. Dann bringt er noch den blutbespritzten Regenmantel nach Hause und ist fast verzweifelt darüber, weil er glaubt, seine Tante habe einen Mord begangen. Nein, ein Mann mit diesem Psychogramm kam als Täter ebenfalls nicht in Frage!«

Sie hüstelte.

»Mrs. Welby bot sich schon eher als Täterin an, aber ich konnte mir über sie keine eindeutige Meinung bilden. Nach meinen Beobachtungen und nach den Informationen, die mir zugetragen wurden, hielt ich sie für eine kalte und egoistische Person. Ich war überzeugt, sie war unaufrichtig, und ich hatte sie im Verdacht, unehrenhaft gehandelt zu haben.«

»Ein vernichtendes Urteil! Und trotzdem hast du ihr keinen Mord zugetraut?«

Sie schüttelte den Kopf.

»Ich mochte nicht daran glauben, daß sie es fertiggebracht haben sollte, einen ausgewachsenen Mann mit einem Schürhaken zu erschlagen. Wenn sie jemanden ermorden wollte, dann sicherlich nur mit Gift. Eine Frau, die so großen Wert legt auf Äußerlichkeiten, so wählerisch ist in den Fragen des Geschmacks und der Bekleidung, hätte nur in einer leidenschaftlichen Affekthandlung einen Mann auf so brutale Weise umbringen können. Aber Leidenschaft war nicht Mrs. Welbys Stärke. Trotzdem war ich überzeugt, daß sie mir etwas Wesentliches verheimlichte, und das hat sich ja auch bestätigt.«

Miss Silver ließ ihr Strickzeug ruhen und lehnte sich im Sessel zurück.

»Nein, mir war klar, daß für die Aufklärung des Falles die goldenen Figuren eine wesentliche Rolle spielten. Mrs. Welby hätte keine Skrupel gehabt, sich diese Figuren anzueignen, aber da sie bereits im Verdacht stand, Wertsachen aus dem Herrenhaus unterschlagen zu haben, war sie viel zu vorsichtig, um sich mit so einem Diebstahl noch mehr zu belasten.

Miss Cray und Mr. Carr Robertson schieden ebenfalls aus. Was Mr. Mayhew betraf, so war er seiner Integrität wegen im Dorf hoch angesehen. Zudem kam er erst mit dem letzten Bus aus Lenton gegen elf Uhr abends ins Herrenhaus zurück. Ich fragte mich deshalb, wer noch zu dem Personenkreis gehörte, der von dem außerordentlichen Wert dieser Figuren Kenntnis hatte. Da tauchte der Name Holderness auf . . .«

»Aber meine liebe Miss Silver . . .«

Sie warf ihrem ehemaligen Schüler einen tadelnden Blick zu.

»Ich habe nicht gesagt, daß ich ihn schon als Mörder verdächtigte. Er war der Anwalt der alten Mrs. Lessiter und ihr Vertrauter in Vermögenssachen. Zweifellos hatte sie ihn über den wahren Wert dieser Figuren aufgeklärt. Und als ich dann den Inhalt der Telefongespräche erfuhr, da kam mir der Verdacht, daß das Memorandum, das Mr. Lessiter am Mittwochabend gefunden hat, nicht nur Mrs. Welby kompromittierte, sondern auch Mr. Holderness. – Mrs. Lessiter war eine sehr launische, autoritäre Dame, die jedoch in geschäftlichen Dingen unerfahren oder inkonsequent handelte. In dieser Hinsicht verließ sie sich ganz auf ihren Anwalt, den sie wie einen intimen Freund behandelte. Ihr Sohn war seit über zwanzig Jahren nicht mehr in Melling gewesen und wurde auch nicht so rasch zurückerwartet. Er hatte sich nie für die Geschäfte seiner Mutter interessiert. Mr. Holderness hatte die denkbar günstigsten Voraussetzungen für betrügerische Manipulationen mit dem ihm anvertrauten Vermögen.« Sie beendete die letzte Maschenreihe am Ärmelbündchen, zog die Nadeln heraus und steckte sie in das Wollknäuel.

»Als Allan Grover sich am Sonntag entschloß, mir sein Herz auszuschütten, bestätigte sich mein Verdacht, daß Mrs. Welbys Tod kein Selbstmord sein konnte. Aus dem Gespräch, das Allan Grover belauschte, ging hervor, daß Mrs. Welby den Anwalt erpressen wollte. Das Indiz, das auf dem Tablett neben der Toten nur eine Kaffeetasse gefunden wurde, war aufschlußreich. Vermutlich brachte er die Schlaftabletten bereits im aufgelösten Zustand in ihre Wohnung. Es war nicht schwer für ihn, in einem unbeobachteten Augenblick diese tödliche Lösung in ihren Kaffee zu schütten. Er hielt sich ja nur zwanzig Minuten bei ihr auf und hat ihr zweifellos in dieser Zeit versprochen, was sie von ihm haben wollte – Geld, laufende Zuwendungen, seinen Beistand als Anwalt. Und dann, als sie allmählich schläfrig wurde, verließ er sie und fuhr nach Hause.«

»Ja, so wird es wohl gewesen sein«, bestätigte der Chefkonstabler. »Der Mörder hat sich selbst gerichtet; aber es bleibt noch eine Menge aufzuräumen. Drake wird in seinem Element sein.«

Randal March erhob sich aus dem Sessel vor dem Kamin und nahm ihre beiden Hände in die seinen.

»Du kommst in ein Dorf, bleibst ein paar Tage länger, und alle Leute vertrauen dir ihre Geheimnisse an. Beneidenswert! Ich gehe jetzt zu Rietta. Erzähle es noch keinem, aber ich werde der glücklichste Mann auf der Welt sein.«

KAPITEL 43

Er saß neben ihr im Wohnzimmer und hielt ihre Hand fest.

»Aber die Leute werden über uns reden«, sagte Rietta.

»Das tun sie immer in so einem Dorf«, antwortete Randal March. »Aber zunächst gibt es viel interessantere Dinge, die sie von uns ablenken. Die Leichenschau. Ein dreifaches Begräbnis. Aber wenn du vorschlägst, daß wir erst heiraten sollen, wenn in Melling nicht mehr über diese Affäre geklatscht wird, werden wir nie ein Paar.«

Nach einer Weile sagte sie zaghaft:

»Randal, was das Geld betrifft, das James mir vermacht hat ...«

»Ja, Darling?«

»Er zeigte mir das Testament und holte es wieder aus dem Feuer, als ich es in den Kamin warf. Und dann, als er von dem hypothetischen Fall sprach, daß ich tatsächlich seine Erbin wäre, erzählte ich es ihm.«

»Was erzähltest du ihm?«

»Oh, einen alten Traum von mir! Ich wollte aus Melling House eine Zuflucht für heimatlose Menschen machen. Er schien Gefallen an meinem Traum zu finden. In diesem Augenblick mochte ich ihn fast so sehr wie damals, als ich einundzwanzig war. Aber dann, als ich das Gespräch auf Catherine brachte, wurde er wieder so unausstehlich, daß ich die Geduld

253

verlor. Deshalb – deshalb habe ich wohl auch diesen verdammten Regenmantel vergessen.«

»Wolltest du damit andeuten, daß du auf sein Erbe verzichtest?«

»Weißt du«, sagte sie nachdenklich, »er wollte tatsächlich, daß ich alles haben soll. Außer mir hat er ja niemanden – auch keine Verwandten mehr. Nicht, weil er mich mochte oder vielleicht in mich verliebt war – o nein! Ich glaube, er dachte, ich würde sein Vermögen . . .« Sie suchte nach dem richtigen Wort – »vernünftig verwenden.«

Sie sagte das so schüchtern, daß er hellauf lachte.

»Damit wäre das Problem ja gelöst!«

»Du meinst also, ich dürfte das Geld annehmen?«

Er lachte wieder.

»Du sagst das so, als wäre es eine Sünde, einen reichen Mann zu beerben. Oder dachtest du, das könnte ein Grund sein, der mich hindert, dich zu heiraten?«

Sie errötete und sah auf seine Hand. Sie hielt die ihre fest.

»Ein bißchen schon«, sagte sie ernsthaft.

In diesem Augenblick kam Fancy Bell in das Wohnzimmer gestürmt, sah die beiden erschrocken an und sagte:

»Oh, ich bitte vielmals um Entschuldigung!«

»Aber Fancy«, sagte Rietta, »lauf nicht gleich wieder weg. Du kennst doch Mr. March . . .«

»Selbstverständlich, aber ich wußte nicht, daß er hier ist, obwohl ich mich wunderte, daß Sie nicht ans Telefon gegangen sind, als es läutete. Nun . . . Entschuldigung, Mr. March – wie geht es Ihnen?«

Randal schüttelte ihr strahlend die Hand. Sie trug ein scharlachrotes Kostüm und sah wieder einmal hinreißend hübsch aus.

»Carr war am Telefon«, berichtete Fancy ein wenig atemlos und sah dabei Rietta an. »Er will Elizabeth Moore heute zum

Tee herbringen. Sie werden ihre Verlobung bekanntgeben. Er war so aufgekratzt am Telefon. Ist das nicht nett nach all diesen schrecklichen Geschichten, die hier passiert sind? Ich meine, wenn man in der Zeitung davon liest, ist es ja nicht so schlimm, aber wenn man es hautnah erlebt und die Polizei im Haus hat...« Sie errötete allerliebst bis unter die Haarwurzeln. »Oh, Mr. March, ich wollte nicht unhöflich sein!«

Er lachte.

»Sie brauchen sich nicht zu entschuldigen – ich bin nicht im Dienst.«

»Ich meinte nur – Miss Cray, ich wollte nur sagen –, ein Verlobungsessen ist da doch eine nette Abwechslung, nicht wahr?«

Rietta sagte schlicht, fast feierlich:

»Ja, das ist es.«

GOLDMANN

*Das Gesamtverzeichnis aller lieferbaren Titel erhalten Sie
im Buchhandel oder direkt beim Verlag*

★

Taschenbuch-Bestseller zu Taschenbuchpreisen
– Monat für Monat interessante und fesselnde Titel –

★

Literatur deutschsprachiger und internationaler Autoren

★

Unterhaltung, Kriminalromane, Thriller
und Historische Romane

★

Aktuelle Sachbücher, Ratgeber, Handbücher und
Nachschlagewerke

★

Bücher zu Politik, Gesellschaft, Naturwissenschaft und Umwelt

★

Das Neueste aus den Bereichen
Esoterik, Persönliches Wachstum und Ganzheitliches Heilen

★

Klassiker mit Anmerkungen, Anthologien und Lesebücher

★

Kalender und Popbiographien

★

Die ganze Welt des Taschenbuchs

★

Goldmann Verlag • Neumarkter Str. 18 • 81673 München

Bitte senden Sie mir das neue kostenlose Gesamtverzeichnis

Name: _____

Straße: _____

PLZ / Ort: _____